中国网络文学概论

王万举◎著

ZHONGGUO WANGLUO WENXUE GAILUN

花山文艺出版社
河北·石家庄

图书在版编目（CIP）数据

中国网络文学概论 / 王万举著. —石家庄：花山文艺出版社，2019.8

ISBN 978-7-5511-4884-9

Ⅰ. ①中… Ⅱ. ①王… Ⅲ. ①网络文学—文学研究—中国 Ⅳ. ①I207.999

中国版本图书馆CIP数据核字(2019)第180835号

书　　名：中国网络文学概论
著　　者：王万举

策　　划：张采鑫
责任编辑：林艳辉
责任校对：李　鸥
装帧设计：王爱芹
美术编辑：胡彤亮
出版发行：花山文艺出版社（邮政编码：050061）
（河北省石家庄市友谊北大街330号）
销售热线：0311-88643221/29/31/32/26
传　　真：0311-88643235
印　　刷：大厂回族自治县正兴印务有限公司
经　　销：新华书店
开　　本：700×1000　1/16
印　　张：15.5
字　　数：200千字
版　　次：2020年1月第1版
2020年1月第1次印刷
书　　号：ISBN 978-7-5511-4884-9
定　　价：38.00元

目　录

CONTENTS

前　言

“网络文学”的概念歧见颇多。一般认为，网络文学发端于1998年痞子蔡在专业文学网站上发表《第一次的亲密接触》。此后，评论家、专业文学网站从业人员、网络文学写手和受众所持续关注的，就是一种与《第一次的亲密接触》有许多共同点的文学形式。这种文学形式在互联网上生成许多年后，随着“助推传统作家占领网络阵地发挥正能量”“作协负责人网络小说赛”等文学＋互联网活动的开展，一种对网络文学的新理解逐渐萌发：网络文学就是依托互联网各种媒体形式原创和传播的所有文学形式和文本。随着“超文本”“赛博文本”的出现，又一种对网络文学的新理解逐渐生成：网络文学就是这种依托互联网的技术可能性而产生的文学形式。算下来，关于“网络文学”，已相继产生了至少三种理解。

但是，这些歧见都是躲在“各行其是”后面的。也就是说，关于“什么是网络文学”，很少见观点交锋和进行形上思考的文字。这种情况，导致“网络文学”至今没有一个公认的定义。这意味着，我们对其本质特征仍然不甚了了。大家知道，对任何事物，如果不知其“是什么”，也就不能正确地“做什么”。因此，为了助推“网络文学”的健康发展，我们必须在掌握事实基础上，进行艰难的理论思辨。

本书以“概论”名之，就是要尝试给“网络文学”下定义，也就是要完成学界早已提出的“建立网络文学的评价体系”的任务。

一、对“网络文学从哪里来”的探讨应倒置为对文学运动趋势的探讨

本书不是“我注六经”而是“六经注我”，不是网络文学作品的评论而是基本理论。因此，不可能过多关注文本的细部价值和风貌。同时，本书认为，网络文学的发展也是“网络文学”意识形态的发展。作为基础理论，它的立论材料既包括“作品”，也包括对作品的认识。因此，所谓“将事实总合成概念”中的“事实”，首先就是指关于网络文学的各种歧见。稍加分析便可发现，各种歧见是有共同点的，这个共同点就是，各种意见中的“文学”都与“网络”有关。各种认知的固有矛盾，原本是“网络文学”这一概念的内在属性，能够长期共存，说明这一概念还在发展中。在“网络文学是特定文学形式”的认知中，“网络文学”包含着新文学所有要素：接受效应与经济效益的统一、利用新媒体以适应信息化社会对文学的再造；在“网络文学是互联网上的原发文学”的认知中，“网络”则是文学的又一个文化襁褓，各种文学形式利用这一新的物质载体进行着艺术与文化的反馈。

“网络文学”作为一个“经济文化事实”，经过长期发展出现整合概念的必要性。多年来的“各行其是”“各说各话”意味着，“网络文学”这一由“历史的行程”所复制的“抽象的规定”，必须包括所有涉“网”事实，必须综合互联网机制下文学动力系统展开的一切环节。也就是说，阐释、使用“网络文学”这一概念，其实践意义在于整合各种基于事实的主张。科学地把握网络与文学的关系，是探索“网络文学”本质特征的关键。网络文学发展二十年后，条件已经具备，时机已经成熟。融媒体和内容产业机制体制及理念的实现，使艺术与固定媒介分离成为常态化事件。影视剧上网、网文大神转换写作题材和出书、“传统作家上网”等，彰显出互联网及纸介作为文学第二物质

载体的地位。这使我们看到，那个创造了巨大接受效果和产业成绩的特定文学形式独占“网络文学”这一名称是不合逻辑的。同时，这一代称不恰当地高估了“网络性”，掩盖了它的实质。文学形式在不同媒介中“自由地”转换，使所谓“传统文学”和所谓“网络文学”的共性凸显。这个共性就是，是文学运动利用网络，而不是网络决定文学；第二物质载体对于文学运动当然有影响，但这个影响既不能使文学变成其他艺术，也不能对文学内部题材或体裁的创生产生决定性作用。探讨互联网的作用，可参考文学所使用过的所有媒介的作用。

网络文学发展到2014年前后，引起了社会多方面的关注。文学评论界所关注的是一个在互联网上生成的文学形式：这个被“通称”为“网络文学”的文学形式，究竟从哪里来？于是，出现了将网络与纸介进行媒介对比的追溯，将古代、民国时期及金庸通俗小说与网络文学对比式的追溯，向改革开放政治层面的追溯以及向“网络性”的追溯，等等。这种对其历史的追溯，也是对其逻辑的解析（寻找逻辑起点）。这个工作之所以没有完成，之所以没能给“网络文学”作出定义，一个重要原因就是评论家们是以特定文学形式（文本）为出发点的。这样做，不符合“历史”（现实）。因为，在另一支文学大军即文学工作机构那里，“网络”不只是一种特定文体的工具和卖场。这说明，“网络文学”的概念尚处于形成中，它的外延正在急剧扩大，它的全部丰富性正在展开。或者说，某一特定文学形式或文本被称为“网络文学”，本身就是一种历史的误会，“网络文学”不是一种“文学”，而是一种关系，是文学与其第二物质载体的关系，这种关系的发展将使文本越出文学的边界。

因此，将某一特定文体（文本）冠以“网络文学”，从而将其他文体（文本）排除在“网络文学”（即网络与文学之历史和逻辑的关系）之外，进而从这一基点出发去寻求网络文学“从哪里来”亦即其本质特征，在理论上是说不通的，在实践上是无意义的。

既然如此，本书便不再直面“网络文学是什么”的种种歧见，不再从没有确定出发点的“出发点”或从多个出发点出发去追寻一个不确定含义的事物“从哪里来”，而将此问题倒置过来，看看生产方式的发展即生产力与生产关系、经济基础与上层建筑的矛盾运动产生了什么样的文学。

历史唯物主义认为，文学艺术是上层建筑的一个组成部分，它具有上层建筑所具有的基本特性，在一定的经济基础上产生并为一定的经济基础所决定；同时，它是社会意识形态的一种形式，具有社会意识形态的基本特性，它是社会存在的反映，为一定的社会存在所决定。就是说，文学的产生、存在及其性质，都不能只从它本身寻求解答，而必须从物质生活的矛盾中，从社会生产力和生产关系之间的矛盾中去寻求解答。但是，文学作为上层建筑和意识形态，又有着相对的独立性即自身的发展规律，同时也受着同一时期政治、文化的影响。也就是说，特定历史时期内物质生产同艺术生产（包括文学）的发展是不平衡的，物质生产条件固然对文学的产生、存在及其性质有着决定的作用，但这种作用不是直接发生的。马克思说：“某些有重大意义的艺术形式只有在艺术发展的不发达阶段上是可能的。”“在整个艺术领域同社会一般发展的关系上”，同样也存在着发展的不平衡现象。改革开放的前夜和20世纪80年代初中期，出现过现实主义高潮。此后，文学逐渐失却轰动效应并开始雅俗分野。而在这一阶段，中国经济高速发展。“雅俗分野”的实质，是文学功能的重大变化或曰读者精神需求的重大变化，其中所谓的“雅”，不过是部分作家面对自己作品被冷落的一种自恋而已。

需要指出的是：1. 雅俗分野后出现了所谓“通俗文学”的繁荣，这个繁荣与已成文学经典的新时期现实主义文学的繁荣不可同日而语，因为接受心理彻底变了。2. 新时期现实主义文学失却轰动效应很可能不再是历史轮回中的一环。3. 通俗文学的发展成为物质生产的直接反映，是生产力主体——劳动者在特定历史阶段的精神需求。也就是说，它是社会信息化、文化产业化、经济全球化直接作用于文学而产生并在“三化”的制约下而发展的。作为文学整体系统，通俗文学创造了接受效果（注意：不是“两个效益的统一”语境中的那个“社会效益”）与经济效益相统一的机制，文学自此开启了由创作到生产（产业）的新历程。

以纸介为发表、传播和销售的物质载体和销售平台曾是这一机制的重要组成部分。

被评论家、文学专业网站和网文职业写手所称之为“网络文学”的那个文学形式，实际就是一个接受效果与经济效益的统一体（这个概括比“通俗文学”要准确），它由于接受面大到能够养活写手而被称为“通俗文学”，至于这种所谓“通俗文学”的风格、体裁和类型，则是变动不居的。其中的“传奇—游戏化网文”是一种中国文学史上从未见过的文学形态。它有着文本的形态和规定性，但其实质并不在文本而也是一种关系，一种现代商品经济（市场经济）体系中和艺术生产中人与人的关系。我们所熟悉的文学创作，在这种关系中已经变成了文学生产，并与其他艺术生产如动漫、影视形成了产业链。在这种生产的发展中，也确实在形成着新的文学形式（文本），例如传奇—游戏化网文，例如“段子”。我们所“直接碰到”的文本，实际是一个动力系统，如接受美学所认为。文学的系统性并非时时凸显，它如同空气，只有缺乏或消失之时才显出它的重要性——而文学的系统性，也只是在系统中某一机制缺乏或消失之时才显出它的重要性。在所谓“网络文学”高歌猛进之时，另一侧的所谓“传统文学”便出现了接受的缺乏或消失。我们所熟悉的作家，原本是塑造别人灵魂的人或努力成为这样的人的人，而“网络作家”则是俯下身来面对“消费”需求的人。需要指出的是，这种被称为“网络文学”的特定文学形式，它的系统性、产业化展开和作品功能的转变，要比它的“网络化”早得多；从逻辑上分析，也并不是网络创造了这类文学，而是这类文学利用了网络。如果再参照“传统文学”上网这一历史形成和经济文化事实，就更应该将所谓“网络文学哪里来”的问题，准确地定位于"'接受效果与经济效益统一体'哪里来"的问题。

二、本书秉持"文学是一个动力系统"的观点

"文学是一个动力系统"原本是接受美学的观点。接受美学认为，文学是一个由生活到作家创作、由作品到接受的动力系统。本书强调文学的本性是作家对生活的个性化体验，强调接受，都是接受美学的基本思想。本书的阐发有：文学动力系统分为三个子系统、文学的系统性时隐时现、文学动力系统的核心元素是动力、"评奖授家机制"和"传奇—游戏化网文"系统都是有缺失的系统、文本打开（互动）意味着文学的消解、文学动力系统包括机构和机制、媒体是文学系统运动的工具……

本书不做通俗网文与传统通俗文学的比较工作，而重在做写手信息来源、成长环境与文本生成的对比工作。本书认为，如同思想史的继承不是由思想到思想一样，文学史也不是由文本到文本，文本（风格）的对接只是论者的对接，它并不完全现实地出现在文学系统的运动之中。

基于以上观点和后工业化社会实际，本书提出接受与创作同等重要的观点。有代表性的文学经典不可复现，所以，接受既有经典将成为未来社会人类回忆"童年"的一种方式；以良莠不齐为特征的"人人都是作家"有必要引导到"人人都是读解者"。

因此，本书十分看重"寻找动力"的工作。

三、本书在艺术与文化的反馈基础上论述网络文学

艺术形态与其文化形态是一对反馈关系。本书大胆提出，后工业社会的文学运动的主要趋向是文学的文化化。这一观点与"人人都是作家"的现实，与接受胜过创作的观点，都是依据后工业社会的特点

而做出的，是一致的。

艺术与文化的反馈产生大量的亚艺术体。亚艺术体顾名思义就是审美意义较弱的艺术品或有一定审美意义的文化品，本书有时称这样的东西为“读物”。亚艺术体与“通俗小说”不是同一个含义。通俗小说指的是文本，亚艺术体则是受众与文本的对接结果，这个对接有心理的成分，也有“活动”“情感”“关系”的意义；有些通俗小说有着清晰的善的表达，有些则没有。传奇—游戏化网文在阅读中所获得的“快感”，已经不是“美感”（审美快感），因此，这种阅读就造就了一个亚艺术体。亚艺术体的构成还有“碎片化阅读”和解构性阅读的因素。就是说，尽管文本是件艺术品，但由于碎片化阅读或解构性阅读，读者与特定文本也会构成一个亚艺术体。

“网络性”即互联网机制，既包括技术可能性也包括由技术可能性所支持的组织之间的相互作用和方式。与前论相一致，本书认为，网络性与纸介机制一样，不过是文学运动的工具。自1995年“互联网＋”向公众开放接入服务以来，中国上演了一场“互联网＋”和“＋互联网”的连续剧，互联网＋文学和文学＋互联网是这部连续剧的一部分。由于文学的市场机制最终在网络上建设完成，由于艺术的文化化利用网络性得以充分展开，由于社会信息化被网络推极并直接导致了信息性压倒艺术性，由于逐渐加强的文学＋互联网活动，文学运动中的“网络性”或“网络机制”一直为研究者所高度注意。

同时，“网络文学”这一语词的流行也诱导着人们“顾名思义”，研究文学与网络媒介的关系。但是，本书没有采取从纸介与网络媒介对比中探讨网络文学特征的方式。本书以为，应在“事物存在或运动状态的显露”之含义上定义“信息”，应在“信息传播的物质载体”之含义上定义“媒介”，应在“信息之一种”之含义上定义文学信息（作品）。本书不同意以加拿大学者马歇尔·麦克卢汉“媒介即信息”理论对上述概念进行解析，认为该理论背离历史唯物论。

谈论“网络文学”，就要谈到文学由纸介向互联网再向融媒体的

“转移”，就要谈到接受效果与经济效益之统一的文学生产的实现，就要谈到传奇—游戏化网文的创生。自1998年至2018年，确实发生了如舆论所认为的一场继新文化运动以来又一场文学革命，但对这场革命的认识，本书与舆论不同。本书以为，文学“换媒介”不是媒介所决定的，而是文学动力系统运行的必然结果——这不但是理论的推论，也是历史的真面目。正确的解释应该是：一定的生产方式、经济基础决定着新文学、新媒体的产生以及二者结合的实现。

文学的媒介转换在历史上已发生多次，但这次媒体的转换则有别于既往。1. 与文学同时“上网”的，还有其他艺术形式。其中，电影与戏剧原本也有各自的媒体，电影的媒体是影院，戏剧的媒体是剧院。它们利用互联网传播后，从严格意义上讲，电影就不是电影了，戏剧也就不是戏剧了，有人将这种变化俗称为“扁平化”。这表明，特定的艺术形态与其文化形态是一一对应的。某种艺术形式“上网”之后，它的艺术形态和文化形态会发生变化，变化的逻辑顺序则是由文化到艺术。这也使我们了悟：文学由纸介到网络媒介的迁移原也是一场艺术与文化的反馈，变化的逻辑顺序也是由文化到艺术。就是说，艺术形态（文学文本）经由接受而文化化展开后，会反过来影响艺术形态（文学文本）的构成和风格。2. 从文学“上网”运动开始到融媒体及内容产业的实现不过短短几年的时间，文学运动便提供了网络与文学真实关系的事实。它使我们了悟：即便是依托互联网才完成创生的特定文学形式，也失却了独占“网络文学”的资格。这一认知方向的改变，会帮助我们真正了解文学运动。有论者已经指出，在可预见的将来，不会再有“网络文学”这一名称。准确地说，将特定文学形式冠以“网络文学”名称的必要性与可能性已经不存在了，所有的文学形式将在融媒体机制下生产和传播。当然，不同的文学形式“享用”融媒体机制的程度会有所区别。3.“网络性”或网络机制对文学的作用的确大大有别于文学的一切既有媒体，它为文学的艺术与文化的反馈提供了最大的可能性。现在看来，罗兰·巴特和麦克卢汉几十年前营造“文本”这一概念是有预见性的。恰恰是这种预见性托出了以下事实：“打开文本”这一艺术文化化的萌芽已经在文学的纸介阶段出现了——互联网上的“超文本”不过是纸介机制的发展而已，它是文学运动的产物。在网络传媒之前，出现了电视传媒。电视传媒在中国的发展，有一个“行业片”阶段。可见，新媒体发展之初用一种艺术形式承担多种功能的状况是有规律性的。电视传媒阶段还出现过观众参与长篇电视剧编剧的事例，这其实与互联网的“超文本”没有质的区别。当然，没有证据表明这些事实对罗兰·巴特和麦克卢汉创造“文本”说有直接帮助。本书之所以反复强调这一认知，并非为了在理论上标新立异，而是因为它会深刻影响我们的操作。它的操作意义有诸多层次，主要的应该是，随着艺术文化化的展开，可以设计多重经营项目。互联网为艺术的文化化提供了机制上的可能性，也就是为文化的产业化提供了工具上的可能性。4. 融媒体和内容产业实现后，一方面，特定内容可以离开固有媒体在互联网（依据数据库）自由转换，人的不同感受方式在网络上实现“综合”；但另一方面，人的主观能动性却常常逆势而为，例如回到剧院、影院，回到特定的观剧礼仪和特定的观影礼仪中去。在文学上，书和报刊也许更宜于充当礼仪和情感的载体并因此使人“乐而思返”。

综上所述，所谓“网络文学”，其实质就是文学争取被接受而占有媒体的一场运动，在这场运动中，形成了一个利用互联网机制的独特的艺术—文化体。由于种种原因，“网络文学”一直是以接受效果与经济效益之统一为特征的某一文学形式的代名词，这种现象还将长期存在。互联网与社会信息化、文化产业化及经济全球化相携而来，这决定了“网络文学”作为艺术—文化体其发展受着“三化”的深刻影响。“互联网文化”将是巫术礼仪之后又一个文化母体：虽然艺术品种的创新到电影已经终结，但艺术没有先进与落后之分，它将根据心灵的多种需要提供到互联网“店面”“市场”上来；同时，人的感觉方式的全部丰富性已经创造并保留下来，互联网机制中各种艺术将在肯定不同功能之前提下在人的需求意义下“综合”起来。文化化虽然意味着艺术完整形式的解体，但也意味着艺术的被接受和被“消费”，意味着创作与接受同一主体化这一未来形式的超前实现。

四、本书是一部关于“网络文学”的认识史

这一代文学人是幸运的，赶上了文学换媒体。自1998年至2018年，是中国文学由纸介到互联网媒介再到融媒体的转换时期。为什么会发生这场文学运动？它的成果有哪些？面对这场运动，文学人有什么样的所思所想？这是本书所要探讨的。因此，作为“概论”，它既不是一本网文评论集，也不是具体的文学理论，而是一部“网络文学”的认识史。它既以作品为材料，也以对“网络文学”及具体作品的既有评价为材料。因为，对具体事物“为什么这样理解”的反思正是“概论”所要做的工作。例如，“网络文学”的称谓就很有意思，除了别的诸多能指之外，这个词还是特定时期法规、政策环境的标识，还是特定人群的标识。可是，这些标识却深藏于内，而单单将“网络”突出出来。事实上，这种将技术、机制突出而掩盖“关系”的例子在后工业社会俯拾即是。本书第一章很少提“网络文学”这几个字，但实则处处在谈。

五、本书的一些新概念

为了营造新体系，不得不营造新概念或使用一些大家不太熟悉的概念。因此，有必要择其要者作简略说明。

文化化　文化化在拙著“文化创意学”系列专著中多次使用，本书也有详解，此处不再赘述。

语境　语境指的是一定时期某一范围人们的共识和潜意识形态的共识。它不是精确的统计结果，而更类似于一种多数人的“习惯”。

例如，提到网络文学作品，人们习惯上指的是那些创造了众多粉丝和经济成果的文本；做起网络文学助推工作和统计工作来，人们又习惯地将所有“上网”（各种形式的网络媒体发表和传播）的文学形式和原发文本包括进去。“语境”在本书中有时指那些明确的语言表达，有时指在行为中所透露的潜意识、下意识，有时指文本中所透出的观点。

设立“语境”这个概念如同设立其他概念一样，不是故意标新立异，不是为了学术作秀，而是写“概论”之必需。有些人并未直接说什么是“网络文学”，但从他的文学工作范围和统计工作看已有明确的指向，也就是说，他已经划定了“网络文学”的外延。有些论点虽不太明晰，更缺乏思辨，观点之间也没有直接的理论交锋而是“各说各话”，但在特定时期内的密切发声中，已基本揭示了“网络文学”的内涵。例如，从纸介机制与网络机制的对比中立论，必然认为网络文学是应用网络机制的文学，这种观点突出了网络机制与纸介机制的差异性。

“语境”也有“特定时期舆论焦点”的意思。网络文学发展史上，最引人注目的是“2014语境”。这一年，多家单位组织了大讨论，2014年前后发表和出版了关于网络文学的大量论著。本书将这一时期的舆论称为“2014语境”，这一概念包括了这一年前后发表的主要观点，也包括了这一年前后人们在实践中表现出的对网络文学是什么、什么是网络文学的潜在认知。“语境”不是精确的数字统计，而是一种认识上的习惯。

社会氛围　“社会氛围”是1955年李泽厚用以代替普列汉诺夫的“社会心理”讲说艺术的一个概念。李泽厚认为，“社会心理”一般来说比较抽象、静止、平面、持久，“社会氛围”则非常具体，它可以是突发性的，范围可大可小，时间可长（可以是一个时代的）可短（也可以是半个小时的），它是动态的，立体的，与社会的物质现实（具体事件）直接相联，它常常是时代、问题、力量的具体呈现。（参见《美学四讲》，安徽文艺出版社，1999年版，第593～594页）本书亦采用“社会氛围”来讲说网络文学。具有深刻意义的社会氛围能够集中体现社会思潮、时代精神和生活气息，将社会成员的命运期待、理想、情感凝结在一起，具有强烈的行动意义。因此，它是作家所应高度注意的。但是，在信息化的后工业社会，职业写作、生活在网络连线中的网络写手已很难感受这种社会氛围了，这一方面是客观必然——社会已经法制化、平静化，社会思潮很难凝聚；另一方面是主观所为——生活在超现实主义的信息传达中（信息已有了极大偶然性、商业目的性）。在这种情势下，网络写手的非现实主义的幻想就会升腾起来，一种不同于“社会氛围”的“网络氛围”由此而凸显。更需要注意的是，网络写手不但是网络氛围的需求者（写作的材料、幻想的基础），也与受众、粉丝一起，是网络氛围的营造者。

评奖授家机制 自“网络文学”事实与词语兴盛起来，“传统文学”和“传统作家”的称谓也被广泛使用。本书虽然也使用这两个概念，但为了探讨的深入，有必要使用“评奖授家机制”。这个概念描述的是一个文学事实，即以获奖和得到某种荣誉或评作家职称为文学评判标准、不考虑作品的市场反应的工作机制，并无贬义。既是一个“机制”，这个文学工作系统的组织或部分之间便有着相互作用的过程和方式。比如说，某工作机构设立一项文学征文出版基金，然后建立一个审评环节，再建立一个评奖环节，再附带一个推介环节，没有进入第一个环节的创作工程便再也进入不了这个工作系统。这便出现一个问题：那些没有花费国家财政资金但确实不错的文学作品反而得不到关注。但是，这并不奇怪而且符合逻辑，因为工作人员在那些没有花费国家资金的文学项目中没有“付出”，自然也不会将其统计在内。这种机制运行久了，很自然会出现这样荒谬的论证方法和论证习惯：越没有商业价值的项目越可能出精品，甚至孩子未出生便是人才——一批又一批“精品创作室”和“精品规划”不断涌现。本来，促进文学繁荣的方针应该是“百花齐放”：红花之美不能代替紫花之美，任何评奖都只是一种视角，都是“个性化的表达”，都有“遗珠之憾”，如果再垄断评奖，不允许对评奖进行评判，那么，评奖的负能量就会难以抑制。

“评奖授家机制”与网络文学的市场机制近年来大有“互鉴”趋势。然而，相对于各文学商业网站大搞选“大神”，“评奖授家机制”引进发行量标准却鲜有作为。

两套机制的对立和“互鉴”，“互鉴”中出现不良做法，都说明引进这一概念并进行理论研究有很大的必要性。

第一物质载体和第二物质载体　本书第一次从文学传达出发，将文学的物质载体分出两个层次。从文学传达出发而不是从“网络性”出发谈网络文学，强调的是物化劳动与物质形态化（物态化）活动的本质区别。物化劳动是人类实践的基础，从第一把石斧的产生到互联网，都是物化劳动的产物。马克思说：“……自然科学却通过工业日益在实践上进入人的生活，改造人的生活，并为人的解放做准备，尽管它不得不直接地使非人化充分发展。”（《1844年经济学哲学手稿》，《马克思恩格斯文集》第一卷，人民出版社2009年版，第193页）作为新生产力重要元素，互联网是在经济基础与上层建筑及其意识形态的总体对应关系中对文学发挥作用的。也就是说，产生文学（内容与形式之统一体、文学运动）的不只是更不直接是互联网。以上是互联网与文学的第一层关系，互联网充当文学表达延伸的工具是二者的第二层关系。文学创作是物态化活动，只有通过艺术传达将构思外化并确定在物质载体上，文学作品才能创作完成，文学系统的运动才能向作品与读者的对接继续出发。文学的物质载体——文字的发明标志着文学与其他艺术形式的分野。文字作为符号，还必须有确定的物质载体才能显现。在欣赏实际中，文字与其赖以显示字形的物质材料很难二分。人们常说读书、读报纸，很少有人说读文字。但二者的功能是有本质区别的。文字的整体就是作品，把它雕刻在竹简上还是印刷在纸张上还是显示在荧屏上，并不会把它变成别的艺术形式（与雕塑中材料在艺术品中的地位不同）。然而，那个显示字形的物质材料还构成文学传播的基础，还有贮存功能和文物品性。为了研究的方便，就有必要将文学的物质载体作一区分。构成文学作品要素的语言文字是文学直接的物质手段，可称为第一物质载体；用于体现字形和传播作品的材料和媒介，可称为第二物质载体。主体与第一物质载体的关系构成创作活动，主体与第二物质载体的关系构成文化活动。人类的文学物态化活动与其他艺术形式的物态化活动一样，止步于对第一物质载体的信息确定。第二物质载体不是文学人创造的，也不是专为文学创造的，它实际是文学传播的技术可能性和机制可能性。

本书将文学的物质载体分成两个层次，是以文学的物态化活动为出发点的。就是说，是一个把文学创作作为起点向下延伸的思路：媒介虽非为文学（活动）所造，但为文学所用。

经济文化事实 此概念为本书多用，有机制的蕴含，例如多次指出“网络文学”是一个“经济文化事实”。“经济”在经济学上的原本意义是社会物质生产和再生产。在“网络文学”运营中，既有文化生产的元素，也有物质生产的元素，其中的每个部分之间有着紧密的联系并整合为一个系统。“事实”还有“活动”的蕴含。“经济文化事实”说的的确是一项活动，每一个活动环节既是文化运动的逻辑环节，又是经济运营的逻辑环节。“经济文化事实”是有着社会效果和经济效益的多种机制的结合体。营造这一概念对于研究“网络文学”是必要的。例如，当我们说到“作协负责人网络小说大赛”进入了“网络文学”这一经济文化事实时，其含义便是它在朝着经济效益与社会效益统一的运营结果努力。

六、关于本书的结构

如本“前言”已述，本书是循着“文学运动产生了什么样的文学”这一顺序展开的。本书所着意寻找的，是产生新的文学形式和文学运动形式的动力。这一动力最深刻的根源当然是生产方式和经济基础。然而，这本概论又不是一部经济学—哲学论著或宏观意义上的文化学论著，它要找到文学运动的直接动力。因此，不能满足于提供“改革开放”“后工业社会”等虽正确但笼统的答案。怎么办呢？只有紧紧扣住文学自身发展的轨迹遥望它的方向，而将更深刻的动因置于“后景”。本书第一章没有几处谈到“网络文学”，但通篇都是在谈“网络文学”。与以上相联系，并且由于“网络文学史”也是一部“网络文学”的认识史，本书采取了一种论著里鲜见的“悬念式”叙述方法。比如，概念的语言表达随着“语境”的改变而改变，剥笋般向前推进。

本书以为，寻找动力对于探究网络文学的本质特征极为重要。2014语境提出了“网络文学哪里来”的问题，这实际就是要寻找形成“网络文学”的动力。本书的特点，在于将寻找网文形成的动力与寻找“网络文学”概念形成的动力一并考虑。需要明确的是，寻找动力不是“拉郎配”，只有将文学视为一个由生活到作家、由作家创作到作品、由作品再到接受的动力系统，才能真正找到新的文学形式崛起的动力。或者说，只有找准动力，才能正确地推断出产生了什么。

本书认为，所谓“网络文学”的生成，实则是一个文学的接受效果与经济效益统一体的生成。这个统一体在纸介机制下便已产生，因此，互联网机制只不过是它完成的物质载体或工具。不是互联网创造了“网络文学”，而是那个在网上生成的文学形式利用了互联网。作为特定的文学形式，“通俗网文”是一个由多种题材与体裁的集合体。并且，题材与体裁在文学史上第一次合一生成了“类型”。与此相一致，“通俗网文”也有着阶段性的特征，但凡划入这一概念的，必须符合接受效果与经济效益之统一体这一规定性。

作为独特文体的“网络文学”二十年的演变，实际就是文学的社会效果与经济效益由矛盾走向统一的过程。

所有的文学形式其实都被纳入了这一过程，只不过都表现为文学＋互联网的形式。通俗网文因与互联网共生而似乎是网上“土著”，别的文学，则因轰轰烈烈的上网运动而更像“移民”。

促进“两个效益”统一并最终催生了体现这一统一阶段性成果的是“三化”。但“两个效益”的统一还需引导。

任何文学文本都是美的载体。传奇—游戏化网文的产生只有从“实践”这一“本体的善”的进程中才能找到根源。文本的游戏化、娱乐化和文本打开，是艺术与文化反馈的形态化与非形态化的两个方向。因此，传奇—游戏化网文是一个亚艺术体。

“网络性”当然也不能忽视，但应在融媒体和内容产业的理念中把握它对文学的关系。

有一种意见认为，网络文学评论与作品问世的同步性是网络文学评论工作的一大进步。我却以为，对于保障学术性而言，评论相对于作品的滞后具有更重要的意义。理论研究就更需要等待。一种文学运动，只有当它显露出规律性时，我们才能正确地认识它。本书就是等待的结果。

网络文学研究有些方面亟须加强：一、加强建构学术体系的工作。事实表明，对于新起的文化现象，只有着力进行形而上思考，建构体系，才能揭示其本质特征。这不但有学术意义，还有实践意义。建构学术体系，就要使用准确的概念而不能用描述性的语言。只有跳出网文作品的语言氛围来谈论网文，才能评论网文。建构学术体系，还应就核心问题展开争鸣。而这些方面，我们在网文研究中做得还比较少。二、加强从文学发展的实际出发的自觉性。“网络文学”是发生在世纪之交中国的特定文化现象，其最深刻的根源在于中国社会和经济基础的变动之中。尽管外国有无“网络文学”尚有不同意见，但可以肯定地说，即便是有，也和中国的不是一回事。域外文献对于建构网络文学的理论体系很有参考价值，但不能本末倒置，不能简单套用其理论体系和专有概念。三、加强以马克思主义为指导的主动性。网络文学研究与其他学科一样，必须以马克思主义为指导才能发现真理。

第一章　新的文学形态产生的客观动能

研究网络文学，目的在于对这一文化形态施加影响，促使它沿着有利于提升社会成员精神文明的方向发展。而要实现对网络文学有目的的精准有效施策，就必须弄清它的本质特征；要弄清它的本质特征，就必须弄清它“从哪里来”即产生它的社会动能。只有这样，才能从文学发展的一般规律把握网络文学的发展轨迹，从而导引它的方向。

第一节　新时期现实主义文学落潮与雅俗分野

“网络文学从哪里来”？在未弄清“网络文学是什么”即网络文学的本质特征之前，讨论这一问题等于探索网络文学产生之前文学的发展趋势及其经济、社会、文化和政治环境，因为，后世所称之为“网络文学”的东西，正是这一趋势和这一环境的直接文化成果。

2008年以来，学界热衷于这一追溯，已经取得了不少成果。

有的学者指出，网络文学是互联网的产物。计算机信息网络在传播信息上具有媒体的功能和性质，一般称为网络媒体（Net Media或Online Media）。中国自1995年互联网（全球最普及的计算机信息网络）向社会公众开放接入服务，1999年4月北京召开第二届亚太地区报刊与科技和社会发展研讨会后，因发展迅速逐渐被称为报刊、广播、电视之后的第四大媒体，“三网融合”和“＋互联网”运动持续开展数年之后，担当起融媒体信息网络的“龙头”。媒体网站、门户网站，Web网站、邮件列表、电子论坛、电子白板、网络聊天室、网络新闻组、留言板、电子公告等，都具有信息传播的功能。当然，互联网的功能不限于信息传播，涉及文学的，还有信息贮存。网络文学是互联网功能开发和用户拓展的产物之一。

有的学者指出，网络文学是改革开放的产物。这是不错的，但笼统地指出这一点是不够的。改革是社会主义制度的自我完善，是调整生产关系以适应生产力的发展，完善上层建筑以适应经济基础发展。开放是将本国发展融入世界发展，不但促进经济融合，也促进文明互鉴。改革与开放是一个相互促进的整体。毫无疑问，改革开放为中国网络文学产生提供了物质基础、文化基础和政策基础。但是，我们还需要找出从纸介文学母体产生网络文学“最后一里路”的动能。

有的学者指出，网络文学就是通俗文学，它是中国传统通俗文学的新发展。这种以文本对文本的思想方法不足以把握网络文学的来源。研究思想史，不能从思想到思想；研究文艺史，不能以文本对文本。这种对接是后人人为的对接，因为前一种文学俗体并未构成后一种文学俗体的动能。任何精神成果的发展嬗变都有着深刻的社会、经济、政治和文化的原因。同时，在“网络文学是通俗文学的发展”这一观点中，少见以1993年以降纸介文学通俗化为理论支点的。可是，正是在1993年以降的文学俗体中，蕴藏着网络俗文的基因。

还有的观点将以上三点综合起来，作为网络文学产生的原因。但是，这种观点没有将以上三点整合为一个动力系统。

可以说，寻找“网络文学从哪里来”，不是要寻找一个价值趋向、风格样式、语言风范等相近的既有静态文本，也不是要寻找一个所有事物产生的共有动力，而是要寻找网络文学产生的直接动能。或言之，是要探究与网络文学最直接的前一个文学形态发展的趋势，从而为把握“什么是网络文学”做准备。

产生于20世纪60年代的接受美学认为，应该重视研究文艺作品的信息反馈系统，艺术论不但要以作品为对象，也要以读者为对象。文学作品的从创作到欣赏，是一个“动力系统”，它由“作者到作品的创作过程”和“作品到读者的影响过程”（即读者接受作品的过程）所组成。接受美学强调，要重视研究读者的接受所受到的地域、时代、审美趣味、社会经济地位（后起的“新批评派”将这些称为“前理解”）等方面的影响，重视研究接受与创作的反馈过程和规律。接受美学产生于发达的西方，产生它的社会基础有两个：一、意识形态的堆积越来越大，社会成员对文化品的选择空间越来越大，对于具体的文化品而言，能否被接受成了一个问题。二、由于社会开放程度高、信息化程度高，接受个体的差异性越来越大。同一文本相对于不同社会成员，会有不同的解读力度和不同的解构结果。

需要对接受美学作一重要修正。文学动力系统的原动力不在创作而在生活，其动力起点在作家对生活的参与。文学动力系统应由从生活到作家感受、作家到作品的创作过程以及作品的接受过程三个子系统所构成。

从根本上说，一定的生产方式和经济基础产生一定的社会氛围，生活在一定的社会条件下的作家其创作受着一定社会条件及其对社会氛围的个性化感知的制约。然而，“从生活中的作家到作品的接受”是一个十分复杂、其间包括着人的主观能动性的动力系统，因此，这不但会导致作品的思想内容、艺术风格与作家的“身份”不一致，也会导致作品的审美意义、接受效果与社会发展不成比例。

马克思深刻地指出：“关于艺术，大家知道，它的一定的繁荣时期决不是同社会的一般发展成比例的，因而也决不是同仿佛是社会组织的骨骼的物质基础的一般发展成比例的。”（《〈政治经济学批判〉导言》，《马克思恩格斯选集》第2卷，人民出版社1972年版，第112～113页）这就是艺术生产同物质生产发展的不平衡规律的基本含义。显然，马克思在这里所说的“繁荣”指的是艺术的整个形态、整个动力系统，而不是静态的文本。这个动力系统在马克思身后的运行情况，更证明了这一论断的正确。强调在理解马克思这一著名论断时将其中的“艺术”视为一个动力系统，是因为：一、“它的一定的繁荣时期”以创作与接受的整体繁荣为特征；二、只有将艺术视为整体的动力系统并与其同时期“社会的一般发展”相对接，才能看出二者发展的不成比例这一规律；三、随着生产方式和经济基础的变化，特定艺术形态也将发生变化，而这个变化则是以特定艺术形态动力系统的解构为先导。例如：神话作为文学整体系统解体之后其文本的接受面仍然很大，但接受心理已发生了质的变化。因此，不能再以神话（文本）仍有一定的接受面为由说明这形态仍然繁荣了。

正确地理解马克思的不平衡理论，对于研究文学运动大有裨益。

近代以来，就艺术的主轴文学而论，登上波峰的是现实主义文学。

以中国文学为例。中国新时期现实主义文学，是20世纪里最重要的文学形态。它的落潮，直接催生了纸介文学的最后一个文学形态。

所谓“中国新时期文学”是一个专有概念，指的是自1977年刘心武《班主任》发表到1993年的中国文学。这一时期的文学以现实主义为主导。

新时期现实主义文学浪潮起落之间，释放出强烈的社会文化动能，催生了新的文学形态的产生。

新时期现实主义文学经历了“悲情伤痕潮”“改革英雄篇”和“理性反思曲”三个阶段。

新时期现实主义文学与历史上现实主义文学，同中有异，异中有同。

新时期文学现实主义，是“艺术地把握世界”的直接表达方式。与此相联系，有对过去的尖锐批判和深刻反思，也有对现实的热情讴歌和崇高理想的注入。

新时期现实主义文学在细节描写真实性基础上，努力刻画典型环境中的典型人物，其现实主义是充分的，做到了与时代精神同步，与人民呼声和弦。

新时期现实主义文学从生活到创作、从创作到接受、从创作到批评、从文学到其他艺术，构成一个完整的艺术形态并展开为相对应的文化形态，从文学思潮展开为相对应的文化思潮。新时期现实主义作品每每引发轰动效应：从《乔厂长上任记》（1979年）发表到王朔作品的发表……都因强烈的接受效果而给予改革开放以极大的助力。

可以说，新时期现实主义文学是20世纪文学中接受效果最强烈的文学形态。

就文学形态的整体而言，新时期现实主义文学的衰势初显于1984年~1985年。“1984年，出现了《百年孤独》热，并由此而出现了王安忆、郑万隆等人的一批作品；1985年出现了‘寻根’与‘新方法论热’，并相应地出现了韩少功、冯骥才、郑义等人的一批作品，1986年，又出现了文化热，出现了许多‘文化发展战略’和诸如‘现代主义与东方审美传统相结合’之类的命题。据说现代派已经穿上了中国道袍，羽扇纶巾，扇子上画着八卦，阿城的小说便是代表。所有这些热，已经大体是文人、文学爱好者圈内的事了，吹得很响，却很少涉及圈外人。于是，有人干脆提倡起画圈子来了。”（阳雨：《文学：失却轰动效应以后》，《新华文摘》1988年第4期）“到了1987年，连圈内的热也不大出现了。……不论您写得比洋人还洋或是比沈从文先生还‘沈’，您掀不起几个浪头来了。”（同上）阳雨同时认为，文学走向衰势并非作家和作品产生了退步现象。比较一下《班主任》《神圣的使命》和《乔厂长上任记》等热过的作品与新时期文学后期的一些代表性的作品，还是后者写得更活泼、更富有艺术个性因而从总体上更给人以多样与开放的感觉。但同样的事实是，20世纪80年代中期以后，突出的好作品似乎是逐年减少，到了1987年，值得称道的好作品就更少。富有激情和感染力的作品似乎确不如前。阳雨的观点，勾勒出新时期文学落潮符合实际的轨迹：先是接受减弱，优秀作品的接受效果大不如前，继而是好作品越来越少，整个文学形态开始转化。这个轨迹，实际是新时期现实主义文学形态转化的轨迹。

阳雨在《文学：失却轰动效应以后》一文中对此文发表以后的文学做了三点预测：一、文学将出现严肃（雅）与俗的进一步分化，类似的双向发展还有洋与土、纪实与幻想等等，推理小说、自传小说、历史小说等形式也将发展起来。二、文学将深沉化，一方面表现为思考的更加理性、更加深邃、更加全面多侧面；一方面表现为对人的灵魂的进一步关注。三、民族性与时代性相结合，有可能出现新的更加民族也更加时代的作品。

这类在新时期现实主义文学落潮之际产生的“深沉化”“民族性与时代性相结合”的文学文本，史称“雅文学”，也叫“纯文学”。这类文本，较之新时期现实主义文学与政治贴近、功利性强的特点相比，的确显得既“雅”又“纯”，与随后跟进的俗文学非精致化、娱乐性强的特点相比，也的确显得既“雅”又“纯”。阳雨的预测很有科学性，从1984、1985年开始，文学走向“雅俗分野”。

什么是“雅俗分野”呢?

作家、评论家和读者首先是从文学总供给鲜明地分解为两大不同特征的文本而感受到的。

一、雅文本（指文学文本，包括一切叙事艺术，下同）是指那些“更加深沉化”的作品，一方面表现为其思想性更深邃、更全面更多角度，另一方面表现为对人的内心的进一步关注，对人性的深入开掘。这样的作品1988年以后的确出现过，例如陈忠实的长篇小说《白鹿原》。但由于写作周期一般比社会生活变化的周期要长，这样的作品不要说像话剧《于无声处》那样成为中央政策的先导，就连跟上时代也不可能。从发行量看，《白鹿原》也一度兴起了热潮，但这种热与新时期现实主义文学浪潮之热已不可相提并论（后有展开）。尽管什么是现实主义文学尚有争论，但以“作品中的人物尚生活在当代”为界定较为科学。以这一标准而论，《白鹿原》以及新时期文学失却轰动效应之后有较大影响的几部作品，不算现实主义作品。

二、雅文本是指用现实主义创作方法之外的其他创作方法创作的作品，包括用民族化与时代化相结合的方法、现代派后现代派的方法，等等。这些创作方法创作的作品，解读起来需要较高的解读能力、想象能力和一定的知识积累。

三、雅文本其内容与社会成员的直接需求相去甚远。“从整体看，从古至今，可说并没有纯粹的所谓艺术品，艺术总与一定时代社会的实用、功利紧密纠缠在一起，总与各种物质的（如居住、使用）或精神的（如宗教的、伦理的、政治的）需求、内容相关联。即使是所谓纯供观赏的艺术品，如贝尔所谓‘有意味的形式’，也只是在其原有的使用功能逐渐消退之后的遗物，而就在这似乎是纯然审美的观赏中，过去实用的遗痕也仍在底层积淀着，如欣赏书法中对字形的某种辨认，古庙或神像观赏中的某种敬畏情绪，等等。”（李泽厚：《美学三书》，安徽文艺出版社1999年版，第549～550页）雅文本出现在新时期现实主义文学落潮之际，以后逐渐发展，但其内容则距社会成员的直接物质的或精神的需求越来越远，这也是为什么雅文本社会效应较弱的原因之一。新时期后期有所谓“纯文学”一词出现，指的就是这种文本，细品一下倒也有几分道理。

雅文本以上三种属性一般集于一身，小部分文本只具有其中一种属性。

俗文本有哪些特征呢？

一、俗文本是指那些与雅文本相同也淡化了现实功利但守住了劝善和娱心功能的作品。俗文本与雅文本同时起于现实主义文学落潮之际，故其内容与社会成员现实功利已有相当大的距离，不同点在于俗文本受众广大。俗文本之所以有庞大的受众，其根本原因在于通俗性，也就是说，守住了劝善和娱心功能这一文学和一切艺术的底线。新时期以降通俗文学的兴起，得益于继承了俗文的传统，将劝善和娱心这两大功能发挥到了极致。与古代俗文不同的是，这一时期俗文的主流题材，不再是鬼神、志怪等，而以刚刚过去的共和国历史为依托，将这一时期政治上的反面人物进行“人肉搜索”，以惩恶的方式追逐劝善的目的。由于这样方式的劝善已经远离了社会成员的现实利害，它的娱乐性功能也就得以充分显现了。

二、俗文本是指那些不太精致的文学文本。1993年以后，中国的文化产业化启动。1993年以后的俗文本，很多有凑字数之嫌。

古代俗文，就是当代小说的缘起（与俗文相对者则是诗等别样体裁），原本不那么雅致。《京本通俗小说》中的《碾玉观音》，因欲叙述咸安郡王游春，则辄举春词十余首作为引首。“此种引首，与讲史先叙天地开辟者略异，大抵诗词之外，亦用故实，或取相类，或取不同，而多为时事。取不同者由反入正，取相类者较有浅深，忽而相牵，转入本事，故叙述方始，而主意已明，耐得翁之所谓‘提破’，吴自牧之所谓‘捏合’，贻指此矣。”（鲁迅：《中国小说史略》，安徽文艺出版社2010年版，第71页）古代俗文由于与说唱紧密联系，故其文本兼有散播信息的功能，这是造成它不雅致的原因。1993年以降，信息化大步加快，利用俗文抢占信息高地遂成为文人的一大追求。因此，新时期以降俗文对古代俗文写作上的“继承”，其实不过是后世研究者的一种对比研究，以期寻找社会对俗文文本形成的动能而已；当代俗文的写法，形成于当代社会即社会信息化给予作者的感召和律令。

三、俗文本是指那些继承了古代俗文写法的文本。在劝善的问题上，俗文本出现了因袭和颠覆并存的态势，而以因袭为大宗。以艳羡的笔触描写帝王将相、才子佳人乃至后宫生活的俗文充斥于市，用新时代价值观进行“故事新编”的也不乏其人。忠君、清官政治、“为帝王师”等封建观念包裹在历史的叙境之中，构成了新时期以降俗文的一大风景。相比之下，与现代人实践需求和日用之常相对接的价值观，在这一时期的俗文中鲜有所见。

四、俗文本打出了“纪实”的旗号。新时期后期出现的俗文本，很多是所谓“纪实文学”。纪实文学对在新时期文学史上辉煌一时的报告文学构成淹没和覆盖之势。但“纪实”只是某种俗文本的旗号而已；也就是说，“纪实”是为招徕读者而设的局，其内容并未像传统报告文学那样遵循真实性原则。兴起“纪实热”的原因很复杂，与新时期社会激动后转入相对平静有关，与林彪、“四人帮”的假崇高有关。当时的“纪实热”与21世纪初年兴起的“非虚构”旗号其社会动能大有区别，前者是文学失却轰动效应后的反映，后者则是社会信息化对文学虚构功用的否定。

五、歌颂出钱人的传记、“报告文学”成为俗文本的一大类别。如果从1985年算起，这类文本已经存在和发展了三十余年。市场经济特别是私营经济的迅猛发展给了此类文本大发展的强大动能。之所以标出此类文本是写“出钱人”的，是因为它的产生机制是雇佣写作。这种写作机制与“卖文为生”不同，后者受读者接受度的制约，前者不受这种制约。写有钱人的传记、“报告文学”通常难以进入市场，在报刊上发表需要用别的版面来“平衡”，出书则难有销路。此类文本，大多弘扬所传者的道德和创业史，也有掺进介绍其所创产品的内容的。文化产业兴起之后，此类文本被业界称为“软广告”，成为产业、产品文化包装的一种方式。最典型的文本，是企图通过神化老板而达到神化其产品以至于将物质消费与精神文明提升挂钩的文本。此类文本之俗，不只表现在它离文学意义上的“传记”“报告文学”相去甚远，还表现为文本生产的供给侧十分繁盛：既有大量体制内外人员参加、形成了完备的写作编辑出版机制，又消耗大量的财物。当然，印成文字就是这一机制的最后环节。

六、部分俗文体用性、暴力和窥秘“三大密码”编排而成。“三大密码”之说源于20世纪90年代初中期，这一时期纸介读物的庸俗化达到了高峰。庸俗文本的最突出功能就是激欲，它和泛滥一时的黄色音像制品以及以各种淫秽形式存在的卖淫嫖娼一起，成为特定历史时期中国社会的三大祸害。

仅从文本区分雅俗二者不足以把握各自的本质特征。发端于20世纪80年代中后期的“雅俗分野”，实际上是两个文学形态、系统的分立和分体运行。

先看雅文学体的构成和运行情况。

1998年网络文学起步前后，全国涉及雅文学创作的人数已经十分庞大。1998年前后全国地市级以上作协会员在30万人左右，他们中大部分从事所谓雅文学创作。需要指出的是，人们谈论文学的雅俗，一般仅考虑小说。除了小说这一文学的主要体裁之外，诗歌、散文、报告文学等也经历了雅俗分野，其发展轨迹与小说大致相同。

以从业人数和发行量看，雅文学体有着巨大的体量。从1984年~1985年起，不少人习惯以从业人数和发行量来证明雅文学（在这些人语境里就是“文学”）的繁荣。融媒体实现后，“推送量”“播放量”标准掩盖了纸介文学刊物和图书的“发行量”标准，不少人又用后两种标准证明雅文学的繁荣。其实，这些标准充其量只能说明雅文学（即体制内所说的“文学”）的传播力度的强大，不能说明它的接受效果的强大。

文学刊物的发行量自20世纪80年代后期一直呈下降趋势，1998年网络文学兴起后特别是融媒体和“文学＋互联网”兴起后，发行量羞于再提、懒得再提、故意不提。短篇小说集、散文集和报告文学集几乎无人问津。经过挑选和强势机关、强势媒体推荐的长篇小说有一定的发行量，名著再版有一定的发行量。这两种雅文本的发行情况，给予研究者很大的错觉。前文论及发行量（传播力度）不等于接受效果，同样，最终反映传播力度的购买力度也不等于接受效果。这是因为，1993年以降，社会成员对雅文学的态度，特别是对名著（包括再版经典和新造“经典”）的态度发生了变化。

1993年后，由于社会信息化的来临，生活节奏的加快及娱乐方式多样化等诸多原因，从总体上讲，人们对于越积越厚的文学“世界三”已经难以消化万一了。那么，为什么购买量依然可观？原因是复杂的。只是说，有一种文化现象是确实存在的——不少人订刊和购书是为了装饰门面（无贬义）。

阅读心理也发生了很大变化。主要体现在两点：一是后工业社会氛围使得青少年读者的“前理解”（“新批评”派用语）容易造成与经典文学名著的隔阂，以至于在阅读时常常将典型人物与典型环境进行解构，例如，有的青少年读者不理解“杨白劳为什么欠债不还”。二是理想已化为具体的现实的功利，矛盾的解决找法律而不再找文学，“雅文本”又不会制造“白日梦”。由于阅读心理的以上特点，致使雅文本即使被接受，文本也会被“碎片化”。

那么，雅文学体依靠什么机制运行呢?

一、养人机制

各级作协都设有“创作室”“研究室”“文学院”及文学刊报编辑部，这些部门的从业人员有固定工资，大部分有创作或编辑专业的职称。除此之外，20世纪90年代中后期各级作协还普遍建立了“合同制作家”机制，选拔一定数量的业余作者由作协给予创作资助，按选题进行创作。以上两大部分人，创作的文本基本上属于“严肃文学”即“雅文学”。

二、评奖授家机制

各级作协大多设有文学奖，分级别，具有很强的垄断性，设奖金、荣誉称号以及其他的附加奖励。这类文学奖是体制内作家追逐的对象，也是雅文学创作的重要激励机制。评奖授家机制是“在编”作家群人生目标的保证，它在很大程度上掩饰了这一群体的作品接受度低的尴尬，增强了他们坚持创作严肃文学的自信。获奖和授家成了社会对这类作品和这类作家的重要考核标准。

三、创作资助和发表、出版补助机制

作协系统有面向作家的“重点选题”创作资助，还有面向“业余作者”“合同制作家”的创作资助。有关单位设有面向文学报刊和文艺出版社的发表、出版补助机制。

四、“两大资金”机制

许多省级宣传系统都设有“宣传文化事业资金”和“文化产业启

动资金”，俗称“两大资金”。这两大资金的资助对象，一部分属于文艺报刊、文学创作项目和文学发表与出版项目。这些资助对象，一般属于严肃文学项目。

除了以上四大机制之外，维持雅文学体运行的，还有根深蒂固的传统观念。网络文学兴起后，人们称纸介文学（实际是纸介文学中的雅文学）为“传统文学”，是有一定道理的。在四大机制中生存的作家，自觉不自觉地将“公家人身份”和官方认可当成圭臬，将市级作协会员至省级作协会员至中国作协会员的阶梯当做文学努力的阶段性成果。如果还能混个一官半职，那就更能证明自己文学上有成就了。久而久之，文学体制内的人常常不自觉地以某作家的官位大小推证他作品质量的高低，文学报刊的目录特别是评论报刊的目录习惯以作者的官阶排次序。现实和观念合在一起并长期互动，便形成了中国独特的“传统文学现象”或“雅文学现象”。

四大机制一种观念，支撑着雅文学的运行，推动着雅文学艺术形态的发展。在它的运行和发展中，“接受”被严重地忽略或视而不见了。在文学整个动力系统中，三个子系统——从生活到创作、从作家到作品与从作品到接受发生了断裂。

再看俗文学体的构成和运行情况。

从事俗文学创作的人数很难统计，因为除了各级作协会员中的一小部分外，其他人员大多不“在编”，是体制外人员。俗文学最显眼的有三类：一类是自费在各出版社出版的“传记”、报告文学，一类是报纸加页和刊物出增刊，一类是戏说历史的小说出版物。真正像张恨水小说以及像后起的长篇网络小说那样的通俗文学作品并不多见。

那么，俗文学体依靠什么机制运行呢？

俗文学体的运行依靠三种机制：第一种是社会赞助机制，第二种是市场机制，第三种是对以上两类机制起保障作用的发表和出版机制。给人写传记、“报告文学”，会从写作对象那里得到回报，这是第一种机制；靠卖文稿或卖书，从文化消费者那里获得回报，这是第二种机制。中国很少有民间设立的文学奖，个别民间设立的文学奖其目标也是雅文学。俗文学的从业者在纸介文学阶段，很少有人想依靠这一行成名成家的。在第二种机制中生存的写手又分两类，一类是写通俗文学的，另一类是编排庸俗文字的，两类人都有市场生存空间。真正通俗文学在纸介文学时代并未获得长足的发展。其实，刘绍棠的一些作品（重风土民情、用传统小说写法）和冯骥才的《三寸金莲》，已经算作通俗文学了。但是，由于它们产生较早，文化市场尚未发育，所以未获得应有的市场回报，并且，它们一直存在于严肃文学的评判语境中。庸俗文字在1993年以后一度泛滥，不少人靠这类文字的操作混上了不错的生活。构成俗文学体的，还有一个发表和出版发行机制。以政策监管不力、变相买卖书号、报纸加页、刊物出增刊、“第二渠道发行”、三审制名存实亡、盗版书号刊号及非法出版为依托的俗文创作和垃圾文字写作在1993年～1998年繁盛一时。

俗文学体的接受也要分为两种情况：一种是那些“传记”“报告文学”，它们一般没什么销路，基本上用于公司和个人礼物送人，更不用说“有效接受”了。另一种是通俗文学和垃圾文字，都有着很大的销路和实际的接受效果（当然，效果有正有负）。这意味着存在着一个稳定而庞大的俗文化消费群。

雅文本和俗文本的区分本是在相对的意义上。雅文学体与俗文学体更非互不交际，例如，1993年以后的发表机制和出版机制，就既属于雅文学体也属于俗文学体。

雅文学体和俗文学体的并存和发展，将指向一个文学史上从未出现的文化形态。

第二节　雅俗文学的分体运行与艺术的文化化

新时期现实主义文学落潮之际，人们的阅读心理发生着巨大变化；或者说，社会心理的变化导致新时期文学现实主义走向衰微。阳雨在《文学：失却轰动效应以后》一文中分析文学失却轰动效应的原因时说："……起码从20世纪30年代起，革命、抗战、胜利、解放、改造、运动、动乱、反帝反修、"一举粉碎"、拨乱反正、改革开放……中国的这一段历史是充满了政治激动性的……全民的热点是为中国找出路，为一次又一次找到了金光大道而激动，为不能走另一条和又一条路而激动，为从今走向繁荣富强走向金光大道而激动，为一次又一次地非昨而是今而激动。当然，这样的激情这样的理想如今也有，也许更深刻了。但毕竟今天的情况是空前的安定、稳定。现在的热点是改革，没有错。但改革的热点是经济，人们对改革的看法要务实得多，思想准备要长得多。1949年全国都唱'解放区的天是明朗的天'……现在却不会也不必要吸引组织大家唱'改革了的体制放红光'或者'改革就是好，敌人反不了'。如果现在整个的社会都更加稳定，人们的心态，相对来说更缓和与宁静一些了，我们只能额手称庆。……人们变得日益务实以后，一个社会日益把注意力集中在经济建设、经济活动上而不是集中在政治动荡、政治变革和寻找新的救国救民的意识形态上的时候，对文学的热度会降温。……如果一个社会动辄可以被一篇小说一篇特写一个文学口号所激动所'煽动'起来，只能说明这个社会的运行机制特别是言论与决策状况不大健全，不大顺畅；说明这个社会人心不稳，思想不稳，处于动荡之中或动荡前夕。反过来说，如果一个社会许多成员只是为了'解闷儿'而读文学作品，冷落了一些救世型思想家与惊世玩世型艺术家的巨作，并非完全可悲。"（《新华文摘》1988年第4期，第118～119页）这种社会心理；是雅俗分野的基础。

自1984年雅俗分野后，雅文学遭遇了读者危机。

文学"深沉化"即雅文学在其产生后最初的短暂时期里，受到了文学圈子的肯定和关注，但它的受众已经很小了。这一阶段大概是1984年～1988年。20世纪90年代初虽然出现了"毛泽东热""红歌热"，出现了"一部《渴望》万人空巷"，但这段时期的文学其社会效应与新时期现实主义文学已不可等量齐观了（本书在特定语境下将以文学为基础的其他艺术形式列入文学）。这一短暂的回光返照和历史插曲过后，迎来了中国改革开放的新一轮高潮——1992年开始的以建立社会主义市场经济为清晰目标的改革开放。随着大力度的改革开放，1993年居然出现了“作家下海潮”，社会成员关注经济、人心思富、不易激动、更加理性又上了一个层级。原来为文学“深沉化”叫好、捧场的文人圈子进一步缩小，雅文本的接受效果日渐式微。

面对日益萎缩的雅文学读者群，不屈的雅文作家中有人喊出了“写给21世纪的人看”的铮铮誓言。但无情的事实却是，1993年后每年经专家们选定的长篇作品尽管经过强力推介，读者还是越来越少，阅读过程进一步碎片化，阅读人群职业化。总而言之，从1984年～1985年雅俗分野之后，雅文学体的从创作到接受这一子系统的总趋势是日益萎缩。

也许有人会举出1993年后的“陕军东征”“梁凤仪旋风”乃至“布老虎丛书”等事件作为雅文学繁荣、接受力度大的证明。这种认识是不对的。为了辨清这个问题，我们必须把“文学”与“文化”作一区分。文学系统的运行形成一定的文化形态，称作文学文化。如同有音乐文化、影视文化一样，文学也有自己的文化形态。文学文化是文学的创作、传播和接受所引发的社会行为，它不同于其他艺术形式所引发的文化形态。为研究之便，可分为接受前（未被接受）文化和接受后文化两种形态。为叙述方便，将前者简称为“前文化”，将后者简称为“后文化”。

文学的前文化包括涉及文学的创作、作品的出版发行传播等一切被接受前的文化、经济、社会、政治事实。文学的后文化包括被接受后与作品的被接受直接相关的一切文化、经济、社会、政治事实。文学前文化的规模、力度以及内部结构是探求文学文本供应量（不等于文学繁荣）的重要尺度；文学后文化的规模、力度以及内部结构是探求文学是否真正繁荣及繁荣程度的重要尺度。

“文学文化”的第一次提出见于1994年5月31日《河北日报》所载《提出文学—文化批评》一文。文学文化提出较晚，说明它有起伏性，说明文学的第一物质载体（物质手段）——语言文字在接受和展开为文化行为方面比流行歌曲、电视艺术对接受主体和社会条件要求更高。

1993年以降，文学的前文化形态凸显。

从1984年、1985年到1993年，雅文学体在雅俗分野的文化背景下运行了近十年。一方面，是雅文本的接受日渐衰微，另一方面，是文本供给越来越盛，文学动力系统内部从创作到作品与从作品到接受两个子系统发生了尖锐的矛盾。在1993年起步的文化产业化的机制中，这种矛盾已初显文学产品供给过剩。供给过剩本是个经济学概念，但文学艺术产品在文化产业机制里也存在这个问题。文学产品的供给过剩，表现为文学产品不能实现销售或销售后不能实现消费（接受），因此造成人财物的巨大浪费和精神文明建设的空运转。因此，在一定意义上说，文学艺术品的供给过剩较之物质产品的供给过剩其危害要大得多。文学产品的供给过剩，既反映供大于求（例如《三国演义》印行数超过需求数），也反映消费者（读者）的消费（接受）意愿。

由于以上原因，雅文学体自1993年起大步走向以“前文化”为特征的文化化。

为了弄清雅文学体向文化形态的转化，我们先讨论文学的文化化。

文化是精神文明和物质文明的总和，特指精神文明。文学是以语言文字为工具形象化地反映现实但比现实更集中更典型的艺术，是文化的核心形态。文学与其他文化形态之间当然有边界，但并非相隔万里。就艺术形式（品种、美的形态和美的质素）而言，其生成于亚艺术（文化），其消解为亚艺术；就内容艺术之内容而言，其生成于对现实的“艺术地”把握，其被接受后流变为社会文化；就艺术行为而言，一部作品的创作（制作、生产）的前中后都会伴生文化活动，形成文化形态。“文学的文化化”的含义是：一、艺术形态向着自己的文化形态转化。二、文化形态在由艺术形态的生成中仍然带有原来艺术形态内容和形式上的明显特征，艺术与文化两两对应。三、艺术形态（形式）生成于亚艺术即它的文化母体，当艺术形态向其文化形态转化时，呈现出“仿佛向过去回归”的轨迹（否定之否定）。四、文学的文化化“古已有之”，1993年之后“前文化”向极端发展。

文学的文化化以具体作品（文本）的文化化而表现出来。就某部作品而论，文学在创作（制作、生产）、传播和接受等环节中必然会生成自己的文化形态。

文学经接受而产生“后文化”，这一现象一般不会被特别提出，因为它符合人们从事创作的目的。因此，“文学的文化化”一般是指“前文化”现象，即由于整个文学系统断裂而生成的文化现象。文学的文化化，说到底，是文学动力系统中受众与文本的心理对接转变成了人与人的文化互动。在这种情况下，人在文学形态中的存在便演变为人在艺术—文化链条中的存在，特定的艺术形态便转化为特定的亚艺术态。

雅文学体的文化化表现为多种形式。

一、某部作品创作（制作、生产）的前、中、后一切与这部作品的创作、传播和销售有关的社会文化行为、文化形态（包括机构）日益繁盛。在计划经济背景下的文学形态中，有称之为“宣传”的工作，但文化产业化背景下的“文学的文化化”与“宣传”不可相提并论。文化产业化初期以至今天，有“包装”这一概念，初起时不无贬义，“文学的文化化”也与“包装”不可同日而语（“包装”一词早已褪去了贬义而过渡到了中性）。

1993年以降，文学的文化化主要表现为“前文化”在规模、力度上远超文学（文本）被接受后由文学的被接受所形成的文化效应（后文化）。“前文化”覆盖“后文化”意味着“互动”压倒“审美”，意味着艺术向着亚艺术的回归。

二、以作品的销售为目的而设计的文化活动日益繁盛。这类文化活动贯穿于作品创作、生产的前、中、后三个环节。就这类文化活动的设计者和实施者的主观目的而言，都是为了促进作品的销售。然而，由于促销的文化活动一般都分解成若干文化产业项目，这些项目的经营能否促进作品的销售，就很不确定了。

三、文学创作的普遍性、大众化和发表的群体性前所未有。出书不再神圣，谁是作家，谁不是作家？当然以其作品为鉴别标准，这个标准当然是有的且当属神圣，但创作的群众性淹没了这些标准。也就是说，除了已成为名家的少数作家之外，新起创作群体中作品质高者未必传播力度大，未必接受效果好。形成这种状况当然有资本的作用，但资本为何能起作用仍有其复杂的社会原因。另外，改革也使作家的“身份”日益变得模糊。政府在职业资格认定上的简政放权放开了艺术职业创生的手脚。国家对民间社团的扶持政策使传统和新的艺术职业更方便找到自己的社会身份。例如，在官办的“河北省作家协会”之外，有后起的“河北省文学学会”等。一大批“新社会组织”（民间社团）的涌起，满足了一大批从艺人员对社会身份的需求。不吃“皇粮”的社会从艺人员社会身份的获得，极大地激发了他们投身创作的积极性，这是文学创作的普遍性、大众化和发表的群体性形成的重要原因之一。

四、作品发表的互联网方式和出版的改革、报刊的饱和，都使“发表权”基本和实际上掌握在了作者手中。“经审定才能发表”的机制已荡然无存，虽然这些机制形式上还在。传媒界有一个“稿件的终审权”机制，但它的实际作用已经主要不在艺术水平的审定上。艺术行为属社会行为，艺术属“社会”意识形态，缺少了真正的专家审定这一环节，“艺术”当然会“文化化”，变成一种大众文化行为。

五、既有文学经典的文化化。1993年以后，再造文学经典很难，“各领风骚五百年”变成了“各领风骚五百天”，社会于是将目光投向了既有经典的“文化化”。2014年春，河北省某机关曾提出将铁凝成名作《哦，香雪》延伸至文化（项目）的动议，但没拿出具体方案，后来也没有上马。其实，这个创意是可行的，也是有意义的，特别是针对迈向现代化的当代社会。《哦，香雪》问世于20世纪80年代中后期，但它的意旨指向未来。一条铁路伸进大山，在香雪们所生活的小村子边停车一分钟。香雪们开了眼界，接触到了山外的人和事，也开始学习做生意。“你看着给吧”，香雪对买她鸡蛋的人这样说。这是世界上独特的生意谈判。香雪，一个被掩映在大山的皱褶里的少女，三十年来她是怎样生活的呢？她的善良和纯朴也许会像她的美丽的外表一样逐渐褪色，也许她顶住了商品社会的负能量，因为那座大山里藏聚着发展的正能量，藏聚着做好人的基因。“工业（广义）的伟光在地平线下闪照”，而今天呢，我们应该警惕了呢，当工业的伟光普照时。如果在香雪人物原型的涞水修一个“香雪广场”，修一条小火车路通往野三坡风景区，让香雪的“名言”“你看着给吧”成诗成歌，提供给远赴涞水的旅人，也许能给予奔向现代化的人民以十分有益的文化营养。

“既有文学经典的文化化”是文化产业的一条重要的产业链。“文化化”的途径很宽泛，链条也很长，一直可延伸至物质产业。

六、阅读格局的改变使艺术向着亚艺术回归。阅读格局指的是欣赏主体与被欣赏对象的对应关系。一般地说，这种对应关系是审美主体和美的客体静态的审美关系。

这种关系存在于主体与各种艺术形式的对应之中。现在我们先讨论文学以外的综合艺术的主客体审美关系。“艺术”源于初始文化形态，例如巫术礼仪。巫术礼仪是亚艺术形态。随着时代的发展，艺术的亚艺术形态会分阶上升，不断呈现，例如今天的电视文化、网络文化及融媒体文化。从一定意义说，艺术产生于这个文化态或亚艺术态，同时会不断地向这个文化态或亚艺术态“回归”。观演形态回归为亚艺术，意味着对艺术的欣赏不再专于审美，而演变为“游于艺”。孔子讲的“游于艺”，后世有多种解读。但若联系孔子的当时行为，它应包含以下内容，或曰我们应该解读为以下内容：1. 有“游历”的意思，即创作者要有广泛的交游和深入生活；2．有观赏采取选看和阅读上选读的意思，即欣赏与阅读应采取非静观、非一对一审美的方式，采取“玩儿”（文化）与欣赏相结合的方式，采取与生活相结合的方式；3．无论创作还是欣赏，在心理上都应有一种自由的状态。这样，在创作上才会有创新，在欣赏上才会有美感。在艺术创作上因改变观演格局而令欣赏者改专一审美为包括审美的“游于艺”，在艺术接受上欣赏者因生活方式的改变而将任何欣赏都改为“游于艺”，意味着艺术的文化化。

下面讨论文学的主客体审美关系。文学作为艺术的重要种类，其主客体审美关系与一般艺术种类的主客体审美关系既有共性，也有自身特点。改革开放以来，特别是20世纪80年代中后期以来，戏剧和电影都发生过“观众危机”，文学发生过“读者危机”——“写给21世纪的人看”的口号就是当时针对读者危机提出的。面对观众危机和读者危机，艺术界不断进行迎合观众的艺术创新。创造新的阅读格局是1993年以后文学运动的新趋势之一。

阅读格局指的是读者与文学文本的对接方式。一般地说，读者与文本分别作为审美活动的主体和客体，其界限是明确的。1993年以降，文学的阅读格局发生了极大变化。社会常常把文学图书特别是文学名著的销售量作为衡量文学是否繁荣的标准，这是十分错误的。事实是，很多购书行为不过是社会成员财力的一种文明表达，“陈设”是许多文学名著实际的功用。政府倡导“全民阅读”的力度越来越大，恰好说明厌读已成社会问题，这里当然包括对文学的厌读。阅读的仪式化、文学的活动化“热闹儿化”风行已久。总之，文学的阅读格局已经从文学本性所要求的静态化的心理对接向着非心理属性的互动化演变了。

因观演格局的变化而导致的艺术的文化化与因阅读格局的变化而导致的文学的文化化，既有共同性也有区别。其共同性在于，二者均系主客体的审美关系遭到破坏所致；其区别在于，形成观演格局的感受方式与形成阅读格局的感受方式是不同的，因二者的改变而导致的各自的文化化在形态上也是不同的。

七、“内文化”现象。“内文化”现象古已有之，是指在艺术品中渗进某些与故事情节相脱离的文化要素，使得艺术品不完整、不和谐，明显地让人感到是着意在宣传什么。1993年文化产业化启动后，最早凸显“内文化”的是电视剧。20世纪90年代初期，出现了一个“行业片”概念和“软广告”概念，稍后又出现了一个“嵌入式广告”概念。这几个概念都指向同一个事实，就是在中国一个特定时期内出现的电视剧中夹杂非艺术因素的普遍的操作法或机制。这种机制出现的原因是：1. 投资方的要求。投资方有民间资本，也有国有资本。民间资本要求电视剧写进宣传产品、企业及至资本拥有者的内容，国有资本要求写进其“工作”所需，而二者的“问效”手法则都是只追究“播出了没有”，不再追究有多少人看。2. “收视率就是钱”的理念还未被电视台所认同。3. 电视手段承载文化节目的多样性远未被业内所普遍认识，致使很多广告宣传任务都由电视剧来承担。4. 中国电视剧人特别是专业的编导队伍还不成熟。5. 中国电视剧市场刚刚开启，艺术品作为商品按照它的价值量出售的市场法则还未发挥作用，电视台播出电视剧常常是无偿的，有时支付一些所谓“演播费”也少得可怜，距拍片成本相差很远，有的电视剧播出还要“倒贴”。6. 创作（制作、生产）的群众性导致艺术的“内文化”。1993年以后，不少富起来的人拍电视剧成为一大文化景观，这当然是好现象。然而，毕竟这些人属非专业人员，加上对“纪实”的追求，导致不少作品难以用艺术品标准去衡量。这种亚艺术品虽然没有市场，如同自然经济条件下的物质产品一样“自产自销”，但它投资小，群众性参与，亦为广大参与者所喜闻乐见。参与者对自己的作品的喜欢程度大大超过“审美式”地看名作。7. 音像市场尚未形成，电视剧“出口儿”只有到电视台去播映这一条路。正是在这诸多社会因素的合力作用下，电视剧的“行业片机制”得以形成。这一时期，不少电视剧因其广告宣传色彩浓厚，遭到评论家和观众诟病。在此情形下，有人提出了“假如将广告做得与艺术品天衣无缝会怎样”的问题，引起业界注意。自1993年央视以350万元价格买下电视剧《爱你没商量》首播权后，中国电视剧开始与市场对接。此后，出现过《刘老根》《乔家大院》等作品。前者加进了不少东北“二人转”的元素，后者直接以一个旅游景点为整个戏展开的基础，二者的宣传和广告的欲求不能说不明显，但因这些信息十分合乎艺术规范地融入了全剧之中，所以不但无人称之为“行业片”，它们的接受效果也不错。

出现在电视剧发展史上的这种“内文化”文本向艺术文本的发展，正是艺术与文化反馈规律的缩影。由于这一时期文学文化被电视文化所覆盖，故电视剧的“内文化”现象的演变比文学“内文化”现象的演变更明晰也更充分。同时，由于出现了电视文化及随之而来的电影文化（“大片”）对文学文化的覆盖，致使文学的“艺术与文化”双向反馈功能发生了变化，即一方面经由文学—影视链条而与受众对接，另一方面则大步迈向文化化。

从雅文学化到文化化，雅文学体已变成亚艺术体。因此，离开雅文学体的亚艺术总体特征谈某一特定文本，都是无意义的，因为它的内容没有构成意识形态。

在雅文学体迅速文化化的同时，俗文学体也在迅速文化化。

俗文学文化化的特征也表现为多种形式。

一、俗文学体中的创作主体迅速膨胀并逐渐形成一个职业社会阶层。

二、俗文学体从1993年文化产业化进程开始后在纸介文学框架内获得了长足的发展，形成了一个产业业态。

三、俗文学体的互动功能萌发于创作主体向受众的靠拢，发展到极端则是受众参与创作。这里的“受众参与创作”与雅文学体中的“创作的群众性”不是同一含义，它强调的是“由接受发展而来”和“与创作者的一对一互动”，它是后起的“网络文学”互动的先导。

四、随着外部条件例如文化产业化、社会信息化的推进，俗文学体的阅读逐渐碎片化，并由此过渡到文化互动。

雅俗文学的分体运行及其向各自文化形态的展开，说明某种新文学正在积聚社会动能。雅文学体的“前文化”的繁盛，说明灌输某种善的内容已成社会急需，而表达这一内容已成特定文学阶层之需求；俗文学体“后文化”的繁盛，说明满足某种新的精神需求正体现历史前进“总体的善”，而职业作家的出现和港台俗文的补充正是这一善的内容。

第三节　新的文学形态产生的客观动能

经过1984年、1985年到1998年（网络文学产生）的长时期运行，一度分野的雅与俗两个文学体最终殊途同归，向着亚艺术体演变。

文学与经济社会的发展毕竟是不平衡的。阳雨早就预言：“文学的黄金时代确实是来了，黄金一样的作品却不会因时代的黄金而自动涌现。《红楼梦》的出现恰恰不是时代黄金的结果。”阳雨在他那篇划时代的论文《文学：失轰动效应以后》中指出文学的“黄金时代”肯定会给予文学以别样的动能。

20世纪80年代中期至20世纪90年代末的中国社会、经济和文化的发展给予文学以怎样的动能呢?

一、电视文化对文学文化的覆盖

所谓“电视文化”，指的是以电视技术手段为支撑、以电视艺术品和文化品为内容，经由受众的心理接受和文化互动所形成的文化形态。前文已述，一定的艺术形态产生与之相对应的文化形态。电视节目中有许多属于亚艺术态的文化品，它们与电视艺术、电视的感受方式及传播方式一起，构成不同于纸介文学的文化源。

电视文化对文学文化的覆盖，指的是对经由接受所产生的文学文化形态的覆盖。展开来讲，这种覆盖通过对文学作品的使用或电视艺术对文学的引领而形成了对文学动力系统的割裂，使之难以形成独立的“文学后文化”，同时又推高了不经接受的“文学前文化”。

文学作品经由读者接受，会产生或强或弱的社会文化效应。这种“后文化”，既不同于雅文化体那种未被接受而掀起的文化形态，也不同于俗文化体那种因阅读的“碎片化”和互动性而导致的文化化。

艺术作品（此语境中的“艺术”包括文学）因被“接受”而产生文化行为或文化形态，是艺术文化化的一个重要方面。因艺术品被接受而引发的艺术的文化化的特征是：1. 所有的文化行为因（艺术）接受所引起；2. 这种文化形态是艺术本质的外化和展开，是真正的精神需求的满足和真正的文化消费。一部作品被人欣赏之后，其内容情节和人物会引起一系列社会文化行为，如主题歌被传唱，台词被传言，服饰被效法等；3. 这种文化形态的生成与繁盛将导致受众精神文明水平的变化，正能量艺术品的被接受将提升精神文明的水平，负能量艺术品的被接受将降低精神文明的水平。

电视文化对文学文化的覆盖，表现在文学文化在这一时期已经融入了电视文化之中。具体说来有以下几种表现：1. 这一时期新创作的反映当代生活的好的文学作品并不很多，但只要一出现，便成了电视艺术改编追踪的对象。雅文学体中的好作品一旦被改编为电视艺术，一般会加大它的发行量。从一种认识的角度看这是文学的繁荣，但其实只是扩大了传播，膨胀的是雅文化体，没有促进有效的文学接受——阅读（即便有阅读也是碎片化阅读）。2. 一些生活的新发现，新角色、新职业、新故事直接写成了电视剧。文学在这里当然有奠基之功，但在将“文学”与“电视艺术”“分功”之时，则无争议地须归功于后者。3. 先有电视艺术作品后有同名或近名文学作品，后者靠前者开路的现象愈演愈烈，例如，在电视剧《北京人在纽约》热映中出版了《在纽约的北京人》，《渴望》也是先有电视剧后有同名文学作品……这是最有代表性的文化覆盖：电视艺术作品经由接受所形成的文化效应带动后起文学作品的接受，后者虽然“沾了光”，但也失却了自己形态的独立品格。4. 与以上相联系，雅文化体也罢，俗文化体也罢，其被“改编”的欲望被激发了。在文化产业化催动下，从小说或其他体裁文学文本到电视艺术这一产业链形成了，由此造成了文学与电视艺术在以后者为龙头之前提下的深度融合。这同时也意味着，纸介媒体与电视媒体在以后者为龙头之前提下的部分融合。5. 电视艺术“内文化化”向艺术形态的回归形成了对文学文化的深度覆盖。由20世纪90年代初的“行业片机制”（即满足投资方要求在电视剧文本中生硬地脱离情节地插入宣传内容）过渡到艺术地达到这一目的的文本的出现，电视的发展仅用了短短三五年时间（像《乔家大院》之类的上佳作品不断涌现）。这实际是实用信息与艺术信息以电视媒介为物质载体的有机融合。这种融合的实现压倒、覆盖了实用信息与艺术信息（文学）以纸介机制为依托的融合。也就是说，两种艺术系统的关系表现为或转化为“电视信息”对“纸介信息”的压倒、覆盖。6. 电视艺术自身的文化化因便于上广告和争取占用社会成员的社会闲暇时间而行稳致远，大大推进了对文学文化的深度覆盖。在这方面，最突出的是电视剧的长篇化。20世纪80年代，电视艺术理论家高鑫就曾从美学特征的角度肯定过电视剧的长篇化，其实，这也是电视技术为电视艺术的文化化发展所提供的可能性所致。

电视文化对文学文化的覆盖仅是它对艺术—文化体全面覆盖的一种。戏剧文化、电影文化、舞台艺术文化等均受到了电视文化的覆盖，其表现和机理与文学所受到的文化覆盖大同小异。由此，形成了以电视文化为龙头的艺术文化体。

电视这一“艺术—文化体”与以往的艺术—文化体有所不同。从原则上说，以电视剧为主体的电视艺术的出现并不意味着艺术品种的创新。视听综合、光影呈现、蒙太奇、写实主义等美学手段和文本特点，电影已经具备。因此，电视艺术不过是电影艺术在传播手段上的延伸。电视物质手段包括着显示手段（文本）和传播手段两个部分。正是后者，使电视艺术在接受上有了互动性开发和碎片化欣赏的可能，这是与影院观影所不同的。20世纪90年代，电视艺术理论界曾有一派很有影响的观点，即从电影银幕与电视荧屏的大小上区分影、视二者艺术的可能性。现在看来，这种观点是不对的。电视艺术（特别是电视剧）在接受上不同于电影接受的特点，使其整个艺术动力系统已经具有了亚艺术也就是文化化的特征。也就是说，无论多么严谨的文本，电视艺术的欣赏方式都有可能将其亚艺术化，都有可能将主客体心理对接所形成的幻象碎片化。同时，电视艺术是与其他亚艺术文本（如某些电视栏目）和非艺术信息一起传输的，随时“调台”的方便和嵌入式广告、贴片广告的加入，也会促使电视艺术在实际的与主体的对接中亚艺术化即文化化。20世纪80年代，电视艺术理论家钱海毅曾在《文论报》撰文指出：电视不是艺术。“电视”确实不是“艺术”，它是一种现代传媒，“电视艺术”是一种视听综合媒介与特定既有艺术形式的嫁接，“电视剧”是电视媒介与电影艺术的嫁接。任何既有艺术品种“电视化”之后，必然形成电视文化的一部分，其文本也会在整个艺术动力系统中改变特质（从实际效果来看）。电视观众面对的电视传输犹如中国戏曲的勾栏阶段，或像一个游艺场，各个游艺单元同处一个大的空间之中，它给予了观赏主体以极大的“游”“选”的可能性。现在看来，钱海毅当年的思辨有着重要的意义。在钱论的启发下，我们很自然萌发这样的想法：“互联网”不是文学，“网络文学”实质是互联网机制与既有文学形式的嫁接。当然，嫁接之后也会引起既有文学（系统）的改变。

电视传媒兴起之后而互联网媒体兴起之前，实际形成了以电视为龙头的融媒体。业内人士指出，在电视“同一屋檐下，面对同一主体，艺术信息竞争不过新闻热点、股市行情，甚至打不过天气预报”。于是，电视艺术所含信息的鲜活与否自然成了“电视游乐场”的准入标准。电视艺术不免大步走向信息化，“抢占信息高地”必然成为电视艺术从业者的一致纲领。但是，无论如何，电视艺术所承载的物质的和精神的功利性，毕竟都是虚幻的，比不过在同一“卖场”“出售”的功利信息的功利性。举例说，20世纪90年代初获大奖的电视剧《外来妹》所引发的情感意绪，必然会被能够提供解决社会成员现实问题的相关新闻及深度报道所冲淡。

二、社会信息化对文学的影响

信息是事物存在（运动、发展）状态的显露。信息化反映的是信息（技术）产业化、工业（广义）信息化、社会管理信息化和信息保障的（信息基础设施建设和社会机制）发展进程。社会信息化在本书的含义，指的是在以上所列全面信息化的进程中，社会生活的各领域加速信息化的过程。

以计算机信息处理技术和传输手段的广泛应用为基础和标志的第三次工业革命是社会信息化的原动力。马克思深刻地指出："工业（广义——引者注）的历史和工业的已经生成的对象性的存在，是一本打开了的关于人的本质力量的书，是感性地摆在我们面前的人的心理学……"（《1844年经济学哲学手稿》，《马克思恩格斯文集》第一卷，人民出版社2009年版，第192～193页）自第二次世界大战后兴起的第三次工业革命，极大地改变了世界政治、经济格局，推进了人类文明，加快了全球化步伐；同时，也带来了过度的资源消耗、极大的环境代价和世界格局的两极分化，从而为第四次工业革命奏响了特殊的前奏曲。中国尽管是第三次工业革命的后起者，但因为地大物博、人口众多、发展不平衡、改革开放和社会主义制度等特点，使我们能够与西方发达国家并肩站在第四次工业革命的潮头回望历史，能够以"后工业化"的宏观视野充分利用前几次工业革命特别是信息化之长而避其短。因此，在我国，当信息化作为原动力作用于社会信息化时，其副作用会得到充分的抑制。

信息消费的发展是社会信息化程度的重要尺度。改革开放以来，中国先后进行了三次信息化建设，分别为纸介传媒、电视传媒和网络。2017年，全国信息消费大约4.6万亿元，占整个消费的十分之一强。据2018年8月11日央视报道，信息消费已是近些年来创新最活跃、增长最迅速、辐射最广泛的新兴消费领域之一。另据2018年8月20日中国互联网信息中心（CNNIC）发布的《中国互联网络发展状况统计报告》，截至2018年6月30日，中国互联网网民规模达8.02亿，互联网普及率为57.7%，手机网民规模达7.88亿，互联网理财使用率由2017年末的16.7%提升至2018年6月的21.0%；中国网络购物用户和使用网上支付的用户占全体网民的比例均为71.0%，网络信息服务朝着扩大网络覆盖范围、提升速度、降低费用的方向发展，交通、环保、金融、医疗、家电等行业与互联网融合程度加深，互联网服务呈现智慧化和精细化特点。2018年8月，工业和信息化部、国家发展和改革委员会联合印发《扩大和升级信息消费三年行动计划（2018~2020）》。该行动计划提出，到2020年，信息消费规模达到6万亿元，年均增长11%以上，98%行政村实现光纤通达和4G网络覆盖。信息消费的迅猛发展和信息服务业业态的形成，是社会信息化深度发展的标志。

由于信息生产和服务包含社会信息的“生产”和提供，信息的消费包含社会信息的接受，而社会信息则承载着政治观点和价值观，所以，社会信息化还有赖于社会的文明程度、开放程度、民主程度和对不良信息管控机制的完善程度。

社会信息化是一个信息化逐渐影响社会全面发展的过程。在对文化建设的影响方面，呈现出不同的节点。改革开放以来，相继出现过纸介文化、电视文化和互联网文化三个不同文化节点。三个节点虽有不同，但有一个总趋势。

这个总趋势表现为媒体由媒介向媒体，由传统媒体向互联网媒体的转型和发展，表现为媒体由承载和传播信息的工具、手段向制造信息的机构的转变。

媒体是信息的传播和交流这一目的的工具。媒体在其与信息的关系中具有以下特质：1. 是目的实现的手段，是介质。甲骨、帛书、纸张、报刊（运行）、广播、电视和互联网都是承载、传播和交流信息的介质。这意味着，媒体的存在与发展必须为信息的承载、传播和交流服务，在与信息的对应关系中，媒体的手段和工具的地位不能改变。2. 媒体的第一个功能是对信息的承载，第二个功能是对信息的传播（交流）。虽然这两种功能只有在思维中才能区分开来，但传播和交流功能的发展有可能使“承载”变态。因此，媒体在发展中对信息“承载”功能的改变，应视为“媒体＋”的特殊文化事实，因为这一事实已离开了媒体的本性。特定文化体都“带有”自己固有的媒介，演讲会、课堂、剧场、影院、游乐场等从介质上分析都具有媒体的性质，当这些艺术和非艺术的介质变更为现代媒体时，它所承载的文化形态就会发生变化。文化创意学研究媒体，旨在探索媒体现代化后它在与信息对应关系中的变化即离开其本质属性的异化，从而将“媒体＋（信息）”转变为“（信息）＋媒体”，把握先进文化的前进方向，强化先进文化的传播力度和接受效果，推进社会主义精神文明建设，帮助社会成员摆脱各种异化包括媒体对人的异化。

1993年以降，中国媒体的发展呈现出三个不同的阶段。第一个阶段自1993年文化产业化进程之端至2000年左右，此阶段为传统媒体（这里的“传统媒体”包括纸介和电视）与互联网并行发展阶段，实际是电视媒介占统治地位的阶段。1995年，中国互联网（Internet Media）向公众开放接入服务。1997年，舆论开始将互联网比作继报纸、杂志、广播和电视之后的“第五媒体”，1999年北京召开第二届亚太地区报刊与科技和社会发展研讨会之后，互联网逐渐被公称为“第四媒体”（报纸与杂志被视为同一媒体）。互联网进入中国，是中国进入信息化社会的重要动因和重要标志，也是中国传媒现代化的重要标志。在互联网这一新兴媒体快速发展的刺激下，传统媒体也进入了发展的快车道。这一阶段各媒体发展的共同特征是：1. 沿着自己的媒介特质向着经济文化实体迈进，也就是说，“媒介”向着“媒体”迅速转化。在这个转化中，各媒体还没有将精力放在与横向媒体的融合上，而只是牢牢固守着自身媒介的特质并根据各自媒介特质所提供的可能进行着产业化的扩张和内部改革。例如，不少传统媒体拓宽营销模式，经营文化类或非文化类产品，广电业开始进行制播分离的改革等等。2. 由于中国社会行政类传统组织方式的强力，致使中国传媒的改革的特殊性造成任何“分离”即确立市场主体的任何行为都会埋下迅速整合的契机，就像一条牛皮筋，当松开拉牵的手时，牛皮筋就会迅速缩成一团。媒体内部在进行以确权为特征的“分”的同时，很容易地走向了媒介的整合。当然，这种媒介的整合在此阶段还表现为特定媒体行政系统内行政性质的整合。比如，如果电视台牵头搞部电视剧，会在广电系统行政力量的干预下署上电视剧制作中心的名字，此类实例不胜枚举。

第二阶段自2000年至2016年，此阶段为传统媒体与互联网相互融合阶段。2000年左右，各媒体在沿着自己媒介特质进行产业化扩张和内部改革的同时，也开始尝试与其他媒介的融合。至2016年，这类横向融合达到高潮。这阶段各媒体发展的共同特征是：1. 传统媒介“上网”即“＋互联网”，互联网成为纸介媒体的“出海港口”。2010年，国务院出台《推进三网融合的总体方案》。这个方案的出台是媒介相互融合的催化剂。所谓“三网融合”，是指电信网、广播电视网和互联网在向宽带通信网、数字电视网和下一代互联网的演进，这个演进过程呈现出技术功能趋于一致、业务范围逐渐相同、网络互联互通、资源共享的特征。“三网融合”之后，能为用户提供语音、数据和广播电视等服务。“三网”融合进程开始后，纸介媒体“＋互联网”的动作大大加快，媒体融合发生了质的改变，即进入了技术、经济形态、媒体（改革）和文化品营销方式全面融合的新阶段。2. 由技术所驱动，技术、媒介、经济、文化、政策联动互促的局面形成。自2010年国务院出台《推进三网融合总体方案》至2016年上半年，“其间所发生的媒体巨变却远超改革开放三十多年的变化，特别是对电视而言。”（戴清：《媒体融合：在技术与资本的牵引下》，《当代电视》2016年第9期）2000年至2016年，媒体的发展呈现出技术改变媒介，媒介改变媒体（经济文化实体）和新的经济文化形态，从而改变艺术生产和其他文化品生产营销模式的过程，政策既是技术和媒介媒体的产儿，也是技术、媒介和新的艺术形态文化形态的催生婆。在媒体发展的第二阶段，还有一个关键点需要提及，这就是2014年主流舆论倡导“新旧媒体融合”。这次倡导因为由党的机关所发出，故其力度空前强大。这次倡导，旨在推动新旧媒体全方位深度融合的同时，推动“内容”对新兴媒体和全媒体的利用。这便将媒体融合的目的性亮出来了。具体到文学，就是对“文学＋互联网”的推动。在这次转型中，“推动传统作家利用互联网”特别引人注目。所谓“传统作家”，在中国的语境中是指那些利用纸介媒体发表作品的作家，发表的形式有出版图书和报刊发表两种。“传统作家”和“网络作家”不只是不同发表形式的标识。文化品销售方式的转型，标志着媒体融合进入深层次。仍以上例为例，传统文学与网络文学将因两支作家队伍的融合而融合，而这种全方位融合必将导致媒介与内容二者关系中主导方的易位，即原来的由媒介选择内容的情况有可能倒过来。这也是中国媒体发展由第二阶段转入第三阶段的内在基因。

媒体发展的第三阶段自2016年下半年开始。在经历了媒介向媒体的发展和传统媒体与新兴媒体的融合发展这两个阶段之后，2016年下半年始，中国媒体进入了追求内容创新的新阶段。2016年8月底，主流舆论开始倡导“新闻传播”的创新。《人民日报》2016年9月1日载文强调，创新是新闻传播的动力之源，活力之源，是巩固主流阵地、壮大主流舆论的必然要求，要以新的理念、新的举措，不断开创新闻传播创新的新局面。这实际是倡导媒体所载所有内容的创新。以上中国媒体三阶段的划分是逻辑的划分，各阶段在时间上有交叉，民间行为早于官方倡导。例如新闻传播之内容的创新早就存在，将内容创新列为一个发展阶段其真切含义是这个阶段媒体发展的主题是创新。

综上所述，可见自1993年文化产业化进程开始后的二十多年，是信息与媒体关系中由信息需要媒体向媒体需要信息迅速转化的年代。在这对关系中，目的与工具的相互地位异化了，媒体不再是信息的工具而成为了它的目的。戴清指出：“技术的突飞猛进令人猝不及防，互联网对整个传统行业的冲击和改造犹如一场看不见硝烟的战争，博弈、淘汰不过弹指一挥间。共赢是理想状态，传统媒体的压力无需多言。”（《媒介融合：在技术与资本的牵引下》，《当代电视》2016年第9期）戴清的议论是针对媒体融合大潮中传统媒体的尴尬地位而发的。的确，这次大融合是以互联网这条“大鱼”吃掉传统媒体这条“小鱼”为特征的。融合由政治的和经济的驱使而生发，但融合后马上就会发现，这种融合只不过是经济社会发展中的一个过渡环节，这也是主流舆论在倡导媒体融合（2014年）之后很快转而倡导“新闻传播的创新”（2016年9月初）的原因。媒体融合在一年中迅速实现了，实现了媒体融合的媒体人更加茫然了。戴清针对电视媒体的现状说：“电视台的收视率魔咒从来不曾破解，如今又增加了播放量的魔咒，收视率、播放量背后是观众的选择、是市场的指向。”（同上）电视媒体是传统媒体中最强势的，其他媒体甚至融合后的“集合媒体”都逃不出“播放量”（刊发量）这个魔咒即律令。也就是说，正是在融合后，信息对“媒体”的依存度大大增加，媒体（不是媒介）不再是信息的工具而对信息的再造功能大大增加了。

这个总趋势表现为信息的贮存、传播及转换的物质条件越来越好，意识形态的堆积（波普尔：世界三）包括文学的堆积越来越大；与此相关联，通由生命个体对典籍文化的承继力度越来越小。

这个总趋势表现为知识爆炸或新信息爆炸，非信息化时代所普遍存在的社会成员对信息的渴求已转变为拒绝信息成为生活之必需。

文学艺术是特殊的社会信息。社会信息化对文学艺术的影响巨大。这种影响表现在：1. 后起媒体所形成的文化形态对既有媒体所形成的文化形态形成文化覆盖，例如电视文化对文学文化、戏曲文化、电影文化的覆盖，网络文化对电视文化、电影文化的覆盖——电影大片（主打意识形态冲击性）的火爆，就是对这种覆盖的“反叛”和“突围”。2. 如本书多次重复，文学艺术是一个动力系统，它的起点是艺术地把握生活，终点是审美地解构作品。当现代传媒（包括自媒体）超现实地（媒体制造信息）提供海量信息，致使文艺的虚构性赶不上现实生活的超现实主义色彩的时候，整个文艺便会向亚艺术发展，而不管它的“文本”是否完整统一。

社会信息化对文学的影响与其对其他艺术的影响总的来说是一致的，当然也有自身特点。

社会信息化促使文学文化化。如前已述，社会信息化是一个过程，与此相一致，文学的文化化也是一个过程。1993年以降文学的“俗化”，原本是文学形态向着经接受的“后文化”转化，但是，由于俗文本向娱乐性发展（“三俗”不在此议），加之其他艺术形式娱乐化趋势的叠加，欣赏“俗文”的心理发生了质的变化。因此，这种逐渐淡化审美的心理效应已经埋下了脱离文学动力系统的伏笔，其发展方向就是文化化，即由接受主体与文本的心理学意义上的审美静态的对接向着文化互动转变。文本的“内文化化”、接受的“碎片化”和“人人都是作家”等现象，都是文学文化化的具体表现。电视艺术兴起后，电视艺术（包括电视剧和其他电视文艺栏目）的接受覆盖了文学的接受，电视文化覆盖了文学由接受而形成的文化形态，文学在一定程度上成了电视艺术的附庸，文学“前文化”因此而兴盛。中国进入中等收入国家、经济发展进入“新常态”和网络信息服务业的兴起，标志着信息化社会的来临。进入这一阶段后，社会信息化对文学的效应通过对整个艺术的效应而体现，但由于文学属内容艺术，加之它同时仍受着电视艺术及电影艺术（此时电影艺术以贺岁片、大片、主打意识形态等方式已经从被电视艺术的覆盖中一定程度地“突围”）的文化覆盖，所以受社会信息化的冲击更大。

2006年6月25日，莫言、王安忆、张炜等作家与沪上评论家在上海聚会，探讨“小说与当代生活”的话题。王安忆在讲述了一则众人为一盲童圆梦的社会新闻如何从平民生活演化为“叙事神话”的过程后说：“艺术被生活消耗得很快，我甚至怀疑我们写小说的人所虚构出来的东西能够维持多久。”（参见中国作家网2006年7月2日《首届上海大学文学周研讨“小说与当代生活”》一文）其实，2005年前后，“当生活超出文学想象……”“当杂闻比小说离奇”“文学的文化化”“文学的边界在哪里”等等，不断被文学界所提出。这些舆论所疑虑的，正是在社会信息化作用下，“虚构”这一文学的看家本领被媒体的信息炒作所压倒，以至于文学文本或者在接受过程中失却魅力或者因“杂闻”迅捷而不能成文。总之，社会信息化是文学“内容虚构”的杀手，它必然逼迫整个文学系统重新调整：当对现实的虚构即典型化失却力量时甚至不可能时，文学向哪里“突围”？

社会信息化促使作家们抢占信息高地，以“怎样写”（追求细节真实）为立命之本的文学被迫转向极端追求“写什么”，作家拼命争奖、争政治地位、争作品的传播力度。

社会信息化使一些负能量消息的主人公反而获得了利益。自己制造绯闻获得身价大涨，脑瘫女诗人因“睡你”诗句而走红，“高铁霸客”受罚但微博大受关注……这种现实不可能对文学人没有影响。“三俗”的泛滥以及“打擦边球”的做法就是明例。

社会信息化使纸介文学从重视外在形式、重视包装、重视传播，一直发展到“前文化”登峰造极。作者介绍花样繁多，“靠皮肤写作”成为圭臬，拉大旗作虎皮成为时尚。

社会信息化对文学的影响，是通过媒体与信息关系的异化而实现的。对信息的选择性供给、改造信息、大推送量等，一方面与文学争夺闲暇时间，另一方面也改造着文学。于是，信息性在文本中的地位凸显，压倒了艺术性。同时，由于媒体对信息的统摄作用，“酒好还怕巷子深”成为常态，文学作品传播上的偶然性成为必然。在这种情况下，文学人的可能性选项有：1. 坚持对生活的个性化体验，并在此基础上延续文学的虚构；2. 走纪实的道路，写当代的好人好事；3. 大量采用媒体所给予的信息，离开现实主义，写幻想类作品；4. 高度重视媒体的作用。以上就是在社会信息化条件下新的文学运动和新的文体产生的基础。

三、以文稿拍卖、作家下海、职业作家出现、“走穴”浮出水面以及中央电视台购买电视剧《爱你没商量》首播权等为标志，中国文化市场逐渐形成；文化产业化推动着文学向亚艺术体转化

文化产业的勃兴不是偶然的。1992年中共十四大确立以建立社会主义市场经济为改革目标之后，新一轮改革开放热潮涌起。证券市场、劳动力市场、资本市场的建设纷纷起步。文化产业是现代市场经济的重要一环。有了现代市场经济的政策环境、物质产业运行环境和法制环境，文化产业才能发展壮大。文化产业化的深化又反过来丰富和健全现代市场经济体系，二者是相辅相成的。1993年兴起的诸多文化产业化事实，冲击着以计划经济为背景的文化品生产销售体系，同时，也在体制外培植起了文化市场的基本力量。

文化产业化大大推动了文学的文化化。

文化产业化的推进，直接打造了艺术—文化的产业链。艺术与文化的反馈功能加上文化产业的利益驱动，不断推动着艺术文化化向纵深发展。2004年，湖南卫视开创《超级女声》栏目。据中国社科院发布的《2006年中国文化产业发展报告》统计，按照产业链主要环节直接产生的经济效益来看，各环节的直接参与者所获得的经济回报累计超过76亿元。这些“直接参与者”的各个环节是：节目制作商、节目品牌运营商、赞助企业、广告代理商、电信运营商、短信增值服务提供商、网络公司、娱乐包装公司。作为节目制作商的湖南卫视在冠名赞助、广告和手机短信等方面收入颇丰，间接效益如品牌效应等更是难以估量。2005年9月1日，《超级女声PK》唱片正式上架，10月1日，“超女”全国巡演从成都开场，历时近两月，场场爆满。业内人士估计，短信服务商从本节目获直接收益为2100万元，娱乐包装公司从艺人经纪中获直接收益为7700万元，新浪、搜狐等各大门户网站开设了“超女”专门论坛，获益巨大。

可见，整个“超女”项目，既是一个产业链条（产业集群），又是一个利益链条，还是一个艺术与文化相互反馈的链条。与文学的文化化相一致，文学在这个大型项目中处于附庸的产业元素地位，但却是节目链条中的重要角色。同时，“超女”还衍生了若干文学文化化的项目。

“超女”等大型综艺节目的成功，催生了文学“借船出海”的内驱力即利益驱动力。这种内驱力在1993年～1998年期间早已产生，文化的产业化以活生生的利益召唤着文学从业人员调整态度、调整文本形式以利于加入经济大合唱。这种内驱力不断增长的结果，是新的文学样式持续产生和新的营销方式的不断开拓。在文化产业化背景下，电视文化对文学文化的覆盖直接体现为对文学接受的封堵。因此，文学的有效接受（两个效益的统一）就只剩下两条路：一条是成为电视文化运行链条中的元素，一条是另辟蹊径，争取直接销售阅读。可以说，这直接导致了网络文学的产生。

文化产业化的推进极大地提升了资本在文学动力系统中的作用。买版面、买书号不但彻底瓦解了“三审制”和稿费国家标准，也催生了“人人都是作家”这一标志着文学文化化不可逆转的文化现象。“主旋律不是包袱而是财富”这句业内口号的提出，客观上有利于激发歌颂祖国，歌颂人民，歌颂党，歌颂英雄作品的创作，但也从接受心理上淡化了对这类作品的代入感。同时，“手撕鬼子”电视神剧的出现凸显“将主旋律娱乐化”已成创作倾向。

电视艺术产业、电影产业、演出产业等业态中诸多项目的成功，虽然拉抬了文学要素在各自产业链中的商业价值，但毕竟不是文学独立产业业态的成功。这一事实不但催生着文学产业的产生，也启发了资本持有者和广大文学写手，特别是那些“雅文学体机制”之外的文学写手。

文化产业的发展，也给雅文学体以巨大影响。无形之中，“没有市场”反而成了需资助和好作品的反证。

四、经济全球化所带来的文化输入，不可避免地刺激文学亚艺术体的成长

依世贸规则，域外文化品不可避免地进入中国从而对文化生活发生影响。域外文化品都是经过我们的选择才能进口的，它们所携带的普世价值、创作方法及作品制作方式对于汉语雅文学创作实际形成了覆盖。也就是说，面对这些作品，常使我们的作家有“眼前有景道不得，崔颢题诗在上头”之感。无论是《拯救大兵瑞恩》中的高扬个体生命价值还是韩剧中的生活碎语，无论是美国大片的人类命运警号还是亚艺术《江南Style》，都是迈向现代化的国人所急需的精神营养。同时，这些文化品对受众闲暇时间的占有，夺去了中国文学的阅读时间。

电视文化对文学文化的覆盖、社会信息化、文化产业化和经济全球化形成的强大的社会动能，推动着雅文化体（不被接受）与俗文化体（互动式接受）向着亚艺术体转变（文化化）。于是，在纸介文学的最后阶段，人们所期待的“现实主义回归”和“现实主义新态”作为整体的文学动力系统并未出现，而是为新的文学亚艺术体的产生创造了条件，积蓄了动能。

社会信息化、文化产业化和经济全球化对文学系统的影响不是一一对应而是交互产生的。举例说，选择从新闻中取材演绎故事与“快餐式”制作读物与提高产品（作品）制作效率就是统一的。在“三化”的交互作用下，文学动力系统的艺术（形态）与文化（形态）的反馈其总趋向是文化化。

人们往往忽略，在网络文学到来之前，电视曾长期居于强势媒体地位。看似电视艺术与文学两种艺术形式的竞争，实则是电视文化对文学文化的文化覆盖。这并非视角的不同，而是实质存在的差别。文化覆盖是电视艺术的动力系统对文学动力系统的解构。如已论及，直到网络文学兴起，作家们仍以文学原作被改编为电视剧作为一大成绩和作品的归宿。其实，从类型文化的发展而言，这恰是文学文化的断裂，文学的此山之“石”，用以雕为电视艺术他山之“玉”。电视艺术（特别是电视剧）本是电影的文化化延展（艺术种类的创新到电影已经终止）。“影片”用电视传媒传导以后，在电视技术的支撑下迅速文化化，这无疑加强了对文学文化的覆盖。在互联网艺术兴起之前，曾有过一个电视艺术占统治地位的历史时期。在这一历史时期，独立的文学文化有两个脉络，一个是“雅文学体”，一个是“俗文学体”。雅文学体和俗文学体都有缺憾，前者靠“评奖授家机制”生存，缺乏接受这一关键环节；后者先是“三俗”泛滥，后又祭起“纪实”的旗帜，文学性差，依靠金庸等大陆之外通俗文学才补齐了这个系统。这样的现实便造成了文学“突围”的动力。文学曾试图与电视传媒相结合，创造一种“电视文学”，例如“电视散文”“电视诗歌”等，但没有发展起来。电视传媒上传文字，由于“扬短避长”和阅读不便未能实现。可见，在纸介系统里，文学不但在期待创作的突破，也期待技术的更新。

新时期现实主义文学落潮之后，人们一直期待有轰动效应的“大作力作”出现，甚至一浪高过一浪。也许阳雨《文学：失却轰动效应以后》所说的“深沉化”和“民族性与时代性相结合”的作品出现过，但并未有大的影响。

激情燃烧的岁月永远让人怀恋，现实主义作品容易成为经典。但现实主义创作有高潮有低谷，社会不会永远激动，易激动的社会并非是理想社会。文学与政治经济发展的悖论尽管让喜欢文学的人们怅然若失，但它却是铁一般的规律。

文学向着俗化、文化化的历史性转型，不但使作家们感到无奈、依恋和悲伤，就连理论家们也大多转不过弯子来。

传统的现实主义理论是对欧洲19世纪现实主义创作浪潮的总结，是建筑在“艺术地把握世界”这一反映论上的理论。当这种现实主义文学落潮之后，理论家们仍然在“现实主义”的框架中打转转。20世纪40年代，发生了布莱希特等人与卢卡契的争论；20世纪60年代，产生了加洛蒂和阿拉贡的“无边的现实主义”；1932年，苏联的伊凡·格隆斯基提出了“社会主义现实主义”；再往后，苏联产生了

“开放的现实主义”“多元的现实主义”，西方产生了“功能现实主义”“心理现实主义”“理性现实主义”“魔幻现实主义”等，不一而足。这些“现实主义”的出现，反映了理论家们企图修正恩格斯到卢卡契传统现实主义的原则，使“现实主义”能够把更多的创作方法、更多的文本形式包容进去。理论家们之所以对欧洲19世纪现实主义文学落潮之后的文学形态仍然以现实主义语境进行梳理，说明他们不了解现实主义文学形态有起有落，在其落潮之际会有新的文学形态诞生；说明他们忽视了任何事物都有其规定性或曰给特定事物下定义是研究工作的先导这一基本原理；说明欧洲19世纪现实主义浪潮对人的思维惯性形成了巨大影响。

看来，对“现实主义文学”概念进行拓展，还不如加以严格限定更符合文学发展的规律。比如说，在既有诸多规定性基础上，还应加上“当下引起了巨大接受效应”这样的含义，这也是成为经典的前提。这样的认知，可帮助我们认识已经到来的新的文学运动和已经出现的新的文学形态。

自新时期现实主义文学落潮到网络文学兴起，文学运动的总趋势虽然是艺术的文化化，但这个过程是渐进的。在艺术形态向文化形态的转化中，总有中间态出现，可称为“亚艺术体”。亚艺术体是指那些不具有强烈审美意义的文学形式。“文化化”就是文学亚艺术体产生的客观动能。

雅俗分野、矛盾，反映的是文学的“传达”这一根本属性与接受这一根本属性之间的矛盾。

任何文学系统都必然争取接受、争夺读者。尽管方式不同，但争夺媒体是一致的。由于媒体对信息的异化作用，在纸介机制里，这种争夺导致文学的文化化。

但是，媒体对信息的异化又不是文学运动的终极动力。作为社会信息化、文化产业化和经济全球化的重要推手，媒体与所载信息的矛盾运动以及“三化”本身，是特定生产方式和经济基础决定的。文学运动直接受着“三化”的影响，但其最深的动力仍在生产方式和经济基础。“要求增加工资的人去找人事科财务处，要求民主参与的人去找市长区长政协委员人大代表，要求惩治坏人的人去找律师检察院，要求打发时间的人干脆去看《卡卡》，他们都没有必要去找作家找文学作品。”（阳雨：《文学：失却轰动效应以后》）这是雅俗分野方兴时的真实写照。改革开放、生产力的迅速发展，使社会成员的理想不断落实在生活中，建设法治国家和和谐社会、扶贫，正逐渐消解着两极分化和社会矛盾。这是国之大幸、民之大幸，也是文学转型的契机。

第二章　网络文学的兴起

在现代经济体系和文化产业化的背景下，文学创作作为复杂的脑力劳动，必然追求经济回报。因此，通过作品的被接受而获得报酬又能得到作家的身份，无疑是写作者们理想的职业之途。当文学的内生动力与文化的产业化及其他条件相结合，一种新的文学形态便出现了，它就是网络文学。

第一节　接受效果与经济效益统一体的形成

1998年，痞子蔡在文学网站上发表了小说《第一次的亲密接触》，一般公认，这标志着网络文学的产生。2010年“三网融合”后，网络文学的发展提速。至2013年底，中国网络文学用户达3.51亿，全国专业文学网站（频道）达500家，签约作者超过250万。

理论研究迅速跟进。

2014年7月11日～12日，中国作协创研部、全国网络文学重点园地工作联席会议、人民日报社文艺部、光明日报社文艺部共同举办“全国网络文学理论研讨会”，对《第一次的亲密接触》发表以来的网络文学态势进行梳理。中国作协、人民日报社文艺部、光明日报社文艺部、中宣部文艺局理论文学处、国家新闻出版广电局网管处、部分省市作协负责人、网络文学从业人员代表、重点文学网站高管七十余人与会。会议围绕构建网络文学评价体系这一主题，设立了六个议题：一、网络文学如何弘扬社会主义核心价值观，讲述中国故事；二、网络文学与中国古典文学和现代文学传统的关系；三、网络文学的创作特点与艺术特征；四、网络文学的评价体系和批评标准；五、网络文学的传播与市场机制的关系；六、引导网络文学健康发展的思路及对策。会议后，该会议的综述、报道和部分论文相继在《光明日报》《文艺报》《作家通讯》等媒体发表。2014年11月，这次会议的论文以《网络文学评价体系虚实谈》为书名结集出版。

这次会议是网络文学产生以来业内对“网络文学”的第一次全面的理论审视。

无疑，这次会议所产生的成果十分丰硕。但是，这次会前和会中，很少见围绕“网络文学是什么”进行形而上思考的言论和文字，特别是很少出现就这一议题直接交锋的言论和文字。有人说：“当我们谈论网络文学，我们在谈论什么？你常常会发现大家谈论的对象各不相同。”“大家谈论的对象各不相同”，说明对“什么是网络文学”的理解不一致，它直接影响了这次会议所设六个具体议题的深入。

但是，2014年前后（以下称“2014语境”），理论界在探讨具体问题时，还是透出了对“网络文学”的诸多不同理解。归纳起来有以下几种。

一、从媒介覆盖的角度立论，认为网络文学将取代或覆盖纸介文学。如果照着“网络文学就是互联网上的文学”“网络文学是纸介文学的未来”这样的思路走下去，那么没有进入付费阅读的诗歌、散文、报告文学（这些形式的作品均已“上网”），以及帖子、微博、微信等，不都属于“网络文学”了吗？这种观点在2014年前后受到了非正面的质疑。这些质疑将通俗小说之外的其他网上文学体裁以及随互联网而产生的试验性文本排除在网文之外。

然而，从媒介覆盖的思路把握“网络文学”又有它的优点和长处。“互联网”作为一个“经济文化事实”，是政治、经济、法律、文化、科技诸多条件共同作用的结果，媒介更替必然在文学新构中发挥重大作用。因此，这一思路又不失为一个科学的入口处。

二、抓住互联网运行以来文学的新动向，沿着“互联网机制”（政治、经济、文化、科技、法律诸条件同构体）的可能性思考，认为网络文学应该是那些实验性文本，如段子、超文本、赛博文本等等。显而易见，如果将这些“新文学”包括在“网络文学”之中问题还不大，如果将“网络文学”局限在这些文本范围之内，则是很难立足的。2014年左右，网络文学已经运行了十五六年，读者、作者、评论者、经营者已有数亿之多，如此庞大的文化形态用这样的“新文学”一言以蔽之，则明显是置事实于不顾。然而，这种认识加入到“网络文学是什么”的合唱中，又有正能量的一面。文学总是要前进的，不会总是“四大件”或“五大件”，新的文学形式的产生赖于新的社会条件，而“互联网机制”就是诸多新的社会条件之一，是新的文学形式产生的“最后一里路”。因此，将这些新文本列入新文学则有着很强的指标性意义。

三、从文学“上网”后的客观事实出发，认为“网络文学”就是千百万受众、写手以及经营者参与的“网络长篇通俗小说”。2014语境从这一观点出发谈论网络文学具体问题的占统治地位。当然，当用这一观点解释网络文学具体问题，例如2014年理论会所列六大议题时，其弊端也便显而易见了。首先，这种界定“言不达意”，即语言与逻辑不合，因为互联网上还有长篇通俗小说之外的其他文本。其次，更重要的是，这种界定未能从艺术与文化的反馈关系中去界定网络文学，因而不能解释融媒体实现后网络文学的新现象、新形态，也不能解释其他体裁和现实题材作品通由网络而逐步地市场化。但是，将网络文学理解成“网络上的长篇通俗小说”，抓住了新文学的某些本质特征，融媒体实现后的文学并未丢弃这些特征。同时，2014年前后，互联网上虽然已经出现了各种文学样式，但它们都不具备长篇网络通俗小说所具有的那种新文学的特征（后面详议）。

以上三种观点，都不足以概括“网络文学”，也就是不能任意用其中一种给“网络文学”下定义；或者说，用“网络文学”专指其中任何一种文学形态都不适合。但是，每一种理解又都不是空穴来风，又都抓住了“互联网＋文学”或“文学＋互联网”这一文化事实展开后新文学创生的某一侧面。长与短在每一种观点上的共存，正是新旧文化形态转型中矛盾的反映。需要指出的是，以上关于“网络文学”的三种观点，的确如前所述不是形而上思辨的产物，也不是学术争论的结果，它们或是从论及具体问题，特别是2014年理论会所列六大议题中透露出来的想法，或是从具体文学工作中表现出来态度。那么，这些观点和态度是怎么来的呢？首先，在“网络文学”已经约定俗成多年之后，人们自然会咬住这一词语，提出“网络文学”是什么、从哪里来的问题，自然也会“顾名思义”地做出答案。其次，仅仅一个热词还不足以给理论思考导航，指引人们将“网络文学”归结为网络长篇通俗小说的，是这一文体所创造的超高人气和产业成绩，这是这一认识成为2014语境主旋律的原因。尽管2014语境关于“网络文学”认知不一，但仍能找出各种歧见的共识。首先，它们都注意到了文学运动正在“换媒体”；其次，伴随着换媒体，产生了新的文学形式，这种文学形式的超高人气和产业成绩是文学在纸介时期所未能充分发展的。再次，2014语境共同的思路是由外而内即由文化形态进入艺术形态来探究“网络文学”，例如从“上网”“网络性”“超高人气”“产业成绩”逐渐进入分析文本特征。就连“网络文学是互联网上的所有原创文学”论者也承认，通俗网络长篇小说在这一概念之中。以上所有共识说明，以“换媒体”为表征的文学运动，其由艺术向文化的展开深刻地影响了学界；在文化与学界的临界面之后，是文学的动力系统。2014年前后，以一个完整动力系统呈现给人们的，就是以长篇通俗小说为文本的文学形态。这一阶段，可称之为网络文学的形成阶段。

以网络长篇通俗小说（以下简称通俗网文）为文本的文学动力系统由一部分占据一定网络阅读市场份额的签约作家和日益膨胀的文学网民构成从作品到接受的子系统。网络发表的人数当然是惊人的，但真正有市场的只占少数。2014年前后，全国签约作者逾250万，其中职业或半职业写手不过3万名，中国作协重点联系的网络作家620名。这说明，在这一动力系统中，纸介文学阶段的创作与接受的社会分工仍在发挥作用，“我写你读”的对应格局并未改变。需要紧紧抓住的，是在通俗文学上网以后在接受上发生了什么变化。无论是纸介通俗文学还是网络通俗文学，“你写我读”都是一个反馈关系。也就是说，“接受”是文学作品实现美学价值和社会功能的条件；文学作品的生命，开始于审美主体与客体的心理感应之时。但是，较之纸介通俗文学系统，通俗网文的接受对文本亦即对创作的制约力要大。

通俗网文动力系统中的接受是创作的导向，决定着作品的审美趣味、价值观念、故事情节、人物命运，甚至作品的篇幅，而在纸介通俗文学形态中，接受环节对创作的影响还带有间接性和滞后性。

在通俗网文的作品—接受系统中，接受对创作的影响更直接，反馈更快捷。在纸介通俗小说的作品—接受系统中，作者与读者中间隔着一个发表和出版机制。一般地说，读者的意见是通过编辑传达给作者的，而且，这种意见的表达也受着版次周期性的限制。至于长篇小说，虽然作者也受着“意识形态的询唤”（路易·阿尔都塞语），虽然也有过杨沫数次遵读者意见反复修改《青春之歌》的特例，但是，从总体上说，长篇小说的作者与读者的互动性很弱。报纸和期刊创生以来，张恨水式的连载小说创作受读者的影响直接一些也快一些，但也不能与通俗网文的创作所受的来自读者的制约相提并论。

通俗网文运行机制是文化产品的购销机制，受众与写手建立了直接的购销关系。这个购销关系的建立，强化了以接受为主导的写手与受众的信息反馈关系，标志着文学产业业态的形成（虽然网络文学发表机制和政策环境也是网络文学产业形成的条件，但“购销关系与反馈关系的叠加”是文学发展的新动力并且是网络文学产业发展的新动能）。因此，通俗网文运行机制是一个接受效果与经济效益（注意：“接受效果”不等于“社会效益”）的统一体。这个统一表现在，接受效果越强，则意味着经济效益越好；经济效益越好，则说明接受效果越强。很显然，这里的“接受效果”只是一个标志文学作品社会影响力即传播力度和接受程度的概念，不反映作品精神效能的正负，与流行语“社会效益”含义不同，“社会效益”应是“良好的社会效果”之意。在社会法规允许范围内，这个统一体会长期稳定运行，从而形成网络长篇小说定型的文本；以文本创作为契机，沟通作者与受众，形成二者的反馈机制。接受效果与经济效益的统一是文学人多年来所努力追求的，网络长篇通俗小说机制的运行终于使这个统一有了着力点和具体载体。于是，这个运行机制便以巨大的体量、磁吸力、经济的推动力以及参与者的各得其所而产生了广泛的社会影响。2014语境的许多议论都是从“网络文学就是网络长篇通俗小说”这一点出发的。

在通俗网文的作品—接受系统中，文本的长篇化和接受心理的碎片化构成相辅相成的一体两面。截至2018年6月，中国网民规模8.02亿，其中手机网民7.88亿，网民通过手机接入互联网的比例高达98.3%。可以预期，随着技术的进步，手机上网人数在网民人数的占比还将上升。手机上网方式在时间利用上的碎片化不言而喻，互联网“大卖场”“大看场”的特性也促使着欣赏活动的碎片化。在这里不援引文学阅读或游看人数的原因，就在于这个人数很难从“网民”中精确地筛选出来。以上所述，还只是生活方式、阅读方式对阅读碎片化的影响，来自社会信息化、生活节奏紧张化和文本内容的影响更大。“阅读碎片化”说到底，是一个接受效果弱化的问题。不再相信什么、不再为领会什么、不再为记住什么，1993年以降已成普遍社会心理，这种心理与网络小说的特定文本对接，当然是一种“解闷儿”型的碎片化阅读。这种碎片化阅读不在于连贯不连贯，而在于审美心理的淡化，在于“知情意”在阅读中的拆解，在于在心理上“打碎”文本。正因为阅读的碎片化已成必然，网络写手才越写越长，求得抓住读者。与电视节目的“大播放量”相一致，网络小说的长篇化也是一种“灌输”。与传统意义上的价值观的灌输所根本不同，网络长篇通俗小说是一种信息的灌输，作者在价值观注入方面并不自觉。长篇化就是连续化，写手寄希望于没完没了的连续“捞起粉丝”、抓住粉丝。应该说，这是有效果的。不然，“网络长篇通俗小说”作为一个机制、一个文化现象就不存在了。然而，“抻长术”必然导致文本的粗糙化从而加重阅读的碎片化。这种关系的稳定性造成了“网络长篇通俗小说机制”的稳定性，但又不能将问题简单化。文本的长篇化、连续化占据了受众大量的“社会闲暇时间”，满足了受众渴求“信息”（不是渴求知识）的心理——有意义的是“过程”。这个过程虽然不是“文学”输入的连续和完整但却是信息输入的连续和“完整”。于是我们看到，一部穿越类型的网文，很难有受众能够叙述它的情节、主题和人物，却常常能够记住它的作者。这一特点，是1993年以降文学俗化（形式化）所没有的。

以网络长篇通俗小说为文本的文学动力系统由一部分新的社会阶层青年写手与网络发表机制构成从作者到作品的创作发表的子系统。这个子系统的核心是从作者到作品的创作过程，其动能由信息输入、创作心理及发表机制三者所构成。

“网络作家的年龄层多集中于60年代后，其中，60年代生人、70年代生人占一部分，而占主导地位的则是80年代、90年代生人，还有一部分新世纪生人参与其中……这支作家队伍的主体部分是出生于或生活、成长于20世纪80年代的，也即中国的改革开放年代，中国的改革开放三十多年的历程与他们青春成长的历程相叠印，相比于老一代作家，他们更无历史的包袱，同时又得时代风气之先……”（何向阳：《网络文学发展的系统工程》，引自《网络文学评价体系虚实谈》，作家出版社2014年版，第271页）发表于2014年中国作协理论会前后的关于网络作家队伍的估计，基本上与以上引文差不多。需要补充一些，即这支队伍中“新的社会阶层人士”（也曾称“自谋职业知识分子”）占很大比例，“体制外写作”（即不在各级作协编制内甚至连会员也不是）的占绝大多数，尚有一小部分“宅男”“宅女”。据相关资料，全国3万名左右职业化写作和半职业化写作者的学历绝大多数在高中以上。网络写手的身份要素，对于信息输入情况、创作心理、作品风貌以及如何与发表机制互动关系甚大。

一般认为，生活是创作的源泉，2014语境大多也从这一立论阐述网文的创作。从辩证唯物论的反映论和历史唯物论来看，这是不错的，但不能在探讨具体问题时用这类原则话“一套了之”。即便在所谓“传统文学”的研究上，多年来也并未解答什么是“深入生活”和如何“深入生活”，更未能解答为什么生活经历丰富的作家写不出大作力作这样的实际问题。其实，任何写作都不可能是“零度写作”，不可能是“孤独者的狂欢”，作者的全部材料和写作冲动都来自于生活。所谓“深入生活”，不是主体对客体的静态心理观照，而是“身入”后的喜怒哀乐，是不同于理性认识又含有理性的马克思意义上的“艺术地把握世界”。有了这种在“身入”基础上理想与现实的心理对接，才能写出包含或体现着社会生活的本质规律同时又有着感人力量的优秀作品。

但必须指出，“艺术地把握世界”是复杂的，由于内在心理的不同，幻化为创作者头脑中的“世界”或“生活”的影像是千差万别的，这是为什么在现实主义作品之外文学史上又产生了一大批魔幻、变形、意识流等现代派作品的原因。

还必须指出，“世界”和“生活”也是变化的。在研究通俗网文动力系统的时候，必须注意它的作者群面对的是一个信息化社会。约在互联网接入十年后的2005年前后，不少作家便感受到了社会的信息化导致“虚构成了问题”，惊问“文学的边界在哪里”，这样的声音已延续了十几年。2006年6月25日，在首届上海文学周圆桌会议上，面对社会杂闻对文学创作的影响，莫言曾发问："在这种情况下作家在干什么？是利用这些新闻还是另辟一条道路？"面对信息的"超现实主义力量"对文学的覆盖，"传统作家"感到了无奈。"传统作家"是"深入生活"已成为习惯的群体，也是头脑中装满了生活的群体（新批评派所说的"前理解"），他们的无奈乃至错愕、进退两难并没有发生在网络写手们身上。

那么，社会的信息化给予网络写作群以怎样的效应呢？原则上说，这要从身处特定社会存在中的个人与输入信息的关系中去寻找，这是文学评论的"作家论"的任务。不过，做一些宏观分析也是有意义的。

将信息化社会的信息对网文写手的效应与社会意识形态对网文写手的效应作一对比，对于理解前者大有裨益。活跃于20世纪六七十年代的法国"新马克思主义"哲学家路易·阿尔都塞认为，各种教会系统、学校、工会、家庭、社团、出版、广播、电视、文艺、体育比赛等，是一种"意识形态国家机器"（与军队、法庭、警察等"强制性国家机器"相对）。意识形态通过"询唤"（interpellation）功能"把个体询唤为主体"，从而发挥着国家机器的作用。意识形态是一种表象。在这种表象中，个体与其实际生存状况的关系是一种想象关系。社会制度先于个体而存在，个体只能通过规定的功能和角色进入社会制度，意识形态通过对个体与社会之间的想象关系来界定的实际状况，实现"把个体询唤为主体"（即把个体改造为主体）。（参见《外国电影理论文选》，上海文艺出版社1995年版，第643～656页）阿尔都塞的"意识形态国家机器"理论，高度注意意识形态对经济基础、意识形态对社会存在的反作用以及这种反作用的复杂性，高度注意了后工业社会经济基础与上层建筑及其意识形态、社会存在与社会意识关系的复杂化，是对马克思主义历史唯物论基本原理的重大发展。"传统作家"在深入生活和进入创作过程所携带的"前理解"，正是这种意识形态的"询唤"，而信息化社会的"信息"与网络写手的心理对接，却是对这种询唤在某种程度上的破功。

这种“破功”是多方面的。社会意识形态是观念形态，是对世界和社会的系统性看法。社会进入信息化后，信息海量供应，真与假、是与非、不同国别的角度、不同民族阶级阶层的角度、不同性别的角度、割裂因果的角度、割裂历史与现实的角度、割裂必然与偶然的角度甚嚣尘上，这会大大消减主流意识形态的系统性灌输。处在这一信息环境中的网络写手，又恰是一个“不知有汉，无论魏晋”的群体，没有经过历史巨变的节点，反思、比较和系统化整合的能力相对较弱。因此，他们的“深入生活”，不可能是以社会为工厂，更不可能是以人生为工厂而只能是承受信息，信息的海量、杂乱导致了他们观念的发散和杂乱。社会意识形态是观念形态，蕴含着特定社会形态的核心价值观念。毫无疑问，富强民主文明和谐、自由平等公正法治、爱国敬业诚信友善的社会主义核心价值观的注入正受着各种信息的干扰，这些信息当然是社会事实的折光。网络写手的人生，是“一睁眼便看到了商品”的人生，他们正生活在“尽管它不得不使非人化充分发展”的历史阶段。在这样的生存状态中，让他们写出“高于生活”的理想化作品来，已无可能。有人说网络文学“躲避现实”，似不如说通俗网文写手无力整合现实。

以通俗网文为文本的网络文学机制的形成是一个渐进的过程，社会信息化也是一个渐进的过程，因此，网文作者屏蔽生活、依赖信息输入而创作的“套路”是逐步形成的。定型的运行机制、商业化写作、以信息为“生活”、手机阅读诸要素规范着网络长篇通俗小说的特定“文本”。在这个文本中，蕴藏着从作家到作品这一创作过程的全部奥秘。

通俗网文存在着自然主义的倾向。自然主义原则是继19世纪欧洲现实主义流派之后产生于法国的文艺思潮，其特征与本书用法不尽相同。以现实生活为题材的网络长篇小说占有一定的市场份额，形成了较为稳定的作品—接受动力系统。对这类作品“存在着自然主义的倾向”的判断，基于它的两大特征：一、这类作品显示出写手无力或不屑对社会生活进行现实主义整合，所叙之事多为后宫心计、家居生活、职场攻略，等等。二、演绎现实生活中的腐败案件和其他案件，依托社会杂闻展示社会生活的阴暗面。有自然主义倾向的作品并未形成什么特定风格、流派，其作者亦并非有自然主义清晰的创作理念。冠之以“自然主义”之名，旨在描述从生活到作品的形成过程。

通俗网文存在着游戏化倾向。2014年前后，不仅仙侠、竞技、历史、都市、玄幻等类型化小说在很大程度上采用了地图、升级、对决、设定、副本等叙述模型，一些读书网站还发表完全网络游戏化的小说。通俗网文写手们大多成长于电子游戏氛围之中，他们不习惯也无力从现实生活中寻找事件及其动力、背景，不习惯也无力将“环境”典型化，不习惯也无力塑造典型环境中的典型人物，大容量的更新和市场律令也不允许他们这样做。但小说需要叙事，需要塑造人物，需要结构矛盾。于是，种种不同于现实生活的社会法则、动力系统、种族关系和世界构成等“设定”，就只有直接取材于游戏了。不错，通俗网文文本透出作者无羁的想象力，这一点，2014语境多有肯定。然而，通俗网文游戏化文本是在知觉材料即游戏套路的基础上，经过信息的配合而创造的。这个创作心理过程，屏蔽了从生活直接感受这个源头，也弱化了理想的注入，从而将艺术创作过程在很大程度上置换成了游戏的文字表达，将读者带入了一个非审美的境地。

通俗网文存在着庸俗化倾向。所谓庸俗化，指的是用性、暴力和窥秘所谓“三大密码”编排文本，赋予文本以激欲的功能。庸俗化原本是1993年以降纸介文学俗化的一大元素，从纸介文学的庸俗化到网络长篇小说的庸俗化，如同同一种商品换了一个市场。可以说，庸俗化一直是部分网络写手的自觉追求。《狂妃三嫁，谋定天下谋定他》《女老板的贴身保镖》《报告老板，妻子逃了》……这些网文一看题目就知道它的文学性是很薄弱的，其作者激欲的考量跃然“纸”上。写手为什么追求庸俗化？当然是为了迎合有着庸俗需求的受众。久而久之，写手对内容庸俗化的这种自觉追求便上升为一种方法，哪怕并不庸俗的内容也要安上一个激欲的标题。这一点，与纸介俗文当年打出“纪实”旗号但实则是一种方法如出一辙。有一位作者的《不穿裤子的女人》获得了很高的点击率，但其实文中那个人物——“不穿裤子的女人”实际是一个只穿裙子的女人。作者感慨地说，只有这样，才能迎合受众。所谓“爱情”类型的网络长篇小说，其中一部分就是写性的。通俗网文庸俗化不断发展的原因，一是存在着一个庞大的受众群，二是碎片化的当代阅读已经抹杀了文学性的性描写和没有文学性的性描写这两者在接受中的边界，致使倡导和监管难以奏效。

通俗网文文本存在着以上三种倾向，是2014语境的认知。显而易见，这一认知是新时期现实主义文学落潮之后“雅俗分野”这一文学定见的延伸，它以2014年前后仍然存在的“雅文学体”（亦即2014语境的“传统文学”）为参照系。就是说，它认为通俗网文是文学，是通俗文学（在这一前提下，才把以上三种现象称为“倾向”）。至于俗在何处，2014语境涉及很少。

网络文学的理论研究和作品评论构成“网络文学”的认识史。自《第一次的亲密接触》在互联网发表以来，我们经历了一场前所未有的文学运动。人们认识这场运动，是从特定艺术形态所展开的文化形态切入的。自1993年兴起至“互联网＋”阶段形成规模的“人人都是作家”所造成的“前文化”，文学市场机制、受众与职业写手所造成的“后文化”及其文学产业化的叠加，文本打开（互动）、文本极端长篇化和阅读的碎片化所造成的创作的文化化，很自然地成为人们认识“网络文学”的逻辑起点。追溯这一文化形态背后的艺术形态是认识发展的一般规律。这个特定艺术形态，是文学运动的接受效果（此概念不同于“社会效益”）和经济效益的统一体。这个统一体，是文学审美功能和社会功用在现代市场经济体系和社会主义核心价值体系中实现的机制，一个“经济文化事实”。自1993年以降文化产业化、社会信息化和经济全球化启动以来，这个统一体便开始了它的形成过程。这个统一体的形成，标志着文学作品商品属性的实现，是1993年以降文稿拍卖、稿费议价以及作家下海等一系列文学产业化形态的凝聚，是《第一次的亲密接触》上网以来文学运动的实质和最新成果。“人人都是作家”成为恒定的文化现象，赖于网络媒体发表的自主性和经济条件的许可；签约写手职业化是因为靠卖文能够生存；文学＋互联网的火爆正反映着当事人在追求作品接受力度的同时也追求经济收益……这一切，都是这个统一体的运行所带动的。由于形成这一统一体需要多种合力，所以它的形成经历了漫长时间。直到2010年文学商业网站建立多级审读、监督制度以及过滤关键词库开启，接受效果与经济效益统一体作为完整的机制才最终完成。它的完成，极大地促进了通俗网文的演变，并为生成最适合在这一机制中生存的文学形式准备了条件。因为这一点，更因为“网络机制”（包括政策和文学商业机制），人们将这一统一体所派生的文学形式称为“网络文学”。

从理论上说，不应该将接受效果与经济效益的统一体归结为某一特定文学形式。2014语境从文学＋互联网的角度提出“网络文学是互联网上所有原创文学”，其意义就在于它指出了这场文学＋互联网运动是以形成这个统一体为方向的。学界将“网络文学”（实质是这个统一体）归结为通俗文学，充其量只是对特定阶段文学事实的正确的描摹。因为，“通俗文学”的边界并未搞清楚，容易犯“只要能与市场对接的便是通俗文学”的错误。

第二节 通俗网文的艺术寻根

对新生艺术品或艺术形式进行艺术寻根，是意识形态的固有属性。寻根在求同中有求异，因为在时间上相继的两种艺术品或艺术形式不可能完全一样，找到了二者的同一性也就找到了二者的差异性；寻根的实践意义是为新生者找到文化支点，减弱其发展的阻力。

以互联网为媒体的新的文学运动展开之初，人们并未清晰地认识到它的特征是追求接受效果与经济效益的统一。于是，沿着“雅俗分野”的固定思路，将“通俗文学”认定为引发一系列新文化形态的艺术形态并为其寻根成为潮流。

自通俗网文兴起，便有评论跟踪，其中不乏为此类写作和文本寻根的内容。但是，由于此类文本迅速长篇化，迅速与传统文学离异，迅速互动化和产业化，致使对其评论愈加困难为其寻根也愈加困难。

2014语境在“建立评价体系和批评标准”的主观愿望下，进行了一次对通俗网文的艺术寻根流程，所寻艺术之根，依然是鲁迅所议古代“俗文”。

鲁迅说：“……以意度之，则俗文之兴，当由二端，一为娱心，一为劝善，而尤以劝善为大宗。”（《中国小说史略》，广西师范大学出版社2010年版，第66页）2014语境多引此金句。如董阳《网络文学与核心价值观》、郭艳《网络文学与中国古典文学和现代文学传统的关系》等。鲁迅这段话中的“俗文”之“俗”究竟是什么意思呢？“宋一代文人之为志怪，既平实而乏文采，其传奇，又多托往事而避近闻，拟古且远不逮，更无独创之可言矣。然在市井间，则别有艺文兴起，即以俚语著书，叙述故事，谓之‘平话’，即今之‘白话小说’者是也。”（同上书）这是在文体上作共时性对比。提及宋平话时，在鲁迅前面，还放置着神话、传奇、唐诗等，因此，这也是在文体上作历时性对比。他还认为，宋人通俗小说“实出于杂剧中之‘说话’”。可见，鲁迅在讲到“俗文”时，讲了三重意思：一是指一种特定文体，这种文体是叙事文学，它语言通俗、口语化、下层化、民间化，它的叙述方式近于“说话”即叙事者常常“站出来”，其文本远未精致化常用耐得翁之所谓“提破”和吴自牧之所谓“捏合”。二是指出了它的特定功能，即“娱心”与“劝善”。尽管鲁迅将“娱心”与“劝善”分说（“而尤以劝善为大宗”），似乎一种俗文其功能是娱心的，而另一种俗文其功能是劝善的，但从作者的举例看，娱心与劝善是杂糅于作品之中的，只是成份比例不同或孰为主导而已。

三是指出俗文这一文体与其功能的关系："俗文之兴当由二端"——娱心与劝善是它兴盛的原因。总结起来，鲁迅语境中"俗文"之俗，就是这种特定文体的大众化接受度和劝善、娱心的心理功能。

所谓"大众化接受度"，指的是文本的形式和内容能够为特定历史阶段的大多数读者所乐于感受，而这里的"大多数"又一般是特定历史阶段受教育程度较低者。

所谓"劝善"与"娱心"，是审美的两个不同向量。众所周知，从总体上说，艺术总是与功利相关。艺术上的"善"，即艺术的功利性，即文本中所渗透的人们对美好生活的向往、理想和幻想，是构成艺术审美功能的重要元素。艺术品艺术上的高下与文野之分，在于这种功利性的不同表达。在表现艺术中，它的表达越形象其审美功能越强；在再现艺术中，它的表达越隐蔽其审美功能越强。艺术上所讲的"娱心"，既不同于做了好事的那种心理欢愉，也不同于审美快感。

然而，艺术接受心理上的"中间态"只是一种理想状态，艺术品审美价值的高低也总是相对的。直到今天，"四大名著"也还有朝审美价值提升的巨大空间。宋平话从神话、传奇、唐诗、宋志怪中突出出来，在于它以"劝善"与"娱心"的独特心理功能而偏离审美走向俗化。"小说"一词尽管久远（如庄子有"饰小说以干县令"之语——《庄子·外物》），但开文体之端，则自宋之平话。就文学而言，任何文体都有一个精致化和俗化的两极化发展路径。小说从"俗文"开始（宋平话之"俗"是以特定文体与其他"雅文体"相对的），整部小说史就是一个不断精致化和不断俗化的"雅俗分野"的历史。

艺术和审美价值都是有边界的。"雅"到极致或俗得无边就离开了艺术，失却了审美价值。在鲁迅的相关语境中，虽然没有涉及"娱心"与"劝善"是两类文本的分说还是共存于统一作品之中，但所存文献（宋平话）"以劝善为大宗"的事实则从意识形态的继承性上说明了"劝善"与"娱心"的主从关系。这种主从关系存在于同一作品之中，便是艺术“俗化”的边界。也就是说，这样的作品虽然审美价值并不理想，但它们属于艺术。劝善类的俗文因直白之劝善引发娱心虽已偏离审美，但仍属通俗艺术；娱心类的俗文若将善恶倒置或“娱乐”善良，则不仅算不得艺术，价值观上也是错误的。鲁迅议“俗文”中虽未强调善的内容，但“俗文之兴”是与文中善的内容有关的。也就是说，“俗文”的价值观符合实践需求和日用之常。通俗网文在高扬娱乐性时，显然伤害了时代的核心价值。董阳指出：通俗网文“往往是娱乐先于价值观，也就是说传递价值观往往不是写作的出发点，由于创作者更在乎故事的引人入胜或者缺乏价值观传达的自觉意识，使作品成为未经审思的价值观念的自然流露，于是我们看到了某些对过分崇拜财富、权力、性的作品，书写和阅读被欲望牵引的现象。与此类似的是抗日神剧，由于缺乏经过省思的现代价值观介入，手撕鬼子等情节对暴力过分强调，可能造成的结果是，暴力的对象是当年无恶不作的日本鬼子，今天在中国饭店用餐的日本民众，还是日本牌子的中国制造汽车，并没有太大的差别，因为令人痴迷的，是暴力本身。”（《网络文学评价体系虚实谈》，作家出版社2014年版，第41～42页）

董阳对以接受为导向、商业化写作模式的网文的批评在2014语境中很有代表性。一方面，从创作和接受的大众化这一文化事实出发对此类网文给予文学和通俗文学的肯定，另一方面，从“娱心”必须置于“劝善”之下这一文学和通俗文学的原则出发对此类网文进行规范。2014语境与其说是为以接受为导向、商业化写作模式的通俗网文进行历史寻根，不如说是为其在通俗文学或文学的逻辑上“寻根”。因为，无论从创作群体的主体意识看还是从文本看，都很难找出这一文化形态与传统文化直接承继的痕印。这一点，从2014以后的网文发展中有了更清晰地展现。当然，若从“逻辑寻根”的角度看，还需要以通俗文学的本质特征尺量网文。

综上可见，2014语境对网络文学之“通俗艺术”的寻根（对鲁迅见解的皈依），旨在要求通俗网文守住“劝善”或“善的表达”这一艺术的底线，这等于要求“娱心”不得离开审美和艺术的范畴，例如喜剧中的娱心。这种艺术“寻根”（即规范）的舆论力量，直接影响了以娱乐至上为目标的通俗网文的发展（文体的演变——后面详论）。玄幻、灵异、穿越、仙侠等类型的网络小说与神话的联系是显而易见的，2014语境对此给予了一定注意。《网络文学与中国古典文学和现代文学传统的关系》一文指出：“这种忽略现代科技和文学想象规律的写法无疑是具有中国式传统思维模式的，依然能够看到黄粱一梦的时间意识以及天上一日人间千年的民间神话意识的再生。网络类型小说尽管利用了玄幻、穿越和灵异的形式，其内容往往都是对某个传统文化原型或母题的再认知和再叙事，在新的民间话语中表达当下人对这一母题和原型新的感受和体现。通过某些固定的母题来叙述当下大众亚文化所热衷的民间传奇，寻找民间英雄和草根人物形象，体现了民间话语和价值体系，这些都在当下优秀的网络写作中有着体现。从这个角度来说，恰恰是类型文学从民间故事、神话和叙事诗中找到了传统文化密码中独特的文学元素，并整合了当下市民社会和民间经验，以一种大众文学方式来表达新的人生经验和情感诉求。”（《网络文学评价体系虚实谈》，作家出版社2014年版，第261页）这种艺术寻根的工作在2018语境中将重点放在了比较玄幻、灵异、穿越、仙侠等类型小说与神话的异同上：“穿越文的流行主要源于当今科技发展带来空间萎缩之感，但时间仍是不可控、不可逆的，因此更具吸引力。穿越者虽然挣脱了原有时间限制，但也依然是普通人，在新的时段仍需服从时序，这就是穿越小说与神话的区别。”（许苗苗：《游戏逻辑：网络文学的认同规则与抵抗策略》，《新华文摘》2018年第11期）虽然自2014语境至2018语境期间不断有网络文学与神话的比较文字发表，但这种艺术寻根的势头是逐渐式微的。

这一艺术寻根的工作还必须深化。这是因为：我们必须从玄幻、灵异、穿越和仙侠等类型网文与六朝志怪、唐宋传奇和明代神魔小说的联系界面向上追溯，直到找出前者与神话的文化源流关系。只有这样，才能看清此类网文的发展趋势。

神话是人类第一个独立于其他意识形态的艺术形态。马克思在论及希腊神话时说：它“是已经通过人民的幻想用一种不自觉的艺术方式加工过的自然和社会形式本身”（《〈政治经济学批判〉导言》，《马克思恩格斯选集》第二卷，人民出版社1972年版，第113页）。希腊神话约流传于公元前9世纪前，它通过把自然力拟人化和把人神化，抒发和寄托战胜自然的人类理想；它反映的是古希腊人对世界起源、自然现象和社会现象的朴素的认识，是对当时社会存在不自觉的、非现实的再现。中国的神话同样产生于生产力低下的原始社会，反映着先民对自然力陌生的、可怕的、异己的力量战而胜之的理想。

神话是人类的“集体无意识”。从生产力低下的社会现实到由神、人、半神半人的爱恨情仇所构成的文本，构成神话动力系统的第一子系统。这一子系统的特点之一，是集体创作，神话所注入的理想是先民们的共识；特点之二，是下意识或无意识，也就是说，神话不是为了创作而创作的，神话是“用一种不自觉的艺术方式”加工而成的，其表达形式似也仅仅是语言（不同于后世的文字加工）。从神话到接受，构成神话动力系统的第二子系统。在今人眼中奇异浪漫的神话，与先民的信仰却是合一的。神话是一个完整的文学动力系统，在创作中有接受，在接受中有创作，在用文字记录下来之前，它呈现出不同的面貌，经文字记录后，因民族、地域和时代的不同而形成不同的文本。

与所有文学形态一样，神话这一文学动力系统有形成也有解体。马克思在论及希腊神话和史诗时说：“他们的艺术（指希腊神话和史诗——引者注）对我们所产生的魅力，同它在其中生产的那个不发达的社会阶段并不矛盾。它倒是这个社会阶段的结果，并且同它在其中产生而且只能从其中产生的那些未成熟的社会条件永远不能复返这一点分不开的。”（同上书，第114页）任何神话都是用想象和借助想象支配自然力，把自然力加以形象化。因而，“随着这些自然力之实际上被支配，神话也就消失了”（同上书，第113页）。如同一切神话中所渗透的对自然的观点和对社会关系的观点都不能同工业并存一样，武尔坎、丘比特、燧人氏、女娲、伏羲等中西神话人物及其故事，也会在工业社会中失却“原有的”魅力。文学作为意识形态，它在一定的经济基础上产生，为一定的经济基础所决定，并随经济基础的变化而变化。随着生产力的发展，产生神话的经济基础不存在了，神话的创作便成了无源之水，神话创作的集体性、自发性及所达到的艺术高峰也就永不复返了。就接受而言，随着经济基础的变化，神话作为现实的艺术品种必然消失，被新生艺术品种所覆盖。这意味着，由特定的生产力水平和经济基础、特定的艺术品种和美学价值以及特定的接受群体所构成的神话动力系统的解体。

神话虽然会从现实艺术品种中退出，它的动力系统会解体，但是，它的文本是具有永恒魅力的。神话文本的魅力之一，是当人们因某种需求从“故纸堆”和“博物馆”中对其“定向性”欣赏时，它的“儿童的天真”一定会引发独特的审美愉快。魅力之二，是它充当着后人洞察神话艺术形态和动力系统的窗口。包括马克思在《〈政治经济学批判〉导言》中对希腊神话的天才议论在内，所有对神话的全面研究一方面需靠历史唯物论的指导，另一方面需靠对文本的感悟。魅力之三，是当后人对神话时代的政治、经济、文化、民俗进行研究时，神话文本是一个不可替代的“科学入口处”。魅力之四，是文本所体现的美学原则将辐射开来，对后世艺术创新和艺术品种的开拓发生重大影响。魅力之五，也是最重要的，是它作为意识形态的一部分，必然成为后世并非用于一般欣赏而是用于艺术创作的审美对象，用以在非现实艺术中代替生活。

看来，马克思所说在一定条件下“神话就消失了”，指的是神话这一艺术形态的消失，是这一文学动力系统的解体，是神话艺术作为“现实的艺术品种”从现实生活中的退出而进入“博物馆”。虽然作为整体的文学动力系统不可能延续和被继承，但作为艺术母体，神话（文本）将对新的艺术发挥滋养的作用。至于文本中哪些元素被利用，就要看哪些元素是后世为创造历史所“直接碰到”了。也就是说，为了给新生产力开疆拓土，新的意识形态建设必然采取“拿来主义”，从既有的意识形态中撷取建设材料，合者则用。

我们来看楚汉艺术对神话（文本）的利用。

“汉文化就是楚文化，楚汉不可分。尽管在政治、经济、法律等制度方面，‘汉承秦制’，刘汉王朝基本上是承袭了秦汉体制。但是，在意识形态的某些方面，又特别是在文学艺术领域，汉却依然保持了南楚故地的乡土本色……楚汉文化（至少在文艺方面）一脉相承，在内容和形式上都有其明显的继承性和连续性，而不同于先秦北国。”（李泽厚：《美学三书》，安徽文艺出版社1999年版，第74～75页）从西汉到东汉，尽管经历了汉武帝“罢黜百家，独尊儒术”的洗礼和对文艺的引导、梳理，致使人世、历史和社会现实的沉重内容越来越占据时代精神的主潮，但充满着原始活力的神话，却始终在汉代艺术中占据着重要的席地。神话用来抒怀，便幻化成屈原的愤世嫉俗；用于叙事，便演绎成志怪小说中的惩恶扬善。显而易见，神话在楚汉艺术中是作为文化符号而被重新展开的，虽然它的根在重新叙述中被追溯至远古图腾和巫术礼仪，但“这个神仙世界已不是原始艺术中那种具有现实作用的力量，毋宁只具有想象意愿的力量。人的世界与神的世界不是在现实中而是在想象中，不是在理论思维中而是在艺术幻想中，保持着直接的交往和复杂的联系。原始艺术中的梦境与现实不可分割的人神同一，变而为情感、意愿在这个想象的世界里得到同一。它不是如原始艺术请神灵来威吓、支配人间，而毋宁是人们要到天上去参与和分享神的快乐”（同上书，第78页）。神话中的神对于神话的集体作者和集体欣赏者而言，是一种非宗教的信仰，而楚汉艺术中的神（包括兽、怪、花草虫鱼）不过是一个传说（用于艺术创作的审美对象）。

楚汉浪漫艺术的内容常常是神、人、怪、兽、虫、鱼等杂陈的世界，借助这个世界所抒之情已经是改造现实的直接诉求，这个世界的故事走向，已经由人在主宰。这种神话——历史——现实杂陈的文本，体现的正是时代精神（由神话、历史故事、宗教、北国儒学、庄子、宗教艺术所相互作用）由神话向历史的过渡，亦即神的主题向人（大我、类）的主题的过渡。神话之后的传奇艺术，正是这一过渡的历史成果。

传奇文学一般用于叙事。神话所创造的奇异力量或者回归到人身上，或者代替生产方式而成为人的成功、成长的助力。在传奇文学与当代玄幻网文中间，隔着一个现实文学形态。当代玄幻网文是对传奇文学的否定之否定。如果说，传奇文学还要求人们对奇异力量信以为真的话，当代玄幻网文则失掉了这一功能。它们的共同点，是“不得不”以神话及其衍生意识形态为材料。

“爱情”一直是通俗网文的重要元素，但前后的内涵不同，发挥的作用也不一样。2014语境对此类网文中“爱情”的文化寻根言论不多。但是，一直用爱情的视角看待此类网文中的某些已不属于爱情的元素，本身就是文化寻根。只不过对爱情元素的文化寻根与对其他元素的文化寻根一样，需要将专有概念还原于历史行程，从而找出它在不同艺术形态中前后相继的逻辑性。

爱情与历史有关亦即与自然的人化有关。与饥饿、冷感等一样，性的满足也是人的自然属性。正是劳动、物质生产和社会实践，使人类逐渐摆脱“一般的”生物性存在，饮食成为美食，服饰成为装饰，性欲成为爱情。因此，爱情有社会性，是“人化”了的性欲。或者说，性欲作为人类感性存在虽然是永恒的，但满足方式却是不断更新和不断社会化的。马克思、恩格斯在《德意志意识形态》中列举了“一开始就纳入历史发展过程的三种关系：‘人们为了能够创造历史’，必须能够生活。但是为了生活，首先需要衣、食、住以及其他东西。因此第一个历史活动就是生产满足这些需要的资料，即生产物质生活本身。”“第二个事实是，已经得到满足的第一个需要本身、满足需要的活动和已经获得的为满足需要用的工具又引起新的需要。这种新的需要的产生是第一个历史活动。”“每日都在重新生产自己生命的人们开始生产另外一些人，即增殖。这就是夫妻之间的关系，父母和子女之间的关系，也就是家庭。这个家庭起初是唯一的社会关系，后来，当需要的增长产生了新的社会关系，而人口的增多又产生了新的需要的时候，家庭便成为了（德国除外）从属的关系了。”马克思、恩格斯认为：“不应把社会活动的这三个方面看做是三个不同的阶段，而只应看做是三个方面……从历史的最初时期起，从第一批人出现时，三者就同时存在着，而且就是现在也还在历史上起着作用。”“这样，生命的生产——无论是自己生命的生产（通过劳动）或他人生命的生产（通过生育）——立即表现为双重关系：一方面是自然关系，另一方面是社会关系；社会关系的含义是指许多个人的合作，至于这种合作是在什么条件下、用什么方式和为了什么目的进行的，则是无关紧要的。由此可见，一定的生产方式或一定的工业阶段始终是与一定的共同活动的方式或一定的社会阶段联系着的，而这种共同活动方式本身就是‘生产力’；由此可见，人们所达到的生产力的总和决定着社会状况，因而，始终必须把‘人类的历史’同工业和交换的历史联系起来研究和探讨。”（《马克思恩格斯选集》第一卷，人民出版社1970年版，第32～34页）马克思、恩格斯在这里谈到了人类的自身生产和再生产，把家庭这个“起初是唯一的社会关系”与“增殖”联系了起来。这一点，使一些论者产生了误解，将“一开始就纳入历史发展过程的”三种关系等量齐观。这些论者忽略了“后来，当需要的增长产生了新的社会关系，而人口的增多又产生了新的需要的时候，家庭便成为了（德国除外）从属的关系了。”总括马克思、恩格斯“两类生产”的论述，有以下几点含义：一、在人类历史进程的原点，生命的生产（劳动者自己生命的生产和他人生命的生产）表现为自然关系和社会关系的重合（参考《共产党宣言》“这种共产主义作为完成了的自然主义=人本主义，作为完成了的人本主义=自然主义”，就更明白这一点）；由于生产力的低下，“家庭”这个“起初”唯一的社会关系便既是生产关系又是自然关系，“家庭”（不同于后世的家庭）由增殖产生和维系与由生产需要而产生和维系是同一事实。正是在这一点上使人产生了误解，似乎“增殖”即人类自身再生产也属生产力范畴，是生产关系产生的基础，这就完全错了。二、随着生产力的发展，随着历史进程离开它的原点，新的社会关系产生了，家庭这个“起初唯一的社会关系”便成为从属关系了，生产力与生产关系的关系离开家庭的襁褓而变得复杂起来，但生产力在生产方式中的决定性作用、对人类自身再生产的制约作用却凸显出来了。

吕思勉在征引社会学家对游猎民原始生活的研究成果后指出：“……所以家庭的起源，是由于女子的奴役；而其需要，则是立在两性分工的经济原因上的。与满足性欲，实无多大关系。原始人除专属他的女子之外，满足性欲的机会，正多着呢。”（《中国文化史》，鹭江出版社2014年版，第3页）吕思勉的征引和论述，从社会学角度指出“增殖”只是性欲满足的副产品而已，在一定意义上说，这种自然关系与人类吃住行所形成的自然关系并没有什么区别。

性欲是人的本能，性生活是人类生活的重要内容和永恒需求。性生活及其延伸——婚姻、增殖、家庭等，与人类其他物质生活一样，具有自然关系和社会关系的双重关系。劳动创造了人，劳动创造着人。正是劳动、物质生产和社会实践赋予了人的“生活”的双重关系，这种双重关系与人类共始终，且只能在思维中区分而不能在事实中区分。

爱情与性欲有关。如果说，观念道德和法律（基于一定的生产方式）等构成爱情中的理性，那么，性欲则构成爱情中的感性。爱情与其他感情一样是情与理（或欲与理）的统一。感性中有理性、自然（关系）中有社会（关系）。在某种意义上说，爱情是一种审美感情，是人类男女性爱的规定性或专用概念，没有社会性渗入其中的异性关系不是爱情，未来社会的爱情也会有理性（社会性）的渗入，只不过它已转化为人的高度自觉性。而无论人发展得怎样自觉和理性，爱情总会包含着性的吸引和性的快乐。人类合理的发展方向是创造新感性而不是理性异化抑制感性。

爱情是艺术的母题。“人必须生活着，爱才有所附丽。”因此，反映在原始神话中的人类的第一声集体呼唤并不是爱情，而是“我从哪里来”：“女娲抟黄土作人”不啻为人类寻找存在的理由，及至臆想出“女娲置婚姻”等，则是为两性行为的合理的“社会形式”寻找权威的解释了。尽管这种解释并不合理，但它起到了对两性关系人化进程肯定的作用。对爱情的讴歌和描写出现在文明社会到来之际，出现在理性的觉醒时刻。

关关雎鸠，在河之洲。
窈窕淑女，君子好逑。
参差荇菜，左右流之。
窈窕淑女，寤寐求之。

——《诗经》

静女其姝，俟我于城隅。
爱而不见，搔首踟蹰。

——《诗经》

神话、《诗经》毕竟都是后世筛选、删改和编辑的结果。“此情可待成追忆，只是当时已惘然。”文明社会的到来、人类理性的觉醒铸造了爱情意识，但这一历史阶段肯定有纷纭的性爱意识产生，《诗经》中的爱情只不过是经过了儒学洗礼（“乐而不淫”“发乎情止乎礼仪”）的爱情罢了。《诗经》的典范意义是巨大的，它不但以其“爱情范本”深刻地影响了社会生活，而且以“爱情美学”深刻地影响了后世文艺——中西后世艺术中爱情表达的巨大差异与此有关。但二者的共同点也许更不容忽视，这就是爱情总是社会生活通由人物个性的反映。

爱情构成现实题材文学的内容，即主题、人物关系和情节（故事）。从《诗经》中的《氓》、千古绝唱《红楼梦》，到“新时期文学”的许多传世之作（刘心武《爱情的位置》、张洁《爱是不能忘记的》、张贤亮《男人的一半是女人》……），都没有把爱情作为代码、符号和理念来表现，而是通过欲与理的深刻矛盾反映特定时代的社会生活和人物命运。

爱情也是浪漫主义叙事艺术的内容构成。神鬼狐怪等灵异在这些作品里常常具有超人的力量，但行为却遵循着人间（社会）的逻辑。他们是叙事中的“助者”，与人的爱情虽然荒诞但却令人向往。这样的艺术已不是神话，它不意味着神（及其一切灵异）对人的征服，而意味着人对神的借用；它的主题已不是总体上的善恶，而是具体的人间的善恶（如《白蛇传》）。

爱情是抒情（表现）艺术中的隐喻和象征。“啊，我年轻的女郎！你不该嫌我这黑奴的鲁莽？要我这黑奴的胸中，才有那火一样的心肠！”（郭沫若：《炉中煤》）。在这首诗里，“年轻的女郎”象征和比喻五四运动以后富有进取气象的中国，爱情隐喻和象征爱国。

由于爱情是人的本能与理性（社会性）的交际融合，致使它成为不同时代艺术的母题。如同思想形态的更替不是思想接思想（那只是后世对不同思想体系的捏合）一样，艺术形态的更替也不是文本接文本。从一种艺术形态过渡到另一种艺术形态，实质是既有艺术形态动力系统的解体和新的艺术动力形态的创生。爱情经由艺术母体神话的孕育之后之所以能够在不同时代、不同性质的艺术形态中延续，就在于新的时代不断添加新的艺术形态形成的动能。这一动能存在于现实爱情的内在矛盾之中。

“爱情”在1998年～2014年阶段的通俗网文中已经历了两个形

态。第一个形态是在现实题材作品中将爱情这个性欲与理性的统一体拉向俗化，拉向激欲。这一形态在国家法规制约下逐渐转向以性的元素制作标题和噱头。第二个形态是经由对叙事题材的摆脱而致“爱情”符号化。下面一段博客作品是许多著述征引过的：“女：那你见我的第一感觉是什么？男：忽如一夜春风来，千树万树梨花开。女：感觉我很美吗？男：回眸一笑百媚生，六宫粉黛无颜色。女：（红着脸）还有吗？男：风吹仙袂飘飖举，犹似霓裳羽衣舞。女：（更加开心）还有吗？男：云想衣裳花想容，春风拂槛露华浓。女：（很羞涩）有那么美？男：糟粕所传非粹美，丹青难写是精神。女：你注意我多久了？男：小荷才露尖尖角，早有蜻蜓立上头。女：（笑得很甜）见不到我的时候，想过我吗？男：忆君心似西江水，日夜东流无歇时。……”这已不是什么叙事，因为“内容”中既没有人物，亦缺乏规定情境，对话已非人物的对话。这类作品，体裁上类如相声幽默段子，承载的已不是生活中的爱情。需要注意的是，2014语境和此前的舆论，都是从“俗文学”的标准出发看待含有爱情元素的网文的，或赞赏，或包容，或批评，没有意识到在作品中的爱情正由生活（内容）向着文体的形式转变。而当时，在以接受为导向市场化写作的网文中，“爱情”的转型还在继续。

2014语境对游戏化网文有两种态度。一种态度具有包容性，由肯定它的商业成功到肯定它的文本对娱乐性的开拓；另一种态度是从维护艺术社会功能并将其定位为艺术品的角度对其进行严肃批评。这后一种态度，亦可视为对艺术的特殊的文化寻根，因为社会功能是艺术的本质特征。由于2014语境并没有正面展开对艺术与游戏的辨析而这一工作又十分重要，因此，这一工作还要进行下去。

审美、艺术和游戏三者有密切联系又有区别。对三者异同的辨析有助于判断新的文体的发展趋向。

审美意识（广义的美感）与人类一切意识现象一样，就其反映内容或感受形式来说，都是社会实践的产物。审美是人的超生物的能力，也是人的超生物的需求和享受。“在认识领域和智力结构中，超生物性表现为感性活动和社会制约内化为理性；在伦理和意志领域，超生物性表现为理性的凝聚和对感性的强制，实际都表现超生物性对感性的优势。在审美中则不然，这里超生物性已完全溶解在感性中。它的范围极其广大，在日常生活的感性经验中都可以存在，它的实质是一种愉快的自由感。”“马克思主义的理想是全人类的解放，这个解放不只是某种经济、政治要求，而具有许多更为深刻的东西，其中包括要把人从所有异化的状态中解放出来。美和审美正是一切异化的对立物。当席勒把‘游戏冲动’作为审美和艺术本质时，可以说已开始了这一预示。人只有在游戏时，才是真正自由的……”（李泽厚：《批判哲学的批判》，人民出版社1984年第2版，第413～414页）

总之，美感就是人基于劳动、物质生产的内在自然的人化（包括感官的人化和情欲的人化）。美感有二重性：一方面是感性的、直观的、非功利的；另一方面是超感性的、理性的、具有功利性的。理性的东西向感性的融入、社会的东西向个体的融入、历史的东西向心理的融入，表现为人类全部实践史，也表现为美的历程。因此，美感既是生命个体的特定心理和特定态度，也是扬弃一切异化后的人性。席勒站在唯心主义立场提出了人与自然、感性与理性在感性基础上相统一问题。他认为人有感性冲动和理性冲动，只有将二者统一起来，才能成为有完满人性的人。游戏的根本特点是自由活动，所以，“游戏冲动”作为一种感性与理性的自由和谐心理活动与审美心理是相似的。但是，当席勒将“游戏冲动”当做审美的本质，把审美活动当作脱离劳动、物质生产和社会实践的游戏活动时，就显出了他的唯心史观的错误。审美正是源于以劳动、物质生产为基础的人类实践，随实践的发展在逐渐扬弃各种异化中进行，美的本质不在游戏之中。因此，当席勒把游戏冲动作为审美的本质时，可以说他天才地预示了审美向着游戏所具有的感性与理性统一于感性这一心理形式转变的必然。而游戏则是一种设定或假定。作为具体的文化事实，审美态度中的理性是认知和各种社会规范的内化是人类历史成果，而游戏活动中的理性则是规定情境，是生活中的假定。

审美意识（广义的美感）与艺术的关系十分复杂。这主要是因为审美意识的内涵与艺术的内涵都十分复杂。审美意识包括准备阶段的审美态度或审美立场、审美实现阶段的审美感受（狭义的美感）和审美结果阶段的审美观念、审美趣味和审美理想等，其中每一个子项又包括许多内容。艺术是一个从生活到创作、从创作到接受的动力系统，从静态讲又可分为多个种类、多个风格、多个美的形态。因此，本书论及审美意识与艺术的关系，重点放在二者的对接点上。

审美在先还是艺术在先是讨论二者关系的前提。究竟孰先孰后？学界一直各执一端。本书取同时产生的立场。其理由是：如果说，“最早的劳动产品（物化）不是艺术品”成立的话，“最早的人类意识不是审美意识”也成立。反映着审美意识尚未从一般意识分化独立的特点，“艺术品”也未从一般“物品”中分化独存；当“艺术品”升腾为意识形态、物质只是它的载体之时，审美意识也从一般意识中分化独立了（包含在其中的艺术审美意识则是最强烈、最集中的）。

审美与艺术（创作和欣赏）同时产生，并不意味着二者是重合关系，进入后工业社会，二者的关系愈加复杂。一、艺术接受不等于审美。艺术并非应审美需求而生，形态化的艺术源于远古的巫术礼仪活动（原始社会的“上层建筑”），它本身就是功利性极强的文化形态。艺术接受总是和功利相关，因为没有所谓“纯粹”的艺术品。“总与各种物质的（如居住、使用）或精神的（如宗教的、伦理的、政治的）需求、内容相关联。即使是所谓纯供观赏的艺术品，如贝尔所谓的‘有意味的形式’，也只是在其原有的使用功能逐渐消褪后的遗物，而就在这似乎纯然审美的观赏中，过去实用的遗痕也仍在底层积淀着……”（李泽厚：《美学三书》，安徽文艺出版社1999年版，第549页）而审美则不然。“审美没有实用目的，不是故意追求的结果，是从生产劳动等实践活动中自然而然得到的。”（同上书）“非功利”“无概念”、感性与理性游戏般地相溶、相渗透而以感性形式显现出来，这才是审美。二、在信息化社会中，“艺术品”常常在接受中被解构和重新建构；而这一过程，又一般表现为偏离审美轨道而与功利相对接。一部《红楼梦》，道学家看到淫，革命家看到阶级斗争，民俗研究者看到民俗，是很正常的现象；将规定情境与主题相裂解，用另类价值观看待人物和故事，已成“新生代”阅读经典之习惯；以信息需求而非审美需求决定对作品的取舍或决定对其中诸元素的取舍，本是大多数人的接受态度。三、“解闷儿”的心理需求与解闷儿“作品”的大量涌现构成信息化社会一大文化动力系统。生活在节奏极度紧张的现代社会的不少受众，并非怀着笃信之心进入对这类“作品”的接受过程，他们从不想在这类“作品”中找什么生活中的答案乃至情感上的慰藉，读（看、听）这类东西不过是“闲来”无事或忙里偷闲（调剂心情）。这类东西审美价值很小，甚至很难称得上是艺术品，因此，对这类东西的接受及接受面逐渐扩大的文化事实，并不说明艺术审美的扩大。

游戏不是艺术之根：既不在时间上占先，亦非因果链条之“因”。2014语境实际是站在“通俗网文是艺术”的立场求艺术与游戏之异，而创作的发展趋势却是二者的相融。艺术与游戏确有根本区别。一、在文化形态上说，艺术动力系统的中介是文本。文本可以是一部书、一幅画，也可以是一台戏、一部电影，创作和接受都是围绕着“艺术品”而进行的。游戏则是一种娱乐活动，主体在活动之中不在活动之外。游戏的目的就在其本身，不在游戏之外。也就是说，游戏的假定性通过其“设定”即“游戏规则”早已给参加者以心理定势。二、艺术欣赏是心理静观，而游戏却是要真实地扮演特定角色；前者是心理感知觉、情感、想象和理性的相互交织，后者则是身心共用的娱乐活动。三、艺术欣赏与审美密切联系，亦即与功利密切联系，而游戏则是对生活形式而非内容的模仿。艺术的审美之乐不同于游戏之乐。

当然，艺术与游戏是有“接口”的。虽然艺术不等于审美，但艺术创作和艺术欣赏却是凝聚审美态度、发展审美能力的最重要的物态化活动。这里确乎存在着一个巨大的矛盾：审美的本质是感性与理性以感性为基础的和谐相融，是非功利的自由形式，但力度强烈的审美形态却是那些包含现世功利的艺术品的接受，正是这样的文化事实，常常上演“精神变物质”的威武活剧。而在艺术动力系统的运转中，当某个艺术品或艺术品种完全丧失了社会功用，成为所谓“纯粹”美时，则意味着它即将成为“完美”的装饰而从现实的艺术品中退出。在这种情况下，它的实际作用却并不是审美，而是供从各个角度的研究之用、供审美经验的借鉴之用和供大众娱乐之用。其中，“供大众娱乐之用”伴随着完整文本的被拆解——艺术品变成一般文化品。在新的动力系统中，审美静观极易变为文化互动。这个转变，便是文化形态上艺术与游戏的接口。

艺术动力系统转化的另一种方式表现在新的“艺术品”的文化化，它与艺术精致化构成艺术的两个极端：前者是文本打开，后者是符号化。于是，从接受心理上这样的“艺术系统”又打开了一个与游戏的接口。

艺术与游戏在文体上的“接口”就是游戏化文本。游戏化文本有功利性，但必须是假定性统摄下的功利性。就是说，文本中不能有社会组织或其他社会元素。游戏化文本是特定时代的产物。

人们都在创造，但必须在也只可能在“直接碰到”的、“从过去承继下来”的条件下创造。反过来说，当这些条件具备时，就会产生或只能产生某种特定的文学形式。

第三节　传奇—游戏化网文的生成

2014语境认定通俗网文为网络文学。但是，从关注度例如从作品评论热点和列举来看，2014语境中的部分论点已经把现实题材的网络长篇小说（哪怕是有一定商业价值的长篇小说）和写性、暴力、窥秘的长篇小说排除在外了。如果加上各大文学网站的发稿量、粉丝关注点、大神们的作品典型等因素的考察，可以说，2014年左右在人们下意识中的网络文学，就只有游戏化的网络长篇小说了。但是，这类小说的文体究竟有什么特征，2014语境并未给出清晰的答案。问题聚焦在游戏逻辑（设定）与叙事（文学）的结合有无必然性这一根本问题上。2014年以降，批评网文游戏化倾向的声音逐渐衰微，视游戏化长篇小说为通俗网文范本的“潜共识”已经形成（如权威选刊《新华文摘》2018年第11期所选载的两篇网文评论均以游戏化长篇小说为对象）。这意味着，这类网文不仅已经被“文学”所接纳，而且成了“网络文学”的代名词。如果说，2014语境仍然以“传统文学”的美学价值和社会功用为参照评价网络文学，将游戏化视为网文发展之偏向，那么，2018语境则完全抛弃了2014语境的价值坐标，而以“游戏化网文”这一庞大的“社会经济文化事实”为出发点回望传统文学了。如果说，2014语境还在以通俗网文海量的受众群、海量的写作群、海量的资本注入以及产业链的形成立论而欢呼“文学革命”的到来，那么，2018语境则以对特定文学形式的聚焦宣告了这一“革命”的完成——它的核心成果，就是游戏化网络长篇小说。

2018语境依然没有对“网络文学是什么”的抽象思辨，充斥舆论的是关于游戏化网文的评论和欣赏。网络文学理性审视（评论和欣赏）对象向网络长篇游戏化小说的聚焦，本身已是对这类特定文化品在文体上的肯定。同时，这些评论和欣赏又从探索这类文化品产生之必然性入手，肯定它的文体。

什么力量导致从2014语境到2018语境的巨变？当然是“游戏化网文”作为接受效果与经济效益统一体的长期存在。这意味着，在市场需求和社会规范（包括评论）的双重作用下，所谓“通俗文学”已经演变出一种“最佳”文学形式。

2014语境所批评的通俗网文的游戏化倾向，换个角度看，也是游戏的文学化倾向。文学的情节、人物、语言、动作与游戏套路在文本中的结合，有时难以分出主从。不过，从总体看，2014年前后正是一个由文学＋游戏套路到游戏套路＋文学转变的节点。如果说，前者还只是用游戏的某些套路来整合叙事、作者还依恋着个性生活体验的话，那么，后者则完全以游戏套路为四梁八柱填装社会杂闻（即准数据库写作模式），作者已完全关闭了生活进入作品的大门。因此，所谓游戏套路＋文学中的“文学”，已经不是原发于社会条件下的信息了。2014语境中的“类型”，便是游戏＋信息的各种共生体。

“类型”是评家和注家对网络长篇小说的划分。因此可以说，2014语境已经在很大程度上认为网络文学就是游戏化网络长篇小说。进一步说，由于类型的划分既不是依据题材，也不是依据体裁，而是依据游戏设定与所需“材料”的可能性，所以，2014语境在看待游戏化长篇小说时，既显出对文学坐标的依恋，又显出对写作产业化的趋从。

归纳起来，2014语境涉及的类型有玄幻、奇幻、武侠、仙侠、都市、灵异、军事、竞技、科幻、历史、游戏、同人等多种。如果把这些文本当做文学来分类的话，这种分类并不科学。例如：玄幻是一种心理效应，而“都市”则是故事所涉及的社区的类型。但如果换一个角度，即从这类文本都是不同的游戏套路与所需“材料”的统一体来看，这种分类又不无道理。

分析一下2014语境中被视为“网络文学”的游戏化长篇小说的几种主要“类型”。

玄幻类型　黄易的“玄幻系列”小说影响很大，其含义是“集玄学、科学和文学于一身”，“玄幻”一词盛行与此不无关系。玄幻类网文其实是科幻小说的反动，它完全抛弃了幻想的科学基础，已经不具备知识的品性。科技可能性是科幻小说的“情境”或“典型环境”，而“金手指”“升级”等游戏套路则是玄幻小说的“情境”或“典型环境”。经过长期的演变，玄幻小说逐渐形成了以武功修炼为具体内容以游戏设定为叙事模型的网文类型。

仙侠类型　仙侠类型网文对传统武侠小说有两点颠覆：一是它一反武侠小说“侠之大者，为国为民，已诺必成”之价值追求，融入了霸凌为尊、弱肉强食的理念；二是它完全离开了世俗。武侠小说所写的奇异力量，不过是轻功、点穴、内功、飞檐走壁之类，这在信息化社会中已经失却了魔力。而且，武侠小说在经历了20世纪八九十年代之后，在纸介文学里已终结了它的辉煌。叙事文学初上互联网，一般都有很浓的“烟火味”，仙侠小说也是从网络武侠小说发展而来。推动这一发展的，当然是受众。毫无疑问，仙侠能够作为一个人气和作品发表数量上乘的类型在竞争激烈的网络阅读市场中生存下来，赖于以游戏套路对传统武侠小说的改造。当然，这并不意味着仙侠类写手一定饱读武侠小说，意识形态的承继总是通过“询唤”而使个体成为主体的。也就是说，游戏套路这一“形式”完全能够转圜为内容。

都市类型　都市类型不是指一直在网文市场中占有一定份额的以都市为现实题材的小说，而是指以现代都市为背景的游戏化文本。

现代都市本是个社区概念，因社区的独特性而生发生活方式和情感意绪以及“故事”的独特性。然而，现代都市又是一个现代先锋信息的集散地，现实生活的复杂性差异性决定着信息的鲜活和多样，这就为想象的升腾提供了基础，也为对信息（加工后的生活）进行游戏化编排提供了基础。前文已叙，游戏化网文的分类并不科学，例如“玄幻”与“都市”就不是用统一标准切割的产物。因此，常常很难将都市类游戏化网文与其他类型作严格的区分。

历史类型　中国的历史题材文学叙事可以分为四类，一类是以尊重历史真实为创作指导思想的（当然在这一思想指导下创作的作品未必在“情节”上离历史更近）；一类是以历史事件和人物为原型进行大胆想象并注入新的价值观的，如《三国演义》；一类是将历史事件和人物以及野史掌故、坊间传闻为材料进行虚构和戏说但有着清晰的价值观的；一类是网文中的穿越文。这四类在1949年后各自分别领过风骚，2014语境之后被“文化事实”认定为网络文学的，是以历史为材料的游戏化长篇穿越文。如同不应将都市类游戏化网文视为以都市为题材的文学作品一样，也不应该将历史类游戏化网文视为以历史为题材的文学作品。

总之，“题材”是一个所谓“传统文学”概念，是以“生活”为基础的文学语境中的元素。我们之所以称神话是一种文学题材，也是因为“它就是自然形式和社会形式本身”。

在2014语境中，网文的“类型”备受关注；在2018语境中，网文的“游戏逻辑”备受关注。2014语境试图以传统文学视角给通俗网文的题材和体裁做出分割，但因其各门类特殊的矛盾性未充分显露而未果；2018语境则以文学与游戏合一的视角审视网络文学，因游戏化长篇小说完成了这种合一而确立了分类原则。事实上，2018评论语境中的“网络文学”就是游戏化长篇小说，这种文本依网络游戏的不同元素而划分。金手指、穿越、爱情、升级、换地图、对决（PK）、副本，等等，不再只是游戏的专有名词而也是通俗网文的体裁分类。从2014年至2018年评论家们眼中的网络长篇小说的总体看，再以“题材”即文本的社会内容划分网络文学的文本，已经没有意义了。2018语境虽然“类型”还时而提起，但分析文本已经转向以游戏套路为出发点了。

如果说，游戏套路是文本的四梁八柱，那么，不同的类型则是构成文本的砖瓦。

《警惕网络文学的“网游化”趋势》一文写道：升级可以说是网络游戏的第一要素。良好的等级设定与快速的升级，能让玩家拥有强烈的冲级快感，同时也是网络游戏培养玩家黏性的重要秘诀。网络文学充分借鉴了网络游戏的升级机制，绝大多数网络小说的主要内容与叙事结构就是主人公的升级：对玄幻修真打斗类而言，就是武力、功法、技能的不断进化；对历史军事类小说而言，就是国家势力的不断强大；对官场类小说而言，就是职务、身份的不断攀升；对商场类小说而言，就是财富的不断累加；对体育竞技类小说而言，就是球技的不断演进。这些数量庞大的小说总在讲述同一个关于成长的故事：一个初始是“废柴”的小人物，通过不断的奋斗，不断“逆天”，打败一个又一个前进路上的对手，在此过程中他的实力不断升级，最后成为宇宙之王。黎杨全的这篇文章发表在《光明日报》，发表时间是2013年9月24日。他看到了网络文学“网游化”的“趋势”，采用的视角当然是“传统文学”或“文学”的视角。

如果说，2014语境看待网游化小说还在秉持着传统文学的视角，认为“网游化”只是这类“文学”的一种趋势和发展中的一种不良倾向；那么，2018语境中的强音已经放弃了传统文学立场，接受了“文学”与“网游”的糅合。

《游戏逻辑：网络文学的认同规则与抵抗策略》一文写道：“如果从传统文学稳固的价值体系和清晰理性的逻辑思维出发，玄幻小说里予取予求、天花乱坠的‘金手指’是‘想象力受到控制’或‘价值观混乱’，但实际上，这种状况一方面由于当时网络原创内容有限，网民对坚持连载的长文容忍度高、热情鼓励以求不‘太监’；另一方面，网文参与者普遍年纪较轻，其自身并没有稳固不变的道统观念，对网文里混合杂糅、东西合并、古今贯穿的世界并不觉违和。有些人甚至觉得环环相加的严密逻辑不过瘾，莫名跳转的金手指才有‘爽感’。因此，尽管一些写手有能力构造独立意象，也不愿抛弃金手指这种‘缺陷技巧’，使它从‘权宜之计’转为网络文学的特色元素。”（《文学评论》2018年第1期）“稳定性使印刷文学具备强大的自律性和话语体系。网络文学欲在这一权威话语体系之下谋求发展，与其探索一套对抗体系，不如突出自身与之相对的变动性。当前这种变动的结果，就是网络作品中体现出的对游戏逻辑的认同。游戏逻辑标志着网络小说已发展出个性风格，在强化并放大传统通俗小说某些属性的同时又呈现出自身独有的媒介特色。”（同上）

《虚拟体验与文学想象：中国网络文学新论》一文从“中国网络文学的主题是各个读书网站的商业化文学”出发，认为它呈现的是一种“网络新生活”，这种“网络新生活”“并非虚拟的生活本身，也不是‘网民的情思’，而是在各种商业俗套情节、各种神鬼幻想故事背后，曲折投射出的网络时代的生存体验与文学想象。换言之，这种想象及体验不是写手有意表达的内容，而是受网络生活的浸染，不自觉流露出来的。”（《中国社会科学》2018年第1期）该文指出“在从印刷媒体向网络媒体的转型而引起文学发展的三种取向中，中国网络文学侧重‘中间’趋向，即介于网上传播的印刷文学与超文本、多媒体文学之间的网络原创作品这一‘中间路径’。”（同上）该文所说的“中间路径”，是由网络新生代受众与网络写手的互动而开辟的从生活到创作、从作品到接受的文学系统，它经由“网络新生活”而进入创作主体，再由写手“不自觉流露出来”，以文字形式进入同样受着“网络新生活”“浸染”的网络新生代头脑中去。

《虚拟体验与文学想象：中国网络文学新论》一文还分析了《盘龙》和《斗破苍穹》等作品中“随身老爷爷”的写作手法。在这类小说中，主角随身带有一个戒指，内中藏有一见多识广的老爷爷的灵魂，在修炼变强过程中，主角只要遇到困难，总会向其求教，而老爷爷也会及时给予解答。“随身老爷爷”这一设定实际上是现代人与连线世界的日常互动，具体而言即由网络搜索与问答这一习惯的曲折投射而成。作者认为，“这种写法明显源自网络游戏中系统与玩家的关系及升级程式。严格说来，‘随身老爷爷’小说与‘随身系统’小说并不完全相同，前者中的主角更具问询的主动性，后者中的主角更多被动完成系统给定的任务，因此后者几乎等同于网络游戏的置换，而前者则与现代人网络搜索与问答习惯有更多联系。”“中国网络文学从网络的界面穿越、‘线上’与‘线下’世界的时空区分中获得文学想象，并表现了网络社会来临后虚拟主体的间性及其精神症候。”穿越小说所呈现的网络社会的孤独，“却是在与群体的不断联系（网络的中介）中产生的。现代人日益陷入一个由网络联结与中介的世界，中介成为‘幸福感’的由来，也成为孤独感的根源，人们群聚在一起，却视而不见，活在各自的‘气泡’里，通过网络企望远方与别处，在不间断的‘紧密’联系背后，却呈现了各自更为深刻的孤独。”显而易见，该文在揭示穿越小说的创作心理和接受心理成因时，是以把“穿越小说”作为“中国网络文学”之一种为前提的，是以肯定网络游戏的穿越设定与所谓“叙事”合一这一文本事实为前提的。同时，该文作为2018语境的一部分，也认识到“穿越已成为跨越网络小说诸类型的一种普遍叙事设定，其主题、手法已变得五花八门”。

在“虚拟、交互与‘重置体验’”的小标题下，《虚拟体验与文学想象：中国网络文学新论》一文指出：“中国网络文学从网络的虚拟性与交互性中获得文学想象，折射了现代人网络生活的‘重置’体验，并对人生、死亡与自我等主题有了新的描绘。”该文认为，互联网带来了虚拟性，改变了线性的时间观，虚拟性带来了“重置”的可能，时间可以再来，死后可以重生，自我可以改变。但是，重来并非重复。互联网媒体使信息的流动由固定的“传—受”单向关系变成双方周而复始的交流互动。由此，用户的操作与网络的反馈之间生成了不同的符码序列。对故事的生成而言，这必然具有随机性而非重复性，从而带来故事的多种走向与可能。该文认为，“这种因虚拟性、交互性而带来的无限故事的可能，在网络游戏里体现得非常明显……中国网络文学深受网络游戏的影响，网络游戏这种因虚拟性、交互性形成的故事的多重走向及其重置意识，就渗透在重生小说之中。”重生小说是指主人公因某种机缘（如突然死亡）回到若干年前，却又保存着对过去的记忆，借助经验与信息的“先知先觉”而重新规划与玩转人生的小说。“重生小说的文学想象正源自网络游戏的重置经验。融会了‘重置’经验的重生小说，也折射了网络社会的生存体验，并对人生、死亡与自我有了新的描写。”（同上）

《游戏逻辑：网络文学的认同规划与抵抗策略》一文分析了几种网络文学所借助的游戏逻辑。

金手指 原指游戏玩家用来修改后台数据，以获得力量、武器、更高级别甚至续命的作弊程序。在网络小说里，无所不能的主人公随心所欲化解危机的方法也被称为“开金手指”。早期金手指多出现在情节简单、受众年龄偏低的“小白文”中——开了个好头却写不下去，又舍不得放弃时，就以金手指“作弊”弥补构思缺陷，解决依常理难以自圆其说的矛盾。作为网络小说的常见元素，金手指自身也不断发展，逐步从物品或工具转变为独立角色，融合神仙、老妖、隐匿高人的“老爷爷”就属此列。唐家三少《斗罗大陆》中的“大师”、天蚕土豆《斗破苍穹》中的“药老”、《武动乾坤》中的“貂爷”、方想《修真世界》里的“老妖”、我吃西红柿《吞噬星空》中的“殒墨星主人”等，是大神们笔下最流行的人形金手指。

穿越与重生 许苗苗分析道：“穿越与重生是网络小说主人公常见的命运轨迹，二者模式相似，都是时间失序导致的身份转换，前者穿越成别人，后者穿越回早先的自己。从根本上看，穿越也是一种金手指……”“穿越者虽然挣脱了原有时间限制，但他依然是普通人，在新的时段仍需服从时序……”“写穿越文的一个基本准则是不得更改历史进程，否则就不是穿越而是玄幻创世。”“重生身份的卑贱和转换身份的高贵对比是穿越的魔法，诱使读者通过当代人实现从卑微到强大的翻身，轻松拥有少年躯体、中年精力和百岁见识。”

爱情最大 “爱情最大”源自电影《大话西游》，因电影热映而成为流行语。《游戏逻辑：网络文学的认同规则与抵抗策略》一文写道：“爱情是网文里抚平一切伤口的灵药，无须自证即具备合理性，它是修炼、创世、隐退的动因，是权谋、黑帮甚至‘种马’的终极救赎，它激励痞子走上英雄之路，也帮助弱小者扭转乾坤……哪怕与具体情节无关，抽象的爱也常被用作行为的根源……爱情既通俗可感，又具有黏合不同情绪（妒忌、憎恨、愤怒等）的魔力，还是青春期读者钟爱的热点，因此成为各类网文常用的解释，但网文中的‘爱’又演化出独特的含义。”其实，从“聊天式”到“演化出独特的含义”，网络小说中的“爱情”已经与人类某种特定感情的再现渐行渐远，前者已非人物中的叙事关系而不过类如相声段子，后者则演变为某种叙事功能。将其界定为“叙事功能”，是因为它无所不在、无需自证，类如其他“金手指”。网络小说中“爱情”达到了“最大”，也就实现了由叙人间之事到游戏设定功能的转化。

《游戏逻辑：网络文学的认同规则与抵抗策略》与《虚拟体验与文学想象：中国网络文学新论》两文，将在中国网络文学研究史上留下深刻的印记。它们的意义，不在于将网络商业小说所常用的几种游戏设定进行列举和梳理，而在于以下两点：一、出现在2018语境中的这两篇文章，与“网络小说和纸媒小说分道扬镳”相一致，对网络长篇游戏化小说给予了文体（文化品类型）的认同，这就是“叙事”与“游戏逻辑”或“游戏设定”的合一。这种认同摆脱了2014语境以传统文学看待网文（游戏文）的立场，结束了通俗网文（游戏文）在受众、产业化、创造力以及社会影响方面被高度肯定（如认为是自1915年新文化运动以来的“文学革命”云云）与在文体、文学性及价值观上被怀疑否定的二元评价格局，从而为建立“网络文学”的评价体系开拓了道路。《游》文说得不错：“网络文学借助金手指、穿越、爱情最大等游戏逻辑，在网民默契中形成了鲜明的群体价值观”，数亿人的共同爱好是不能视而不见的。二、努力寻找新文体（文化品类型）成立即叙事与游戏逻辑合一的合理性与必然性。“如果从传统文学稳固的价值体系和清晰理性的逻辑思维出发，玄幻小说里予取予求、天花乱坠的‘金手指’是‘想象力受到控制’或‘价值观混乱’，但实际上，这种状况一方面由于……因此，尽管一些写手有能力构造独立意象，也不愿抛弃金手指这种‘缺陷技巧’，使它从‘权宜之计’转为网络文学的特色元素。”“在商业化外表背后折射的网络时代的生存体验与文学想象是中国网络文学重要的潜在新质。”（《虚》文）综观以上两文可见，其所论均从文学是一个动力系统出发，指出了网络生存对接受主体和创作主体的深刻影响，沿着不同于传统文学生成的方向寻找网络游戏化小说的新质所形成的必然性。

由于具有前文所述的特别意义，由于分别发表在《文学评论》和《中国社会科学》这样的权威杂志上，由于《新华文摘》这一权威转载杂志的转载，《游》文和《虚》文成为构成2018网文理论语境的重要元素。

自1998年至2018年的历史，是“网络文学”的发展史，也是“网络文学”的认识史。学界从某一特定文学系统的展开中看到了创作主体和受众的广大，看到了产业成绩的巨大，进而认定这一“经济文化事实”背后就是通俗网文并以其代指“网络文学”。事实上，那是一个接受效果与经济效益的统一体，“通俗网文”也是个阶段性的代称，因为这个统一体的内容是随时变化的。然而，这个以市场为导向（在社会规范允许下）的文学系统毕竟运行了二十年，它是接受效果与经济效益统一的阶段性成果或特定阶段的呈现。因此，对其进行文学和文化角度的研究是十分必要的。

《游》文和《虚》文就是对通俗网文进行不同于2014语境的文学和文化研究的成果。本书将通俗网文演变的典型——文学与游戏设定的结合体定名为“传奇—游戏化网文”或“传奇—游戏化文”。同时，将其列为神话、传奇、现实文学之后第四大文学形态，相关理由将在下一章论述。

传奇—游戏化网文是传奇类叙事引入游戏设定的结果，是游戏化网文剔除社会组织和社会元素的结果。由这一文体所形成的文学系统的展开，构成了2014年～2018年接受效果与经济效益统一的主旋律。

第三章　互联网机制下文学动力系统的全面展开

在一定意义上说，新时期现实主义文学落潮之后的“雅俗分野”，实际上正是一场以形成接受效果与经济效益统一体为目标的新的文学运动。换个角度，似可说是一场通俗文学（在法规允许下以受众需求为宗旨）系统的艺术—文化的反馈运动。“雅文学体”的系统展开成为它的侧翼，“换媒体”和建机制是它所寻求的必要手段。传奇—游戏化文是以“通俗文学”为文本的艺术—文化反馈的凝聚成果，传奇—游戏化文的文化化是这一反馈的消散轨迹。

第一节　网络文学亚艺术体的形成

传奇—游戏化网文的稳定运行，标志着通俗文学动力系统“上网”的完成。传奇—游戏化网文是通俗网文长期发展的结果，也是它的最高成果。传奇—游戏化网文的长期稳定运行，超越了人们的思维定势，因此，确立它的文化定位便成为一大理论课题。

传奇—游戏化网文是通俗网文的“龙头”，它与一般通俗网文相互交叉、融会，有时很难从文本中区分出来。从同样具有商品属性、同样“享用”互联网机制和同样拥有大量受众出发，我们将传奇—游戏化网文置于整个通俗网文系统中考察。

各种类型的通俗网文（在本章以下论述中这一概念包括传奇—游戏化网文）有一个共同点，就是这一动力系统展开的动力来源于接受，因此，分析这一动力系统的特点，要从作品与接受的关系开始。由于欣赏心理没有可资使用的实验数据，我们对作品与接受关系的分析，仍然要从文本的分析入手。

当通俗网文的主体改掉庸俗、媚俗、低俗的弊端之后，当通俗网文的主体改掉“娱乐主旋律”“娱乐劝善”之后，当传奇—游戏化网文成为一个稳定的文体之后，面对依然巨大的产业成绩和接受效应，我们只能回到“文学是一个动态系统而非静态文本”的观点来看待这个前所未有的新文体和新的文化现象。文学的系统性和动态性之所以被人们忽略，是因为它时隐时显。或可说，它之所以唤起了我们的记忆，是因为以文学的平面视点对通俗网文评论的失效，是因为不同文体接受效应和产业成绩的悬殊。这如同长期置身于有空气的房间并不会引起错愕，而一旦空气缺失才备感其重要一样。

依文学是一个动力系统的观点看来，通俗网文是文学动力系统继雅俗分野之后而产生的一个新形态。通俗网文往往很长。攻之者认为内容芜杂、信息失真且远离叙事之需；辩之者从它的功用立论，认为只有“长”，才能吸引读者持续地看下去，将这种“对位式”阅读变为受众生活的一部分。总之，不管批评还是肯定，通俗网文正是艺术与文化之间的一个驿站，是文学走向经典化的一个中间态。

这种中间态“古已有之”。《水浒传》故事史书有载。《宋史·徽宗本记》：“淮南盗宋江等犯淮阳军，遣将讨捕，又犯京东、河北，入楚、海州界，命知州张叔夜招降之。”《宋史·张叔夜传》、宋代陈均的《九朝编年备要》等，也有相关的记载。据专家考证，《水浒传》中的一些人物、故事，早在成书之前便在民间口头流传，以平话形式刊载。进入元代，元杂剧兴起，《水浒传》故事又在多种剧目中重演。直到今天，《水浒传》是施耐庵一人所著还是由施、罗（罗贯中）二人所为，学界仍有争论。这一切都说明，在今日所定版本成书之前，有一个“群众性”创作和大众化接受的阶段。相对于“标准版本”，此前的一切文本都是“亚艺术体”，是“草稿”；相对于对后世“标准版本”的欣赏活动，还未能使审美能力得以充分集中和迅速发展。而另一方面，即便是今天通行的“定本”，也常见地理常识错误和其他“硬伤”。

可见，现实存在的“艺术品”并非都是“标准的”艺术品，亚艺术体的存在是艺术品形成中的必然现象。

换一个角度看它的亚艺术品性。看一看鲁迅对宋平话的分析：《京本通俗小说》“其取材多在近时，或采之他种说部，主在娱心，而杂以惩劝。体制则什九先以闲话或他事，后乃缀合，以入正文。如《碾玉观音》因欲叙咸安郡王游春，则辄举春词至十余首。……此种引首，与讲史之先叙天地开辟者略异，大抵诗词之外，亦用故实，或取相类，或取不同，而多为时事。取不同者由反入正，取相类者较有浅深，忽而相牵，转入本事，故叙述方始，而主意已明，耐得翁之所谓“提破”，吴自牧之所谓‘捏合’，贻指此矣。凡其上半，谓之‘得胜头回’，头回犹云前回，听说话者多军民，故冠以吉语曰得胜，非因进讲宫中，因有此名也。至于文式，则与《五代史平话》之铺叙琐事处颇相似，然较详”（《中国小说史略》，广西师范大学出版社2010年版，第71至第72页）。宋话本与说书关系密切，《碾玉观音》还残留着“说书”的痕迹：在“说书”，是艺术与文化两个形态的转换；在文学文本，是“内文化”（见本书第一章）。要提出的问题是，这类“引首”犹如后世电视剧前期的行业片、《唐明皇》中的大段歌舞，有的构成单元美素，有的则仅是一些社会信息。总之，这些内容本不是文本之需，但却是受众之需。也就是说，受众欣赏艺术作品，并非单纯为审美。获取社会信息、了解奇闻逸事、探讨市场行情……都有可能是欣赏艺术品的目的，特别是在非信息化社会。这类艺术品，当然是“亚艺术体”。

每一种文学形式或其他艺术形式都有自己的高峰期，即创作与接受同时繁荣的时期。高峰期的文学或艺术往往承载其他文学形式或艺术形式已有的成果。文学动力系统或其他艺术动力系统采用新的媒体后，也会出现在特定时期由某一文学形式或艺术形式承载非艺术信息或其他艺术信息的情况。

通俗文学的亚艺术体是以纸介为第二物质手段时形成的。新时期现实主义落潮之后，通俗文学亚艺术体以新的内容和新的形式重组运行。中国大陆原创通俗作品与受众的互动成了它的主体，港台通俗小说作了它的补充。通俗文学“上网”之后，形成了以通俗网文为欣赏对象、以互联网为运行机制的亚艺术体。

与文化史规律相一致，非游戏化的通俗网文其文本文化化的突出特征也是对各种信息的承载。当然，这些信息也是游离于艺术构成之外的，例如不少通俗网文大量使用古诗词——个别写手就是靠写古诗词赏析成名的；气功、养生、中医、《易经》等元素也被大量使用。由于这些信息大多游离于艺术品规范之外，加之来源于互联网，所以，通俗网文的亚艺术品的特征更加突出。

与通俗网文以上亚艺术体特征相对应的，是接受心理的需求。没有这种需求，这一特征就会很快在商业机制中消失。一、是特定的欣赏态度（由“审美态度”转化而来）欣赏过程的准备阶段，它的注意力（由“审美注意”转化而来）出现一种与艺术品游离的现象。当先锋艺术形式（例如宋平话之于先于它的汉赋、唐诗，宋平话之于它同时期的说唱）承载的非艺术信息（这里指精致艺术品所不需要的信息，下同）与欣赏者的物质的或精神的需求对接时，欣赏过程便在艺术之外发生了。例如，当长篇通俗网文有一大段关于《易经》的所谓“讲解”“知识”或古诗词的“阐释”之时，爱好这两种东西的人会很快将欣赏的注意力集中于上。二、在谈论通俗网文的亚艺术特征专由其承载非艺术信息所引起时，我们是把“艺术品”设定为可以成为审美对象的。但是，在通俗文学初登互联网的最初一段时间内，这一动力系统的动力是来自写手一方的。最初上网的写手，大多是在传统文学机制里不得势的人，他们把作品发到网上去，是“艺术表达”的延伸，并无商业目的。这一行为，应和了“互联网＋”。至于最初的欣赏者，“上网”是一种新奇的文化生活或生活方式，并非都是为了文学欣赏，为了审美。有的人不但没有审美目的，甚至没有任何目的。由是观之，在海量网络信息中偶遇艺术品，其心理过程应该是认知和欣赏的混杂，由此导致审美注意则是很偶然的小概率事件。

但是，通俗网文中的非艺术信息又是包裹在“艺术品”中的，不少标志提醒着受众这是在阅读文学作品。所以，这种对各种“知识”的摄入不完全是理性的认知，也就是说，这些知识都是置于叙事之中的，有的就是“英雄人物”讲的，因此，这种认知又有审美的因素在。将阅读此类文本的心理准备冠名为“欣赏态度”，道理就在这里。

通俗网文是一个亚艺术体，还在于艺术欣赏不等于审美。前文论及现实的艺术品作为现实的欣赏对象而导致通俗网文的亚艺术体化，是从意识形态中总有一大部分“不成熟”的艺术品存在这一必然性出发的。在这里，通俗网文是一个亚艺术体的论证则是以假定一切艺术品都是“标准的”为前提的。也就是说，即便欣赏对象是通俗网文的经典之作乃至非通俗小说的经典之作，它的文本也存在着被“打开”、被解构的可能性。

有一部分艺术品并无审美意义，而有一部分审美对象并不是艺术品。二者的交叉关系还表现在：审美意义虽然是艺术品成立的必要条件，但艺术品不等于审美对象。

李泽厚将艺术品分为三个层面。所谓三层面即艺术作品的形式层、形象层和意味层。形式层与形象层大体相当于美感中的感知与情欲。这三个层面并不能截然分开，它们三者经常处在同一个审美对象中，彼此渗透交融和反复重叠，并且还有种种交错复杂情况。“例如文学作品诉诸感知的形式层就极模糊……因此，对它的所谓感知主要包含在表象（想象）里。有的艺术不一定有蕴涵明确情欲的形象，如某些（不是所有）装饰艺术。至于意味层，更不能独立存在，它就存在在形式感知层和形象情欲层里而又超越它们。”（《美学三书》，安徽文艺出版社1999年版，第557页）在感知（艺术欣赏）中，这三个层面的分与合取决于特定的审美态度和审美注意，这里着重论及三层心理效应的不同特点方面。

当艺术品在现实的接受中逐渐符号化，人们仅仅记住它的某些外部特征的时候，意味着它正在一步步走向形式化、纯粹化，快进博物馆了（即艺术的“消亡”），意味着艺术欣赏日益等同于审美。例如，四大名著今日虽销量不减，但真正阅读特别是完整阅读的人并不多（研究行为不在此议）。所以，解构式的、非审美的、带有各种功利目的特别是带有个性化功利目的的大众化接受，才是艺术的真正的生命所在。当然，这种接受有的能够达到意味层，诱发受众对宇宙人生的感喟和情感的皈依，但更多的情况还是停留在欣赏心理与形象欲望层的对接上。赖此，所谓“精神变物质”或“艺术的文化化”才能发生。或可说，古往今来大量的“精神变物质”的事实便是艺术欣赏如上特点的确证。

鲁迅说：“《红楼梦》是中国许多人所知道，至少，是知道这名目的书。谁是作者和续者姑且勿论，单是命意，就因读者的眼光而有种种：经学家看见《易》，道学家看见淫，才子看见缠绵，革命家看见排满，流言家看见宫闱秘事……”（《〈绛洞花主〉小引》，《鲁迅杂文全集》，河南人民出版社1994年版，第1020页）。

与此例相类者不胜枚举：谈《阿Q正传》，人人觉得自己多少有点儿“精神胜利”的心理特征，小孩子看历史剧，个个都是“戏说”……究其原因，还要回到“艺术欣赏不等同于审美”上来。

艺术欣赏不等同于审美，它总有特定的功利目的。如果说，非通俗文学的一个共同的特征，是尽力运用各种手段诱使读者通由形象层而达到对宇宙人生的深切感怀，那么，通俗文学的一个共同特征，便是尽力运用各种手段诱使读者的欲望长久地与形象层对接。

这种对接的心理形式便是快感。从2014语境到2018语境，通俗网文的这一心理形式的特征不断为网络文学评论家们所提出。

那么，所谓“快感”是什么？

我们从美学史上一些思想家关于美感的论述中来讨论这个问题。中世纪的圣托玛士、英国经验论美学代表人物赫起生和德国的孟德尔松都曾提出，美不涉及欲念和概念、道德。但这些都不过是经验性的描述。德国古典哲学家康德在前人论点的基础上，将审美心理形式概括为“非功利”（无利害而又产生愉快）和“无概念”（无概念而又有普遍性）两个最主要特性，并以“无目的的目的性”这样一个哲学命题概括之。康德认为，吃、喝、性满足时和满足之后感觉上的愉快与对象的内容（存在）有关。做了好事的那种精神上的愉快与一定的伦理道德有关。前者是纯感觉的官能满足，后者是纯理性的高兴。美感则只与对象的形式有关。做出“这朵花是美的”这一“判断”，不涉及它的物质性用途。康德说：“愉快的东西使人满足，美的东西单纯地使人喜爱，善的东西受人尊敬（赞许），即被人加上一种客观价值。无理性的动物也可以感到愉快；美却只是对人才有效，‘人’指既具有动物性又具有理性的东西，不单纯作为理性的东西（例如精灵），也作为动物性的东西；善则一般只对具有理性的人才有效。……在这三种快感之中，审美的快感是唯一的独特一种不计较利害的自由的快感，因为它不是由一种利益（感性的或理性的）迫使我们赞赏的。所以，在三种快感之中，第一种涉及欲念，第二种涉及恩爱，第三种涉及尊敬。只有恩爱才是自由的喜爱。一个欲念的对象，以及一个由理性法则强加于我们，因而引起行动意志的对象都不能让我们有自由去把它变成快感的对象。一切利益都以需要为前提或后果，所有由利益来做赞赏的原动力，就会使对于对象的判断见不出自由。”（《判断力批判》第五节，转引自朱光潜《西方美学史》，人民文学出版社1979年5月第二版，第352页）康德的“美是无须概念而普遍给人愉快的”论述，从“量”的方面分析审美判断，揭示了审美心理形式不同于其他“快感”的特殊性。康德说：“如果一个人觉得一个对象使他愉快，并不涉及利害计较，他就必然断定这个对象有理由叫一切人都感到愉快。因为这种愉快既不是根据主体的欲念（或是其他意识到的利害计较），而是感觉到喜爱这个对象中自己完全是自由的，他就会看不出有什么只有他才有的私人特殊情况，作为他感到愉快的理由。因此，他就必然认为可以设想：产生这一愉快的理由对一切人都能感到同样的愉快。”（同上书，第354页）一方面，“口味无争辩”，生理快感不要求有普遍性，审美“判断”却不然，它要求普遍有效性。但另一方面，这种普遍有效性却是主观的，即对一切人普遍有效；不是客观的，即不是对象的属性所要求的。于是，这种单称的特殊的“判断”其心理形式也有其特殊性：“这种形象显现所发动的各种认识功能在审美判断里是在自由活动中，因为没有确定的概念迫使它受某一特定的认识规律的限制。因此，看到这种形象显现时的心境必然就是把某一既定形象联系到一般人认识它时各种形象显现功能在自由活动的感觉。反映一个对象的形象显现，如果要成为认识的来源，就要涉及想象力和知解力，想象力用来把多种感性观照因素综合起来，知解力则用来把多种想象显现统一起来。”（同上书，第355～356页）这就是说，想象力形成形象或意向，知解力综合许多具体意象形成艺术典型或概念。审美判断就是想象力与知性（概念）处于一种协调的自由运动之中，“超越感性而又不离开感性，趋向概念而又无确定的概念”（李泽厚语）。康德认为，这就是审美愉快产生的原因。这种判断之所以叫做审美的，正因为它的决定根据不是概念，而是对诸心理功能活动的协调和情感……“在这个表象里的心意状态所以必须是诸表象能力在一定的表象上向着一般认识的自由活动的情绪。”（康德：《判断力批判》（上），宗白华译，商务印书馆1964年版，第54～55页）

大段征引康德辨析三种快感、论证审美心理形式的论述，目的在于确定因欣赏通俗文学所生快感的心理形式特征，因为，在通俗文学的欣赏中，三种快感特别是审美快感与生理快感的心理形式常常纠缠在一起。

要讨论这种艺术欣赏中的快感，既要与一般美感相比较，更需与艺术欣赏中的美感相比较。前文已述，审美与艺术欣赏是一种交叉关系。“美感尽管不能脱离形、色、声、体的感知、想象和情感、欲望，但其高级形态却常常完全超越这种感知、想象和情欲，而进入某种对人生、对宇宙的整个体验的精神世界。”（李泽厚：《美学三书·美学四讲》，安徽文艺出版社1999年版，第592页）艺术美感的高级形态恰恰不是纯粹美，而是“依存美”，即依存于一定概念的、有知性概念和目的可寻、有条件的美；它强调的是意味层与形象欲望层的依存性。这种营造了深厚意味层的艺术美，虽然更容易使人想起生活或“应该如此的生活”，但更是人的审美能力迅速成长和审美态度高度集中之所在。一般美感或“美感一般”对感知、想象和情欲的超越，却只有在不脱离声、色、形、体的感知、想象和情感的“标准艺术品”的阅读中才能得到。与艺术美感（审美）的心理形式相一致和相对应，“艺术”又是一个十分宽泛的概念。就可感的“艺术品”而言，通俗网文、现代艺术的出现常常使人感到艺术无所不包，物质载体其艺术承载性的不断发展，又常常使人感到生活就是艺术，与美感高级形态相对应的艺术即有着深厚意味的艺术只是艺术中的凤毛麟角，这也就是人们常说的艺术经典。突出形式感的艺术或艺术品种与通俗艺术构成艺术的两端。因此，在极为广泛的艺术欣赏中，既有“标准的”艺术审美，又有各种欣赏心理形式的交叉、叠加和覆盖。

当欣赏态度将欣赏注意集中在这类“标准的”艺术品的形象欲望层而停止对艺术品进行知性综合时（见前文所述），它的感受心理形式与欣赏通俗网文便趋于一致。这就是人们常说的“碎片化”阅读。当审美态度停留在“标准艺术品”的形象欲望层或与通俗网文对接时，就会向欣赏态度转变。

这种心理对接常常是偶然的。在主体一方，常常是网络生活的一部分，在填补心理空白、解除劳累的目的下，寻求自己需要的信息。

在客体（文本）一方，许多作者最早的创作心理并非寻求挣钱，而是内心欲望（包括写作、发表欲望——不涉及内容）的施放。作品有了接受者，便使他们原本在“传统文学”机制中得不到的确证而以商业价值实现的方式得到了。此时，以接受为导向的创作机制便建立起来了，通俗网文由此以大众接受与商业机制相结合的方式构建起新的动力系统。纸介时期的“三大密码”（性、暴力、窥秘）和“YY”（意淫）文一度走红。在法规的强力规范和有关机制的引导下，“三大密码”的运用得以遏制，YY文发生演变。这大大影响了通俗网文的走向，由此，通俗网文沿着幻想文的方向发展。

当受众以“审美的”态度（即“审美态度”）或立场通由语言文字进入通俗网文文本的感知形式层，类如“昔我往矣，杨柳依依，今我来思，雨雪霏霏”（《诗经》）那样的表象和想象并未发生，这是和“传统文学”的心理效应的重要差别。传达艺术形象的物质手段——语言文字及其组织方式，在唤起表象和想象、推进情节发展和人物塑造的同时，也构建着受众生理欲望满足的幻想方式。通俗网文的语言，既不是自然语言（即生活语言），也不是（传统）文学语言，而突出地表现出对传统文学语言颠覆的特质（以下评论）。这样的语言，起到了阻滞艺术品的形象情欲层向意味层的生成；其中的某些因素，导引着受众的五官感觉和欲望满足在幻象中。所谓通俗网文的“快感”（或“爽感”），就是生理欲望在阅读幻象中的满足。营造这种阅读快感的，当然不只是语言文字，语言文字是一个“门槛”，通由这个门槛，带着审美态度进入通俗网文的受众，会立即将审美态度或立场转化为“欣赏态度”，更不用说那些并非带着审美态度进入通俗网文的受众了。这种快感毕竟不同于吃喝性的生理满足，毕竟只是幻象，并非来自感觉，而是来自知性与表象、想象的交汇。因此，这仍然是一种精神上的愉快。

然而，通俗网文所引发的快感（精神愉快）又并非审美愉快。审美没有任何功利，是一种如康德意义上的“没有目的的目的性”。这种“没有目的的目的性”之最核心的意义，应该是主体并非时时处于审美的心理状态之中。有的美学家主张用“审美态度”置换“审美主体”这一通用概念，用意即在此处。审美应该是在生活中包括在信息的搜寻中偶然而起的心理状态。通俗网文的阅读则不同，就其被接受的典型形式而言，它是一种“意识形态的询唤”，是被寻求的。YY小说的盛行、长篇化、追求“代入感”，都是对这种寻求的应和。

虽是欣赏态度上的有意注意，一种主观上的寻求，但又非动物性的、官能的或情欲上的满足而是精神满足，通俗网文欣赏上的“快感”，其心理感受形式便具有处于生理快感与审美愉快之间的特质。本书已多次强调，艺术欣赏不等于审美。艺术是“依存美”即依存于一定概念的，艺术欣赏是带有功利性的，艺术品不等于审美对象；有的审美对象不是艺术品，审美的高级形态恰恰不是纯粹的形式美而是包括了艺术（欣赏）的依存美。因此，理想的或标准的艺术欣赏应该是具有审美意义的欣赏，其心理形式是想象力与知性处于一种和谐自由的运动中。虽不离感性（就生理基础而言）但超越感性，不但超越生理快感也超越精神快感的“偏私性”，例如只看到淫就等于没有读“懂”《红楼梦》；虽趋向概念而又无确定的概念，在这种心理趋向中，欣赏主体会得到某种人生况味或意味，这种人生况味或意味虽不能言传却有普遍性，虽有普遍性但又具有因人、因时、因状态的多向解读的可能性，例如虽只看到排满也是《红楼梦》阅读的正常现象。“意味”正是这种想象力与知性不即不离中产生和保持的。理想的艺术品或经典的艺术品应该具有高级美感特征，即一方面超越个体的感知和情欲，另一方面又把“政治倾向”隐蔽起来，具有一种将受众引向某种人生况味或文化意味的结构力量和心理上的询唤力量。

但是，“现实的”艺术品即在历史上进入欣赏事实的艺术品却并不都是典型的或标准的艺术品，那些既产生重大现实影响又能穿越时空不断传达某种人生况味或意味的大作力作，只有在特定历史时期才会产生，只是不断地积累，这样的艺术品才多了起来。这意味着“艺术欣赏”是一个很宽泛的概念，不但那些全心投入审美经验的获取某种人生况味或意味的阅读是欣赏，而且，“各取所取”——与个人感觉、想象和情欲联系紧密的阅读，从中获取某种“实用信息”“政治信息”的阅读也是欣赏。“艺术品”也是一个很宽泛的概念，不但那些经典文学作品是艺术品，在某一特定经典形成中的“草稿”、夹杂着许多与艺术构成无关信息的文本、自语言层便有着各种欲望强烈导向的文本、一些明显概念化和标语口号式的作品、一些纯形式感的艺术品种及其艺术品、一些退出现实艺术阵营进入博物馆的艺术品种及其艺术品，都可以算作艺术品。

审美之所以与艺术（欣赏）是交叉关系，这种关系之所以现实地并存于人的精神世界中，艺术欣赏之所以在现实中不那么“纯粹”，在于人的精神生活具有多方面复杂需要的一面，在于人的信息输入有着十分复杂而充满偶然性的一面。为什么许多文化素养很高的人依然爱着金庸、唐家三少，依然爱听流行音乐？为什么上海拥有众多的高级音乐厅但在街头驻足听演奏的依然不少？为什么通俗网文并非什么“高级艺术”却受众群巨大？都说明着以上的道理。但是，我们有必要通过给“艺术品”划边界从而给艺术（动力系统）划出边界来。这是因为，只有超越某个特定事物的界限才能规定它的特性，只有超越艺术形态（进入文化形态）才能规定艺术形态。网络文学是一个运用互联网机制展开其动力系统的艺术—文化形态，为了在艺术与文化的反馈中把握网络文学（通俗网文），必须划定通俗网文的边界。

以典型的或“标准的”艺术形态为尺度，通俗网文是一种亚艺术体，是一个与亚艺术文本心理对接并产生快感的文学—文化动力系统。截止到2018语境，这一动力系统已运行了三个阶段。第一个阶段是文本呈现诸多非艺术信息特征的阶段，此阶段明显看出文化形态的内化即文化向艺术的转化、渗透，许多“掺水”“抻长”现象都应从这一角度即从必然性角度加以考察。第二阶段是文本俗化的阶段，一种独特的欣赏心理形式——“快感”，正是在这一阶段形成的，第三阶段是传奇—游戏化网文阶段。与第二阶段的通俗网文相比，传奇—游戏化网文的接受心理形式虽然也被通称为“快感”，但这快感不是那快感。

传奇—游戏化网文所引发的快感，虽仍不脱离感性，仍以七情六欲生理需求为基础，但已经获得了“人化”乃至“神化”的形式。也就是说，游戏网文中的神、帝、相、将、圣、灵、师、尊、皇、宗、王等字符，已难以与人的某种具体的情欲对接；权力、财富、美色等，已脱离了确定的目的；战斗、升级、心斗、得道等，在接受中更呈现为由想象趋向知性的心理延长，更趋向某种虽确定但抽象的目的。游戏化网文之所以分成都市、仙侠、玄幻、爱情、灵异、军事、历史种种“题材”，受众之所以分成种种“部落”，已完全脱离了生理需求的“偏私性”而属于精神、爱好上的“偏私性”。这种偏私性与其说由生理的特定需求而引发，不如说由性格、性情的不同而引发。（本书不再将“官能满足”与“情欲满足”做区分）。在这个意义上说，游戏化网文的欣赏又与艺术审美（欣赏）有很大差别。二者虽都有强烈的功利性，然而，在前者，功利性表现为主观设定性；在后者，功利性表现为客观社会性。在谌容的小说《减去十岁》，虽然不能真正地减去十岁，但可以现实地延长生命的社会价值——三十岁乃至更大龄均可考大学、设立各级政权的顾问委员会……在重生游戏化网文，死去活来、重建功业都已在欣赏主体的理性清醒地设定为万无可能。前者是幻想，后者是理想。尽管“标准艺术”与游戏化网文同样都有“代入感”，但差别很大。欣赏艺术，是“钻进去硬充一个角色”，是欣赏主体与其中特定人物在价值观、性格、行为方式和人生理想相认同，从而获得特定审美快感（或喜、或怒、或悲、或乐）；欣赏游戏化网文，受众不可能在审美上（即性格上）与特定人物相认同，而只会在心理中因知性与形象的自由运动而获得快感。

传奇—游戏化网文欣赏中的快感有趋近审美的一面。就其本质特征而言，审美没有实用目的，它只与对象的形式（形象）有关。游戏化网文的内容尽管充满明争暗斗、追名逐利，但因其在接受心理上亦即在进入欣赏经验之前就被确定为游戏，因而，整个文本就是一幅幻想图画（形式、形象），这种假定性（理性）阻滞了欣赏心理向实际功利（例如联系自己的人生）的过渡。但另一面，游戏化网文的内容又是在假定性前提下设置了争取功利的阶梯的，这使得欣赏心理又时时与虚幻的功利相联系，没有这一面，快感亦无从产生。抽调了现实的功利和实用目的，游戏化网文就不可能营造出真正的崇高、悲剧和喜剧这些具有巨大审美意义的艺术美来。在一定意义上说，美是美感的否定，艺术是否定之否定。艺术与审美（美感）的重合点是积淀着社会功利性的艺术品的形象，赖于它与审美态度的对接，引发受众的情感。游戏化网文的欣赏所近于审美的地方，则在于此类文本在整体的假定性心理准备下以过程、程序与欣赏主体对接，从而引发欣赏者的心理快感。这种心理快感与情感无关，而仅与瞬时的情绪有关。

席勒说："只有当人充分是人的时候，他才游戏；只有当人游戏的时候，他才完全是人。"（转引自朱光潜：《西方美学史》，人民文学出版社1979年版，第440页）的确，人只有在游戏时，才是真正自由的。需要指出的是，席勒是论证"游戏冲动"是审美和艺术的本质时说这番话的，这意味着，他不懂得人与自然、感性与理性的统一只现实地存在于"自然的人化"的伟大征程中。因此，这番话似可说只是一个预言。马克思谈到共产主义时说："……这种共产主义作为完成了的自然主义，等于人道主义，作为完成了的人道主义，等于自然主义，它是人和自然界之间人和人之间的矛盾的真正解决，是存在和本质、对象化和自我确证、自由和必然、个体和类之间的斗争的真正解决。它是历史之谜的解答，而且知道自己就是这种解答。"（《1844年经济学哲学手稿》，《马克思恩格斯文集》第一卷，人民出版社2009年版，第185～186页）这就是人性的复归，美的世界的实现。经过漫长的伟大实践，"'真'主体化了，'善'客观化了"，包括劳动异化在内的所有异化被消除了，审美成为人的日常，饮食不再只是充饥而成为美食，两性需要成为爱情，服装不再只是遮寒避热而成为文化名片……从而，外在于劳动和人生的游戏，将作为人化自然的历史成果而内化为社会生活的形式。而艺术，也将获得与审美和游戏相同的心理形式。然而，今天的我们，尚处在人化自然（包括改造世界和内心）的漫漫征途中。因此，艺术的审美意义，在某种意义上说，仍表现为征服自然（后工业社会这一主题是修复自然）创造和谐社会以及如何使生命个体与外在自然、社会的适应之中。与此相联系，游戏还将长期保持外在于艺术、“目的只在游戏之中”的文化定位。

进入后工业社会，人化自然的主题转为修复自然、建设和谐社会方面。物质的满足、生活节奏的紧张使心灵的营养需求变得日益多元。各种游戏、亚艺术和通俗文学的大发展就是这一客观需求的反映。这既是实践需求，也是日用之常。

在通俗文学长期发展的基础上，传奇—游戏化网文应运而生。游戏化网文是游戏的设定与幻想的类型在互联网机制下结合的产物。在生活化游戏和电子游戏中，参加者既是其中的“角色”又是操作者和目的追求者（欲望满足在过程）。在游戏化网文这一动力系统中，受众不是活动的参加者而是特定文本的欣赏者，活动变成了心理静观。由于以“设定”代替了艺术中的“情境”，游戏化网文的文本关闭了通向生活的大门。这样，写手在一定意义上成了游戏的玩家、操作者。受众为了获得快感，会运用商业化的互联网机制如“打赏”等影响写手的创作（操作、玩法）。据了解，受众真正参与创作，如提供“故事”走向和人物语言的并不多，更多的是以各种“态度”特别是附带赏罚的态度影响创作。久而久之，写手和受众便形成了经济共同体，成了游戏的共同操作者、协作玩家。这样，文本在欣赏中就会发生内容向形式的回转，欣赏的心理形式就会发生与过程对接从而趋近审美的变化。这种快感不同于“载道”艺术欣赏的艺术美感，不同于“纯粹”美欣赏的美感，也不同于欣赏一般通俗文学所得到的那种紧密联系生理欲望的快感。在欣赏的心理形式上，传奇—游戏化网文的欣赏快感基本上与游戏快感相同。

由于传奇—游戏化网文欣赏中的快感是当下即得的，又是可操作的，加之文本在主体与之对接中由内容向着形式回转，受众就不可能从欣赏中被唤起对文本元素的情感。也就是说，这里的情感不是对欣赏对象本身的反映，而是对对象与主体之间某种关系的反映。所以，受众却能被唤起对操作手（写手）的情感，因为从心理过程看，他完全有可能将快感的获得归功于操作手。这如同许多人参加了一场游戏、广场舞等活动，彼此之间并不需要感谢，需要感谢也能够让大家生发感激之情的，是这些活动的组织和服务者。网络文学发展的事实给予了肯定的答案。编（写手）读关系的改变，“粉丝经济”的形成、造神运动的兴起以及“情感共同体”的营造，是传奇—游戏化网文动力系统这一亚艺术体向着自己的文化形态转化的节点和标志。

通俗网文的三种类型虽然呈现为不同阶段，但更是一种逻辑的划分。作为动力系统，它们的共同特点，在于都程度不同地在接受中离开了艺术审美的一般特点。

第二节　通俗网文的价值取向

2014语境对网络文学（通俗网文）的“游戏化”倾向多有批评。批评的要点有二：一是部分通俗网文娱乐性因素超过劝善因素或后者为前者服务、铺垫；二是部分通俗网文存有“娱乐主旋律”“娱乐社会主义核心价值观”倾向。

这当然是“传统文学”观点或文学的“传统”观点。换言之，这是用“标准艺术”的标准来看待这部分通俗网文。上节已述，所谓“标准艺术”，就是那些具有审美意义的艺术（文本或品种）。此类艺术品在人们的接受中，能够营造具体的美的形象，从而引发欣赏者特定的情感体验。在欣赏者与艺术品所营造的美的形象中，包含、积淀和体现着社会发展的本质、规律。之所以在此类艺术品的欣赏中能够引发欣赏者的情感体验，是因为它蕴含着丰厚的人生意味、人生理想，而这“意味”和理想，则直接与物质的或精神的功利相联系。因此，艺术欣赏的本质特征在心理形式上，便是虽不离感性但超越感性，虽无确定的概念但趋向概念。也就是说，它是善与真的结合或善与真的转圜、渗透。

有无劝善元素是2014语境判别各类形态的通俗网文是否属于文学的一个重要标准。之所以强烈批评网文的游戏化倾向，就在于它背离了劝善这个文学的宗旨。不少论者征引鲁迅在《中国小说史略》中评论宋平话的名言，借以强调这一宗旨。的确，如鲁迅所指出，“劝善”正是宋平话的一个突出特点。较之“善”在其他文学样式的体现，宋平话中的“善”突出地表现为一个“劝”字。这类小说，通常以“一朝一代之故事”为审美对象，故事中一般都有“捏合”或“提破”，个别的直接作出评论。这有点像现代散文的“夹叙夹议”。“捏合”也好，“提破”也好，评论也好，都是贴在“故事”外边的。宋平话的这一结构，与其作为“话本”有关。从一定角度看，宋平话本属市井杂艺伎之“说话”的脚本，是“说话”的文字化。发生在21世纪10年代的游戏进入通俗文学形成游戏化网文，与说话进入宋平话的动因相同，即不同艺术形态之间、艺术形态与文化形态之间的反馈关系（规律）使然。由于故事中的意义靠“总结”“说破”和评论，等于作者站出来说话由叙事者兼任评论人，文本的“概念”“目的”“理性”便十分突出。于是，“善”不再只靠故事形象地传达，而辅之以理性启发读者的认知。宋平话之“俗”因，此其一也。就是说，这样一来，它已在一定程度上离开了以审美为突出特征的“艺术”。

那么，宋平话中的“善”究竟是什么含义呢?

宋平话在“捏合”“提破”“评论”之前，要先讲一个故事，或讲史，或“小”说（前者以劝善为主要功能，后者以娱心为主要功能），其劝善功能先在故事发展的因果中体现出来，这就是“善有善报，恶有恶报”的因果报应的价值观。下面是鲁迅所引《梁史平话》中的一段：“……汤伐桀，武王伐纣，皆是以臣弑君，篡夺了夏殷的天下。汤武不合做了这个样子，后来周室衰微，诸侯强大，春秋之世二百四十年之间，臣弑其君的也有，子弑其父的也有。孔子圣人为见三纲沦，九法斁，秉那直笔，做一卷书，唤做《春秋》，褒奖他善的，贬罚他恶的，故孟子道是‘孔子作《春秋》而乱臣贼子惧’。只有汉高祖姓刘字季，他取秦始皇天下不用篡弑之谋，真个是：手拿三尺龙泉剑，夺却中原四百州。刘季杀了项羽，立着国号曰汉，只因疑忌功臣，如韩信彭越陈豨之徒，皆不免族灭诛夷。这三个功臣抱屈衔冤，诉于天帝，天帝可怜见三个功臣无辜被戮，令他每三个托生做三个豪杰出来：韩信去曹家托生做着个曹操，彭越去孙家托生做着个孙权，陈豨去那宗室家托生做着个刘备。这三个分了他的天下……”（《中国小说史略》，广西师范大学出版社2010年版，第69页）从引文中可明显看出，作者的历史观是唯心主义的。历史的因果并不在这种伦理的想象之中。作者的价值观，是产生于自初期奴隶制向发达奴隶制过渡时期的孔子儒家思想，即“君君臣臣父父子子”那一套。一方面，将历史变化归于历史人物超验的善恶品质和行为，另一方面，又以肯定历史事实为前提，从而，宋平话以孔孟之道为内容的劝善功能便建构完成。在形式构成上，如果说寓言是文学与哲理的结合，宋平话则是文学与伦理（包括政治伦理化）的结合。

至于宋平话中所传达的价值观即对具体事物的道德评价到底“善”与不善，则是一个复杂的问题。

历史唯物主义认为，善是一定的社会或特定的阶级对于符合其道德规范的行为的肯定评价。作为道德观念的善恶总是历史的、具体的、有阶级性的，抽象的善恶并不存在。孟子讲“人性善”，无非是强调社会成员具有通过内省修养而达到“善”的可能性；荀子讲“人性恶”，无非是倡导社会成员加强改造自己以适应社会规范。列宁在评述黑格尔论善的一段话时指出：“实质：‘善’是‘对外部现实性的要求'。这就是说，'善'被理解为人的实践＝要求（1）和外部现实性（2）。"（《哲学笔记》，人民出版社1974年版，第229～230页）列宁的意思是，社会实践作为人类存在和发展的基础是本体意义上的"善"，它是伦理、道德的基础。所以，在阶级社会中，代表社会生产力发展的客观要求，其阶级、行为和事物，就是善的，反之，就是恶的。然而，历史又是在矛盾中行进。人民群众当下利益与根本利益的矛盾、保存族类与保存个体的矛盾、先进文化的确立与旧文化的矛盾以及特定阶段改革、发展和稳定的矛盾，都要求人们将善恶评价置于特定历史阶段、特定阶级利益和特定社会条件下。

所以，作为社会存在的反映，叙事文学对善的体现，就显得十分复杂。例如，巴尔扎克将全部同情都倾注在他所在的贵族阶级身上，但《人间喜剧》善的指向却落在这个阶级灭亡的必然性上；曹雪芹"一把辛酸泪"所营造的"悲凉之雾遍披华林"，让读者参透了金玉鼎食背后的"无声的腐烂"；《乔厂长上任记》《乡场上》的英雄主义和历史主义与《山月不知心里事》的对集体生活的依恋，恰好互补性地构成"改革文学"的全部……另外，即便是王蒙的《这边风景》同一部作品，出品在21世纪10年代和出品在20世纪80年代，其价值观上的认同度会大有区别……如果说，善的传达在宋平话采取的是作者直接站出来"劝"和"解"的方式，那么在审美意义强烈的现实主义文学如《人间喜剧》等，采取的则是由形象层向意味层的积淀。由此可见，善的传达方式也就是善与真在艺术品中的融合方式，可以成为不同艺术形态区分的一种尺度。

从逻辑上说，善的传达并非从文本被接受开始，而是从创作者的艺术表达开始。上节我们从接受角度讨论了通俗网文欣赏的心理形式。因为，接受的目的是审美和欣赏。本节我们从文学动力系统的从生活到作品这一系统开始，讨论通俗网文劝善功能的形成。因为，艺术创作（表达、体现、传达）的目的是实际功利。从"志之所之"、巫术礼仪到"做人类灵魂的工程师"，尽管具体内容有别，形式多样，但艺术的功利性却一脉相承。艺术是有明确的功利目的的。艺术是幻想世界，艺术中的功利，不是现实的功利，但属于有着现实性的要求，能够满足人们的实践需求（改造客观世界和内在自然）和日用之常（如某些通俗文学的功用）。

按照艺术品善的表达方式划分，有史以来的文学形态可分为三大类，即神话、传奇和现实艺术。

在神话著述中，有一点被人们严重地忽略了。这就是：神话不仅是艺术，艺术只是后人对它当时某方面的功用，特别是对后人的实际功用的界定。神话是原始社会的意识形态，是“神话人”的信仰。从而，神话对“神话人”具有现实作用的力量。与此相联系，神话对“神话人”而言，便主要不是用于供他人欣赏而是用于自己的表达的。众所周知，神话是口头创作和集体创作，前者表现为地域性、民族性和历史迁徙性，后者表现为“不约而同性”。这体现着原始社会整个“类存在”与自然的矛盾这一主题与生命个体情感表达的结合。最早的神话如埃及神话所突出的，就是人（类）与自然的矛盾和斗争。那么，在神话系统中，在这种“不自觉”的表达和传达中，“善”是如何体现的呢？在神话里，善与美、恶与丑，基本上是同一的。也就是说，代表善的正义、善良、勇敢等，通常就是美的，反之，就是丑的。因此，神话可以说是社会美的直接幻想形式，符合人的“类本质”的展开方向，代表人类的现实功利，体现历史前进的总体要求和阶段性课题。

如前所述，“善”被理解为人的实践，以使用工具和制造工具为特征的人类劳动、物质生产即社会存在就是“善”的本体或本体的“善”。艺术是对现实的审美关系，艺术美是现实美的反映。“任何神话都是用想象和借助想象以征服自然力，支配自然力，把自然力加以形象化；因而，随着这些自然力之实际上被支配，神话也就消失了。”（《〈政治经济学批判〉导言》，《马克思恩格斯选集》第二卷，人民出版社1972年版，第113页）神话的“消失”，意味着对新时代人其现实作用的消失，亦即作为现实的艺术品种告别历史舞台，意味着整个意识形态向历史意识转变。这一转变在中国文学史上首先表现为南方屈原的诗歌和北地儒家对《诗经》的删定；前者是利用，后者是剔除（“子不语怪力乱神”）。从而，神话作为第一个艺术母体，成为后世传奇文的审美对象。传奇文学的核心是人，不是神。在传奇文里，不再是人为神役，而是神为人用。中国传统文化语境中的一切超人的力量——神、鬼、怪，都转化为传奇叙事中的“助者”。作为这一人神关系的延续，唐传奇之后，从宋平话到金庸的武侠小说（“侠之大者，为国为民，已诺必诚”的主题），一脉相承地将“神力”的成长置于人的主观努力（如修炼）之前提之下。

神话之后，叙事文学的主题已不再是人（类）与自然的矛盾，而过渡到个体与社会的矛盾。文学的内容已不再是被营造的“理想天国”，而是人的理想、幸福实现的“路线图”。经过汉代“独尊儒术”的洗礼（包括对神话元素的人间化解释），唐传奇及其后世非现实叙事文学所高扬的“善”，便转化为“道德的善”。一方面，客观上对巩固封建秩序有利的儒家学说在传奇文中大张，另一方面，通过个人成长从而助人亦被视为善举。道德的本质，在于作为总体的人类社会的存在对个体成员的要求和规范。因此，它与个体感性的幸福经常处于对立之中。传奇文学就是这样一个矛盾体。一方面，依顺封建体制奋斗本身即福，达到目的令人尊敬（善）；另一方面，善的实质总要落实到感性、个体，即当下即得的幸福。于是，神、鬼、精、怪等及各种灵异力量便成了传奇文中的“助者”，作者用它们代替了社会存在的本体力量。到侠客文中时，它们由助者演变成“行动者”，由灵异力量转附到人的身上，变成人可达到的某种“素质”。如果说，传奇文对特定社会秩序是一种幻想中的“全超越”，那么，侠客小说则是一种有限度的超越。侠客小说总是在某种“规定情境”下发挥非人间或超人的功力。如果说，前者所倡导的是依秩序而得幸福，后者倡导的则是摆脱秩序而得幸福。当然，从对恶的战而胜之到幸福的获得，这一切都是虚幻的。它代替不了春种秋收，也解决不了世间不平。从唐传奇、宋平话到金庸小说，其善的表达方式和内容之所以能够被长期接受，根本原因在于自然经济这一社会基础的长期存在。传奇文及后世非现实作品的价值观，反映着人民在频繁战乱后恢复生产、安居乐业、休养生息的愿望。

传奇文多是讲古，加上多靠灵异力量构筑因果，这不免大大减弱其道德感染力。也就是说，它在劝善（作品的形式）中总蕴藏着“娱心”的成分。然而，存在于整个阶级社会中的个体（幸福）与社会（规范）的矛盾，总要通过现实的历史进程来解决。并且，这个解决也总会以艺术的形式表达出来。现实文学便充当了这个使命。现实文学就是以现实生活为题材的文学，包括现实主义文学和非现实主义文学。现实主义文学所传达的善，反映和体现着社会生活的本质规律。凡符合历史前进规律的故事演进、人物行为和思想意旨，即被视为道德上的善。现实主义文学的有效表达（即从经典追问作者）基本由文化精英所为；现实主义文学的传达，也是由文化精英向社会“灌输”。这是因为，“春江水暖鸭先知”，只有艺术地把握世界、审美地深入生活才能掌握历史趋势和理想化地表达，表达中的“善”才能正确地阐释出来。如果说，现实主义文学的功能是满足社会的实践需求，非现实主义文学的功能则是满足大众的日用之常；如果说，现实主义文学总是通过揭示历史趋势（典型环境）来传达道德上的善，那么，非现实主义文学则一般通过肯定个人成长来传达幸福意义上的善。前者是利他主义，后者主观利己，客观上同时利他；前者出于社会大变革之际，后者出于社会相对稳定之际。

也正是在20世纪80年代初、中期，出现了以王蒙所称之为“躲避崇高”为美学特点的文学。这类作品不在现实主义主潮之内，不被称为“改革文学”。它对崇高的“躲避”，是通过讽刺、戏谑假崇高真伪善，将草根人物、“问题人物”“过失人物”写成善的化身而实现的。这类人物不是生存在“理想”中，而是生存在他们能够生存的、社会所“剩余”的空间中。他们在主观上并不想成就什么事业而毋宁是“糊口”“活着”。他们为自己的存在、成长而“干活儿”，甚至连当时被主流认识视为“人类灵魂工程”的文学，也被作者自称为“码字儿”。那时候，还不可能通过“初次分配体现效率，再分配体现公平”来写出他们的“主观为自己，客观为别人”，但通过表现他们的“活儿”的不可或缺甚至为大众企盼，则传达出了如上意旨。这类作品的主人公追求自己的幸福和爱情。他们在爱情上常常挑战不可能，使“不可能”即世俗观念认为门不当户不对变为现实。不仅如此，男主人公还常常是“高贵”女子追捧的对象。这条线索发展到1998年略带荒诞的电影《甲方乙方》，其早已蕴含的“利他主义”则高扬起来（这里取其文学要素而论之）。这种利他不是现实主义作品中理想的高扬，而是生活的原生态的当下；是生意经又超越利益，是精神升华（成长）又是自身的快乐（幸福之高层次）。可见，通由“躲避崇高”，此类作品便完成了善的传达——在读者对文本的解读中，“善”转圜为作品的美的形式。

这种建筑于个体成长基础之上的善完全不同于现实主义作品中所张扬的善。前者是“形体界的善”（康德）即自然的善，后者是道德的善即善的意志。前者是善的形式，靠规范乃至克制个体的自然欲求来实现，故现实主义作品常常以英雄模范人物的自我牺牲、付出而传达；后者是善的实质内容，是个体成长和幸福，故“躲避崇高”作品以个人成长和幸福作为善的前提和因根。现在看来，没有“躲避崇高”作品中主人公的成长，改革便谈不上成功。可见，在此类作品中，个人幸福不但不再与他人幸福相矛盾，而且成为他人幸福的先决条件。

现实文学是社会生活的直接反映。“躲避崇高”作品至《甲方乙方》便完成了它的行程。一方面，“仓廪实而知礼节”，《甲》作所高扬的善即助人为乐已经现实地存在于生活之中（通过“再分配”，通过“行善”制度化、秩序化）；另一方面，后工业社会所带来的竞争、尔虞我诈以及社会成员心理的焦虑、失望、紧张、孤独……不期而至。于是，社会存在作为善的本体，自然对文学提出了实践需求。这一强大动力推动着现实文学动力系统迅速转型。

进入21世纪10年代，随着生产力的发展，中国社会的主要矛盾逐渐转化为人民群众对美好生活的向往与发展的不充分、不平衡之间的矛盾。这一矛盾的表现是多方面的。举例说，当一部分人已经进入富足生活之时，尚有不少人未能脱贫；腐败难以遏制；环境压力日趋加大。这些矛盾也深刻地反映到文学动力系统的运行之中。一方面，社会要求文学承担社会主义核心价值观的教化作用，但另一方面，社会分工的发展和法制化建设又消解着文学的情感。一方面，体制内作家提供了大量带有个性体验的作品，发表现实题材作品的报刊（机制）大量存在，但另一方面，社会信息化、文化产业化和经济全球化又削弱着文学信息的功用。诸多矛盾推动着和决定着文学的转型——一个对文学善的传达多样需求和对其艺术功用、文化功用的多样需求的时代来临了。恰在此时，网络文学经过十余年的发展而声望鹊起，其超高人气和产业成绩引起了社会高度注意。与此相联系，网络文学（指通俗网文）的负面效应也暴露无遗。庸俗化、低俗化、“娱乐主旋律”化、游戏化等，确实给读者造成了相当大的不良影响。于是，一场“鼓励传统作家上网发挥正能量”的活动便在相关机构的推动下全面展开了。这里只举其中一例。2011年8月4日，一场由相关机构搭台、“传统作家”与网络作家“结对交友”的见面会在中国作协举行。来自全国各地的18位著名作家、评论家与来自7家网站的18位网络作家“欣然见面”并结成对子。相关领导和网站负责人出席以示鼓励和支持。一段时期内，涉及“传统作家”与网络作家、“传统文学”与网络文学这两个对子的文学活动和言论比比皆是。随便抄录两则：“传统作家与网络的前沿对话”（《菏泽学院学报》2009）、“传统作家‘网络擂台’是一场选秀，还是精英与草根的合流？”（《青年文学家》2008）这些活动和言论的集中呈现，传达出两个值得注意的信息：一、文学已经分裂为两大动力系统，一个是所谓“传统文学”即当时的现实文学，另一个是通俗文学，人们用它们的第二物质载体来区分二者。二、与后工业社会经济与文化的融合发展相一致，与“＋互联网”相一致，文学＋互联网动力强劲。

“鼓励传统作家上网发挥正能量”是“作为总体的善”即社会实践需求的体现。这里包含了一个不少人具有的潜意识——所谓“传统作家”的作品是正能量的载体，这当然是不正确的。这一社会工程的真实意图，是鼓励作家注重现实题材的文学创作并在其中弘扬社会主义的核心价值观（善的表达）。

人们称当时的现实文学为“传统文学”或“纸介文学”，称当时进入互联网机制的通俗文学为“网络文学”。这种划分法过分地强调了传媒在文学形态变异中的作用，掩盖了善的表述方式变异的轨迹。文学形态以两种媒介而分立，实质是新时期现实主义文学落潮之后雅俗分野的进一步发展。

“现实文学”与“通俗文学”是一对交叉概念。也就是说，现实题材可以有“雅与俗”两种处理方法，相应地产生两种文体；通俗文学可以以现实生活为题材，也可以以非现实的如历史的、科幻的、传奇的……为题材；现实文学是题材的标识，通俗文学是体裁的界定。比较二者，只有用善的表达（也是审美意义）这把尺子。现实文学的典型形式是现实主义文学。现实主义文学善的表达更具实践意义，与社会成员的根本利益和人类理想有着直接的联系；通俗文学善的表达更显日用之常，与社会成员个体的现实幸福和精神成长有着直接联系。新时期现实主义落潮之后，现实文学一方面向歌颂主调演进（相应的是报告文学的成长），另一方面向通俗文学转型，以现实生活为题材的通俗文学成为二者的“接口”。

现实文学向通俗文学的转型伴随纸介向互联网传媒的过渡，它是＋互联网的一部分，是“推动传统作家上网传播正能量”的一部分。事实上，“传统文学”与通俗文学是同时上网的。两类文学的不同命运，是不同的市场表现即作品不同的商品价值决定的。还有一个事实被论者们严重忽略了：在通俗文学发展上，有个两类传媒交叉形成市场机制的阶段。那个时期，大陆文学网站的主要经营方式是推荐出版。文学网站设计榜单，制定推荐规则，通过推荐业务收取一定的代理费，作者从文字出版卖书中抽取报酬。台湾的《何以笙箫默》等，就是在台湾网络走红后在大陆出版的。但由于以通俗文学为商品的产业机制是随着互联网机制而建立和完善起来的，“网络”掩盖了这一文学形态运行产业化的实质。“上网运动”持续几年之后，特别是将“作协主席”等非市场因素加之于上且效果不彰之后，人们才发现：互联网相较于纸介在传播力度和互动性方面的优势，并不能使现实文学获得两个效益。于是，现实文学开始向通俗文学即通俗网文反拨。被研究者视为通俗网文的《从呼吸到呻吟》《杜拉拉升职记》《成长》《青果》《刀子嘴与金凤凰》《遍地狼烟》《裸婚》《办公室风声》等，从语言运用到故事编织、从标题到类型化，都显出通俗化、时尚化的刻意追求。《从呼吸到呻吟》的作者说：“我很喜欢网络的环境，这次重新修改了我的作品以迎合年轻读者，这也是我们所谓传统作家适应网络的需要。”（《作协副主席小说〈从呼吸到呻吟〉刺激韩寒打擂》，《今日早报》2008年9月18日）这表面看是“适应网络的需要”，但实际上是适应网络的文学商业机制的需要，也就是适应读者（受众）的需要。

总之，相关部门对文学的各种方式的强力引导、作家的自觉追求与读者（受众）的“刚性需求”（购买阅读和打赏阅读），构成了推动现实网文形成的合力。相关部门的推动，是作为社会存在这一本体的善的体现。它要求讴歌实现中华民族复兴进程中善的力量、事件和人物。作家们积极参与，既是对这一善的感召的响应，也是个人成长的实现（善的第二种，即“善的内容”）。至于受众欢迎、甘愿购买阅读，则是这类作品饱含劝善和娱心两种元素而以劝善为主的缘故。

现实题材网文中的善，既完全不同于古代文学的“劝善”，也不同于传统现实主义文学中的善。所谓传统“现实主义文学”，指的是那些兴于社会大变革时期、内含激烈的群体冲突和灵与肉搏击、曾在当时引起轰动效应且已成经典和范本的文本。如前所述，现实题材网文所传达的善，已不再是个体对阶级、族类道德律令的服从，不再是理想的表述，而是个体对现存秩序的适应，而是为个人幸福的成长奋斗，而是对车子、房子以及对爱情的追求（没有这些追求，经济怎么能发展）。毋庸置疑，今天的社会在全面深化改革，社会中善恶斗争依然严峻。然而，扬善罚恶已主要交由上层建筑和法制的力量去解决。这里恰恰不需要情感而需要理性，不需要“道德作秀”而需要职业精神。这无疑是对秩序的肯定。当然，这也意味着，作为动力系统，传统现实主义需要转型。

个体与社会的矛盾主要体现为个体之间的竞争。但是，在社会的规范下的竞争又是个体成长的必要条件，只有具备这一条件，奋斗（成长）才能成为获得个人幸福的前提条件，而不至于把个人幸福置于危害他人的前提之下。当现实网文善的传达过渡到以个人奋斗、成长为主题时，便与当年“躲避崇高”作品中的善的传达区分开来了。如果说，“躲避崇高”作品不免有些“矫枉过正”，还有着一定程度的要求读者与小说中人物在价值观上相认同的话，现实网文则旨在引导受众通过一定的“代入感”获得成长、奋斗和成功的幻象中的快感。

秩序中的成长、规范中的竞争符合社会发展要求。然而，任何规范都有漏洞，再铁的规范也有挑战秩序者。一些现实网文以欣赏的笔触高扬主人公挑战秩序的宗旨，造成了作品不良价值观的传达，如官场升迁术、封建迷信、尔虞我诈、厚黑手段等，这是应该坚决摒弃的。

也正因为这种恶的传达必然会受到社会正能量的抵制和匡正，成为它在非当代现实题材中大量出现的间接原因。后宫心计、历史官场题材，成为它依存的文学土壤。

即便是有秩序的竞争，对于竞争者而言也是被动的；对于竞争中的失败者而言，是人生悲剧和挫折。因此，在后工业社会，通过奋斗获得个人成长同时助人得福，才是历史的具体的善，因为它符合人类自然存在的目的。在善的传达上，体现这样价值观的现实文学倒是与“躲避崇高”作品异曲同工。然而，“躲避崇高”的后期作品如《甲方乙方》之所以采用喜剧和略带荒诞的手法，还在于以个人幸福为目的成长追求与克制欲望、服从社会需要而付出牺牲相比前者的道德感召力是薄弱的。同时，个体生存、成长与助人还有着天然的矛盾。从“躲避崇高”文学完结自己的行程到现实网文的形成，几十年过去了。机器的节奏越来越紧张，生活的节奏越来越快速。竞争属于“总体的善”即实践需求，但无论对胜利者还是失败者，它都表现为一种异化。现实文学作家也是当代社会竞争行列中的成员，不排除文化市场的失落感是他们转型动机中一部分。直言之，现实网文系统运行是文学产业的一部分。相应地，现实网文的创作（生产）是一种产业行为，作者主观上部分地是为了个人发展（幸福）。因此，就“网络文学”发展脉络讲，现实文学是通俗网文（接受效果与经济效益的统一体）发展的一个环节。

之所以将现实网文视为通俗网文发展的一个环节，是因为这一文学形态与作为通俗网文代表性形态的游戏化网文在善的传达上有直接的逻辑联系。一、二者都是互联网经济的一部分。从资本经营者、产业经营者的角度看，“网络文学”就是内容产业的一个业态，劳动（写手）、内容（文学）、资本等，都是生产要素。IP、产业链、男频、女频、博客、微信、超文本等称谓，都是从经济或技术角度来“规范”文学的。现实网文和游戏网文的写手进入互联网产业，等于进入了同一个价值评价体系，一个以“成长（哲学意义）中的劳动力群体”为定位的价值评价体系。他们的成长、奋斗、幸福，具体地现实地表现在有活儿干、有饭吃，进而争得车子、票子、房子和爱情以及社会的尊重（如加入作家协会，像体制内作家那样获奖，等等）。这是作为本体的善——社会存在在现阶段的实践需求，也是善的实质的体现。当然，这必然构成两个文学系统运行的共有动力。2014语境中有人将体制内作家说成是“在生存中创作”，而将面向市场的网络作家说成是“在写作中生存”，不无道理。写作和卖文是网络作家的谋生手段。二、二者的根本区别，在于现实网文作家看重生活，看重作家对生活的个性体验，而游戏化网文写手则主要从现代传媒机制中获得信息，注重利用生活的“超现实”信息和既有意识形态如文学名著。游戏化网文的写手大多没有上学和写作之外的生活体验，很难写出带“烟火味”的生活细节。

毋庸讳言，作家的个人幸福、成长（哲学意义）与受众需求一度成为后宫心计、官场、商场、职场及情场黑幕等现实小说泛滥的根源，在社会的强力规范下，现实网文与游戏化网文都做了较大调整。为了在善的表达上既不违背社会的核心价值观又不丢掉受众，现实网文选择了歌颂和纪实手法，游戏化网文选择了传奇化。

从金庸的武侠小说到游戏化网文，一直被认为不是什么“高级艺术”。确实，它们不具备很强的审美意义。人们需要它们，是因为心理需求是多层次的。一些人认为，存在着一个低俗的文化消费群，他们学历不高，从事简单劳动，等等。事实上，许多所谓“高层次”的人也欣赏武侠小说和游戏化网文这类并不“高级”的艺术。当然，艺术只存在于欣赏态度与文本（艺术品）的心理对接之中，不同的对接会制造出各种不同的艺术幻象。设定同一文本由不同时代的人阅读，其感受大不相同；设定同一个读者读金庸和唐家三少，也会有不同的感受。然而，这并不妨碍我们以善的传达方式区分不同的文学形态。

毫无疑问，传奇—游戏化网文动力系统的稳定运行，标志着自神话、传奇、现实文学之后一个新的善的表达方式的诞生。

在后工业社会，在以经济建设为中心的当代，通过自己的成长获得幸福（客观上属帮助别人和有益于社会）也是善行。艺术是现实的折光。作为网络文学这一动态系统中的网络作家，在法规规范之下，以自己的生存、成长为目的进行商业化写作，本身就是发展文化产业所需要的。现实网文和游戏化网文中“个人在竞争中成长并获取幸福”

的主题，是现实生活的真实写照，是作家和受众共同的生存方式。

大家知道，网络作家队伍（在市场机制和互联网机制中生存）的形成是“人人都是作家”这一文化形态发展的结果。也就是说，取消或变相取消“三审制”使创作直接面对市场的选择是“网络作家”成长的前提条件。因此，通俗网文的演变取决于由写手与受众（即生产者、资本投入者和消费者）所构成的商业机制。但同时，文化产业的发展必须接受社会主义的市场经济体制的约束，文化产品的生产必须接受社会主义核心价值观的指导。从而，一方面，社会实践需要类如扶贫、扫黑除恶、一带一路等“宏大叙事”，另一方面，普通劳动者需要类如玄幻、科幻、侠客等“白日梦”使人得到娱乐和得到休息的作品；“主旋律”作品需要“灌输”，商业创作需要“投其所好”。正是这样一些既相互矛盾又相辅相成的社会条件和文化氛围，规范着整个文学创作的整体格局，也塑造着通俗网文新的善的表达方式。

事实上，在2014语境之前，这一善的表达方式已经在许多成功网文中蔚为大观。透出些许庄禅意味的《间客》，高扬了知识阶层的精神突围和“超伦理”，其主人公自由精神和独立人格的成长引起这一精神部落的共鸣。《神墓》的主人公，也是一个个人成长的典范，其友情和荣誉的获得，已超越物欲，是一种对物化的反动。

这种善的表达，与历史进程和实践需求相一致，又是劳动者的日用之常。

通过生命个体的成长获得幸福，同时帮助别人，的确是道德上的善，是善的实质和内容。这种善，在现实网文中是要求受众认同的，于是产生了要求认同（文本旨意）和难以认同（竞争中的失意者）的矛盾。这种作品的娱乐功能是很薄弱的，这大大局限了它的市场空间。与文学艺术诸多品种、作品追求娱乐功能、形式主义的风潮相一致，通俗化网文的演变方向也是娱乐化。通俗网文娱乐化的第一步是将游戏设定引入叙事。游戏与游戏文不一样。前者是主体直接参与的活动，或是其中一个“角色”，或是一个操作手（类如文学的

“叙事者”），后者则是一个叙事者（操作手）。从艺术到游戏，是一个逐渐淡化艺术美感的过程。游戏之“乐”不同于喜剧（艺术）之“乐”。用文字写游戏的设定，游戏设定化而为叙事的结构，这在文学史上和游戏开发史上，都是破天荒的事件。游戏与现实题材的叙事相结合，问题很快出现了。带有道德情感色彩的人物、社会组织、事件甚至概念进入游戏文，例如用生物界规律和一般竞技规则来表现分为正义与非正义的战争，就必然出现“游戏”主旋律的弊端。在2014语境的强烈批评下，“现实题材”和“游戏结构”逐渐分离，游戏设定转而与通俗网文的其他类型相结合，创造出一种新的文体：传奇—游戏化网文。

这种文体继承了《间客》《神墓》等网文高扬个体成长的善的表达方式，其主干过渡为各种传奇类型与游戏设定相结合。在这一文体中，“善”与“真”都是一种游戏的设定。大家知道，在社会美中，善是真的形式。例如，欣赏长城、天宫一号、长江三峡枢纽工程，会发出“真是了不起的工程”的感叹，会引发道德感情。现实主义作品虽然对生活进行了典型化的集中，但其人物是可能存在的，其情境（环境）是真实的，从审美到获得某种带有情感的“意味”中间没有“间离效果”。但游戏化网文的欣赏却不同。在此类叙事中，由于抽掉了社会组织形式，其个人成长、幸福的“善”已不再是“真”的形式，而是某种设定如“随身老爷爷”“金手指”“穿越”等的形式。当游戏化网文的写作发展为互动性写作、受众也参与这种设定，“善”的被设定性就更突出了。这样一来，欣赏由传奇话语体系与游戏设定融合而成的文本，便在受众的心理感受中形成了快感的获取过程。

于是，自神话开始经传奇文学、现实文学这一意识形态的善的行程，到传奇—游戏化网文这里完全改变了形态。“善”不再是读者与艺术品心理对接、审美活动所获得的道德感情，而成为对受众与文本心理对接、娱乐活动的抽象。也就是说，传奇—游戏化网文所承担的，是让劳动者得到休息、娱乐和快感的使命。可见，通俗网文的文化化、传奇—游戏化网文亚艺术体的生成以及“人人都是作家”的出现，正体现着“善”由表达的丰富性向丰富性的表达、由接受为主向表达为主的转变。

第三节　融媒体机制下文学的系统性运动

自1998年痞子蔡在互联网上发表《第一次的亲密接触》，中国文学开启了以第二物质载体迁移为表征的美的历程与善的行进。第二物质载体的迁移掩盖了文学系统根本的动力，从而掩盖了在互联网机制中生成的一个新的文学形态的本质特征。这个新的文学形态，已被约定俗成地称为“网络文学”。从此，文学史上产生了第一个以第二物质载体命名的文学形式。但矛盾也由此产生。因为，作为物质载体，互联网与纸介一样，其承载的不只是一种文学形式，也不只是文学。于是，关于“什么是网络文学”，评论家关注的，文学商业网站所操作的，统计学意义上的，文学工作机构所推动的，文学＋互联网所从事的，便大相径庭。这可能是为什么“网络文学”一直没有严格定义的原因。

“现实的就是合理的。”（黑格尔语）一种文学形式破天荒地以一种新的物质载体命名，关于“网络文学”不同释义的长期存在，说明文学作为动态系统与其物质载体的关系日益突出，深入解析二者之间的辩证关系，对于把握文学的“跨媒体”发展，有着重要意义。

文学与其他艺术一样，只现实地存在于主客体对接的幻象之中。因此，文学的表达、传达要有物质载体，文学的接受也要从物质载体开始。社会实践的发展，使创（制）作可供欣赏的审美对象成为可能和需求。文学作品是文学构思的物质体现。就创作主体而言，文学构思的物态化活动是人类实践的发展，是人的本质力量对象化的延伸。作家只有把幻想内容附着、确定在物质载体即语言文字上，他的社会功利目的才有实现的可能。就接受主体而言，只有通过感官与物质载体进行心理对接，才能领略到附着和确定其上的幻想内容和审美意义，也才能在欣赏中完成再创造。

语言文字虽然是文学的物质载体，但由于历史的发展和审美经验的积累，欣赏者可以直接从与其心理对接中获得表象和想象，从而进行艺术幻象的再创造。在一定意义上，如同大理石雕的材料和形式不可分割一样，文学的内在形式与内容和语言文字也是不可分割的：它具有了感性形式的性质。一些名家所谓“文学的第一要素是语言”，就是以这一意义为出发点的。语言文字的千变万化，反映着文学传达的不同风貌。

通俗文学“上网”之后，其语言大变。有人说，假如有一天你收到了这样一封来信：“7456，大虾菜鸟一块儿到偶的烘焙鸡上乱灌水，这些水桶真是BT，哥儿们不用PMP，到底谁是好汉，光棍节过招。94酱紫，呵呵：……”不必惊讶，这就是一般网络语言。这个例子显然经过了“典型化”和“集中化”，不过，与此类似的网语比比皆是。

关于网络文学中的语言，许多学者写了专论。概括起来，尚需提出以下几点：一、语言的合理性在于情境的合理性。大量创新网语是与特定网文联系在一起的，离开了具体的语境，这些语言便失去存在价值。被国家新闻出版广电总局2014年11月27日通知所禁止的“人艰不拆”，与之类似的缩略语“男默女泪”“不明觉厉”等，是在一定范围内流行语基础上进行的缩略，因此，他们在一定语境中不但能够达意，而且还因破除固有模式而显示出新鲜活力，成为通俗网文之“通俗性”的一个重要元素。有了这种特定的语言，更便于构建网文受众群落，增强特定群落的向心力和排他性。可以说，通俗网文写手与受众之间“销购—情感”共同体的形成和发展，与这种语言“外壳”不无关系。但是，由于构成这一语言创新类型的基础不能构成“典故”，即“缩略”的对象是在一定范围内的流行语，这些流行语又“生活”在“各领风骚五百天”的信息化社会，加之新“成语”没有结构意义，其“约定俗成”为社会标准语的可能性是很小的。二、一些语言创新起着瓦解汉语体系的作用，必须加强引导和规范。牛B、尿了等等，原本是粗话，现正由网语渐入生活。某日，央视一节目中一位少女用了“尿了”，令不少中老年观众惊诧不已。自由不免失重。阻止这种“创新”，不会影响通俗网文有价值的创新，社会相关部门应放胆为之。这种创新兴起的原因，在于网文写手和受众群体屏蔽生活、习惯于网络生活。这种创新，其害处的主要方面倒不在组词上，而在于隔断了与汉语文化根基的联系，造成价值混乱。三、一些创新虽不涉及价值传承，但属知识缺乏的产物，破坏汉语语法和修辞体系，对写手和受众身心成长有害。例如，阿拉伯数字谐音的乱用、“酱紫”（这样子）等吃字缩略、错别字的大量使用，等等。四、一些网络文学评论受了网语创新的影响，其文本中大量使用“网语”，这是不应该的。文学评论应该有参照系，否则无法评论。语言体系是参照系的重要元素。五、瑕不掩瑜，通俗网文正在成为语言创新的重要基地。宅男、给力、点赞、美眉等新鲜词正在走入文学，走入生活，给汉语的发展带来了活力。

审视通俗网文的语言创新可以看出，自由而不失重，以汉语长期形成的语法、逻辑、修辞三位一体格局为依托的创新，才有可能开出“结果实的花”。创新与监管本是助推事物良性发展的一体两面，在加强监管的同时不忘允许、鼓励、保护创新，包括允许不结果实的花的开放，在创新中不忘监管，应该成为对待网文语言创新的方针。

前文已述，语言文字作为文学的物质载体，在创作中会转圜为作品的形式。因此，通俗网文的语言创新和创新后的整体风貌，体现着通俗网文构思（形式与内容的统一体）的内在要求。也就是说，通俗网文躲避崇高、淡化审美、娱乐至上的发展趋向决定着语言向着破坏（汉语）秩序、戏谑、调侃的风格前进。应该说，创造出像给力、点赞、美眉等被标准语系认可、吸收的新词并不体现通俗网文的主要功能，而只是这一文学动力系统运行的客观结果之一；创造不混同于社会只属于自己“部落”生活圈的语言才是写手与受众的共同愿望，因为，这才是不同于一般社会生活的精神领域。挑战“传统文学”或文学的语言体系，是这一“销购—情感”共同体获得快感的一部分。如果说，“传统文学”或文学的一大追求是将生活语言提炼、规范和转换成文学语言（即使用业已成规的文字、语法、修辞和逻辑），那么，通俗网文的中心追求则是从写手与受众所“直接碰到的”意识形态（包括唐诗、宋词、流行歌曲、异化了的现实信息、英语、阿拉伯数字、广告语）获取材料或灵感，在对文学语言的颠覆中建立通俗网语。这样一来，通俗网文的文本即呈现一种“内文化”特征（参见本书第一章）。通俗网文文本的“文化化”会大大消解作品的审美意义而加强其娱乐性（有些网语的心理效果类如生活中故意读白字用于开玩笑）。

经过长期历史积淀和个体欣赏经验的积累，语言文字作为文学的物质载体，会以直接唤起、激发表象和想象的方式作用于欣赏者的幻想。

众所周知，尽管确定艺术品种的方式有多种，但强调各种艺术所依托的物质载体是合理的，这不但与艺术种类产生发展的历史相一致（例如电影对于摄影技术装备的发明的依存关系），也与通过知觉就可意识到的艺术样式客观存在的状况相一致。由于使用语言文字作物质载体而不是使用别的，使文学与其他艺术种类区分开来。也由于语言文字在使用方式上的不同，折射出文学传达方式上的不同。通俗文学语言文字上的特性，是与它成为文学的另类而紧密相联的。文学创作本质上是一种反映现实的活动，任何特定作品都与其作者的生活积累、世界观和人生观紧密相联。因此，当艺术构思确定在特定物质载体上，获得了物质存在的形态，艺术传达也就完成了。但是，只要承认文学的社会作用和审美功能，就应该认识到作为动力系统，文学的运动到作品形成时并没有完结，而下一步的运动与媒体有关。

通俗文学的接受效果与经济效益统一体的形成，使得“艺术传达”变得十分复杂、其主体性功利性大大延伸了。同时，由于这个统一体的形成与文学“换媒体”同时来到，为了探索媒体在这个统一体形成中的作用，有必要在理论上区分文学不同层次的物质载体。

如果将语言文字定义为文学的第一物质载体，那么，纸介和互联网等就可定义为文学的第二物质载体。第一物质载体决定文学不是其他艺术形式，第二物质载体决定这一艺术形式的演变区间是艺术与文化两个形态的反馈。

通俗文学动力系统与互联网一样，是生产方式的直接表现形式“三化”的产物，互联网只是它运动的载体。没有互联网，这一文学形态也一定会出现，它的许多特征在纸介载体里已经出现——虽然这一假设只具有逻辑意义而不具有历史意义。这一观点的另一个佐证便是，“打开文本”“互动性”“情感共同体”等被人们误认为网络之功的特性，其实在其他艺术形式如电视艺术中早已出现。

本书第一章已详论，通俗文学作为艺术—文化形态，选择、迁移第二物质载体是这一动力系统的内生动力。当纸介通俗文学的庸俗化受到严加管束之时，刚刚兴起的互联网变成了它最好的生存空间。下面抄录几则互联网监管的材料。

2002年6月27日，新闻出版总署和信息产业部联合发布《互联网出版管理暂行规定》，对互联网出版内容实施监管，跟上了处罚措施，对破坏民族团结、宣扬邪教迷信、宣扬淫秽暴力的内容予以取缔。

2004年7月16日，全国“扫黄打非”办公室发起“打击淫秽色情网站专项行动”。这次行动历时三个多月，立案247起，破获244起。网络文学首次被纳入监管对象。

2007年4月，新闻出版总署发出紧急通知，要求全国网站立即下架《重建帝国》《中国特工》《新中华战记》等15部“有严重政治问题的网络小说”。

2009年10月19日，全国“扫黄打非”办公室发出通知，查禁互联网淫秽色情小说。中国“扫黄打非”网报道，“包括网络小说、手机小说在内的1414种淫秽色情和低俗网络文学作品被查处，20家传播淫秽色情文学的网站被关闭，累计删除各类淫秽色情文学网页链接3万余个”。

2010年1月6日，新闻出版总署再次公布197家登载、传播淫秽色情及低俗内容的网站名单，查处此类作品195种，删除违规网页链接两万余条。

从这些越来越有针对性和越来越严的管理以及监管的成绩可映衬出，网络文学有一个“野蛮生长”的阶段。实际上，这正是庸俗文学由纸介向互联网“转移阵地”的时期。看上去，如同一个在集市上出售不良物品的摊子在躲避市场人员的监管：监管人员来了，货主便将摊位向别处转移。“三俗”文学由纸介向互联网跨越，意味着通俗文学形态向着自己的文化形态的展开，意味着这一动力系统的运行转换新的机制。重新寻找发表园地和传播方式，重新建构购销关系，重新寻找买主（受众）……都属于这一动力系统中的文化行为。另外，对“三俗”网文的取缔、惩罚在理论上亦属于由这一艺术形态引发的与之相关的文化形态。

在严格监管和严厉打击下，色情淫秽读物、有严重政治错误的“现实文学”迅速失去了网络生存的条件。突出形象欲望层效应的文本、传奇文本、现实题材文本以及游戏化文本生存了下来，并逐渐完善了自己的动力系统。随着商业文学机制的建立和完善化，文学动力系统以互联网机制为平台的艺术—文化反馈全面展开。

传奇—游戏化网文是通俗网文动力系统运行的典型成果。这是因为：一、它满足着行进中社会的实践需求和后工业社会氛围中人们的日用之常；二、它由特定文化形态凝聚而成，又在欣赏中经由心理互动、情感互动转化为自己的文化形态。也就是说，传奇—游戏化网文的出现不是偶然的，它是文学发展规律的客观成果。三、它是将互联网机制运用到最大化的艺术—文化形态。四、它是“三化”的成果，是接受效果与经济效益统一体的典型文体。五、继神话、传奇和现实文学之后，它创造了第四个善的表达方式。六、它创造了不同于审美、生理快感的精神快感这一独特心理感应形式。

现在，我们可以把“网络文学”理解成一种特定文体（像2014语境中许多观点和商业文学网站及网文签约写手所认为的那样），总结出它的共同特征。或可反过来，我们姑且把具有以下特征的文本视为“网络文学”。

一、这种文本的语言极具想象力和创新性，其想象和创新的途径不是源于写手生活的个性体验，而是来自既有意识形态。其语言的通俗性表现为在特定的群众或共同体中具有互通性和共同创造性，也表现为对规范性文学语言、生活语言的颠覆性。作为物质载体，这种语言的主要功用不是转圜为作品的形式，为营造形象服务，而是直接转化为娱乐元素。

二、这种文本具有较大的接受群，文本是商品，接受群是文本作者的“衣食父母”。文本能否在习惯上被视为“网络文学”，基本上取决于写作者能否以出售这一文本的收入维持生活。在这里，作品的接受效果和经济效益是统一的、成正比的。作品的经济效益越好，说明接受程度越大；接受程度越大，经济效益越好。从购销关系上看，网络文学的市场是买方市场。

三、这种文本的典型形态是传奇—游戏化网文。它的心理感受形式是有别于艺术美感的娱乐快感，其善的传达不在文本与欣赏态度的对接之中，而在“劳动者得到娱乐”这一社会事实本身。

四、这种文本的接受是“碎片化”的。“碎片化”的含义是：1. 文本中没有提供可供“学习”的东西，它不时提醒阅读者这不是生活。2. 与以上相联系，读者很清醒地把阅读此类文字放在等车等散碎时间，放在一个随时可以丢下的地位。读者时间利用上的碎片化导致阅读的碎片化。3. 这类文本一般很长，每日添加。之所以写很长，目的在于将读者的碎片化时间通过阅读心理连缀起来，争取读者闲暇时间占用上的最大化，以抓住读者，建立稳定的读者群。但事与愿违，由于文本过长，反而加重了阅读的碎片化。

五、以这种文本的写作、发表、传播和接受为中心，已经建立起一个稳定的产业链。1. 政策引导力度逐渐加大，网络文学产业化的宏观环境逐渐改善。国家新闻出版广电总局、文化部的《网络文学出版服务单位社会效益评估试行办法》《关于推动数字文化产业创新发展的指导意见》等，明确指出要“推动网络文学健康有序发展”“创作生产优质、多样、个性的数字文化内容产品”，为网络文学的发展铺设了政策跑道。2. IP改编日益火爆。2017年，国内首家内容众创平台葫芦世界在京发布，旨在聚集具有优质网络小说、漫画等创作实力的用户，以既定主题进行联合创作。《择天记》第三季等多部网文动画产生了广泛影响。3. 泛文娱IP生态向新文创生态转化，全版权跨界深度运营。网络核心版权产业的题材从以往玄幻为主导的单一类型向多元化发展，逐渐形成了以网络文学为基础的泛娱乐IP开发模式，并向新文创生态转化，同时在内容出海方面成绩斐然，逐步抢占全球市场。IP开发与网文创作相互作用，使网络文学形成新的创作模式。4. 大型网站依靠资本力量推动自身发展，行业引领作用明显。2017年，阅文集团在香港上市，掌阅科技登陆A股，新三板市场则密集涌现出了如天涯社区、铁血科技、天下书盟、博易创为等数量众多的网络文学公司。（参见《2017中国网络文学蓝皮书》，《文艺报》2018年5月30日）

具备以上特点或可能性并在网络机制中寻求这种可能性的文学行为和文本，被习惯地称为“网络文学”。实际上，这些特点正是某种特定文体利用网络机制展开其艺术—文化反馈的图景。其中，文本的创作如对既有信息的汲取，文本改编为影视、动漫、游戏等，属于文化形态向艺术形态的凝聚；接受（受众读解后的所谓“精神变物质”）的产业化、产业链的形成和运行、资本的注入和游资、相关机构对此类文本写手的“引导”工作、网文界最近几年兴起的“评奖授家”活动、写手与受众的互动如受众参与创作以及情感共同体的形成，属于艺术形态向其文化形态的展开。

综上所述，可见对“网络文学”的“习惯性”认知，表面看是对文本某种文学属性的界定，实则是对特定文本的接受效果与经济效益高度统一这一属性的肯定。因为，“文本”是不断变动的，受众的“口味”也是不断变动的。不但符合二者统一条件的文本之间有高下之变，特定文本退出市场或新兴文本进入市场都是文化产业化的题中应有之义。从一般通俗网文到传奇—游戏化网文的纵向发展说明了这一切，不同网文在同时期内市场表现的区别也说明了这一切。接受效果与经济效益的统一是动态的。在通俗网文的“野蛮生长”时期，这个统一表现为需要法规对其不良社会效果的遏止；在网文发达的今天，这个统一表现为利用政策引导其文本在价值传导上弘扬社会主义的核心价值观。

艺术形态与文化形态的反馈在现代市场经济体系中的展开，必然是产业化的展开，“上网”不过是通俗文学产业化的延续——互联网在互联网＋文学中的作用，与其在其他“互联网＋”中的作用并无二致。

通俗文学的率先“上网”、整个文学动态系统由纸介跨上互联网，都是社会信息化、文化产业化和经济全球化（文化产品携带价值观进入国内）的产物。

文学动力系统由纸介向互联网的跨越，文学形态与其文化形态的反馈在互联网上的展开，从文学传达的角度看，是文学构思与其物质载体（语言文字）的结合体向这一结合体的物质载体（互联网）的延伸，也就是文学向其第二物质载体的延伸。互联网与纸介一样，为所有文学样式的艺术—文化反馈提供机制的可能性。但是，能否充分“享用”这种可能性则取决于文学样式的不同特性。通俗网文作为强大的动力系统，其所创造的超高人气（写手与受众的众多）和产业成绩当然不会让社会无动于衷。事实上，整个文学系统已经在通俗网文运行的带动下发生了重大变化。

一、文学动力系统的整体已经在“融媒体”的条件和理念下运行。顾名思义，“融媒体”就是多种传媒融合使用的机制。在互联网时代，融媒体以互联网为龙头。无需论证，以互联网为龙头的融媒体机制已经形成，它表现为广播、电视、出版、报刊、互联网管理机构的行政整合，也表现为相关的技术（例如互联网与电视）整合，还表现为作为文化形态中心的文学艺术的“上网”与“下网”。同时，“融媒体”还是一种理念，要树立作为资本、文化创意和劳动的结晶的一切形式的“内容”都应争取经济效益的理念，要树立通过争取传播力度的最大化以争取利润最大化的理念。综上所述，可见融媒体机制已形成继互联网之后文学的又一个“第二物质载体”。融媒体的最初表现自然是文学＋互联网，通俗小说以外的小说类型、小说以外的文学类型甚至文学批评早已上网。并且，一些小说创作还借鉴通俗网文的成功经验进行了网上的市场化操作，前文所议“作协副主席小说赛”等即属此例。《从呼吸到呻吟》等现实题材小说学习网络俗文的写法亦属此例。融媒体第二阶段的表现则是知名网上写手“下网”。这一模式是逐渐形成的。在互联网上取得声望和巨大经济效益的当红写手出书很早就出现了，随着融媒体机制的建设和完善，此类“下网”的力度和广度越来越大。以融媒体理念操作文学，旨在“供给侧改革”，以受众对媒体的使用习惯为目标，消灭传播死角，争取接受的最大化。

二、在以互联网为龙头的融媒体条件下，评奖授家机制依然存在。通俗文学上网之后的很长一段时间内，评奖授家机制一直依托纸介媒体运行。2014语境中将“纸介文学”与“网络文学”两两相对的许多议论，其中的“纸介文学”指的就是在“评奖授家”机制下生存的文学。在体制内作家的主动追求下，在相关社会机构“推动传统作家上网传播正能量”等举措的推动之下，这一动力系统开始“上网”。但是，优势媒体的使用≠传播力度、传播力度≠接受效果、“上网”≠充分利用了网络机制、利用了网络机制≠进入了文学市场机制。这个道理很快以事实的形式告诉了当事人。互联网机制的一大特点，可以用一个比喻来说明：“传统文学”和“网络文学”都在以不同摊位存放在互联网这个豪华的商场内，但买家进了商店，也许浏览一下后就去买通俗网文，也许进场后直奔通俗网文的摊位。由于“传统文学”上网后依然打不开销路，只得继续在“评奖授家”机制里生存。融媒体实现后，评奖授家机制演变成了以纸介传媒为依托，在融媒体理念支配下运作的社会文化机制。

三、与以上相联系，“传统文学”动力系统在新的物质载体和既有机制下展开艺术与文化的反馈，“传统文学”与通俗网文两个动力系统呈现融合之势。在这种情况下，“传统文学”已经不适宜用“纸介”这一物质载体概括其特征了，它的特征依然需要从与通俗网文的对比中概括。那么，什么是“融媒体文学”语境中的“传统文学”呢？1. 传统文学的题材大多是现实题材，虚构逐渐衰微，纪实正在兴盛。2. 传统文学大多以歌颂利他主义的人与事为善的传达方式；3. 传统文学生存在“政府—专家”评价体系中。传统文学的评判标准既不在市场也不在读者，而在“专家”体系中。可以说，官场的清浊在很大程度上决定着这个体系的客观性。4. 传统文学一般是指由财政出资由官方相关部门组织发表和出版的文学事实。这是一个奇异的现象。如果未经财政资助或未经官方文学促进部门组织，“圈外作者”的一部作品发表或出版了，很难受到关注。5. “融媒体文学”语境中的“传统文学”不仅是对其文本的界定，而是一种经济、政治、文化现象，一个文学动力系统。如果说，“网络文学”（即传奇—游戏化网文）以封闭作家对生活的个性化体验为特征表现出系统的缺失的话，那么，“传统文学”则是以不考虑接受而表现出系统的缺失。

于是，在内生动力驱使和社会引导下，两大各有特定缺失的动力系统便以融媒体为物质载体和操作理念展开了融合。这种融合表现出以下特点：1. “传统文学”队伍出现分化，一些人学习通俗网文某些写作手法和市场操作方法迅速生效，例如《从呼吸到呻吟》等现实网文的创作和操作。2. “网络文学”作家队伍出现分化，一部分在传奇—游戏化网文系统中暴得大名、赚得大钱的网络写手转向现实题材的写作。2019年2月25日，国家新闻出版总署和中国作家协会联合公布了“2018年优秀网络文学原创作品”推介名单。玄幻网文写手唐家三少的《拥抱谎言拥抱你》等作品入选。唐家三少谈到近年来向写现实题材转型时说：“最近两年，感到自己的笔力足以支持，同时也是希望通过自己的作品更多去承担一份社会责任。一份是文以载道的责任，另一份是对行业的责任。”（参见《文艺报》2019年3月1日）需要高度注意的是，两个文学系统的融合与现实题材的写作有关。或者是向通俗写法靠近，或者是向写现实题材转型，显示的都是文学系统修补缺憾的趋向。3．与此紧密相联，2018语境已很少再提“现实主义”，取而代之的是对现实题材写作的提倡（可参考2018下半年至2019上半年的文艺类报刊）。这个潜移默化的转变说明着本章第一、第二节分析的正确性。这个由管理方、作家和读者共同完成的转变，说明着作为善的本体——社会存在运行的阶段性主题的改变。4．这种融合是在融媒体的条件和理念的指导下进行的，“纸介”“互联网”等标志在这一融合中已渐渐褪色。

所谓“传统文学”与“网络文学”在融媒体条件和理念下的融合，实质是两种不同文学形态经由文化形态向对方的转化。例如：现实题材文学形态经过价值传达的转化、美感向娱乐性的转化以及风格手法的变化，扩大了接受面，滋养了产业，同时又避免了形成或滞胀为“前文化”（参见本书第一章）。玄幻文“大神”的转型，其突出的文化效应在于“社会引导写手，写手引导受众”的实现。也就是说，写手以自己的名望成功地将一部分受众带回了对现实题材文学的接受，这当然意味着由摄取娱乐快感到摄取美感上积习的改变，这对于有着几亿传奇—游戏化网文受众的当下，意义较前者更加重大。

四、前文已述，所谓“传统文学”并非指一种文本或单纯的文学形态，而是一个艺术文化形态。虽然其中一部分要素向通俗网文转化，但旧有形态仍比转化中的形态庞大得多。这个旧有形态就是在“评奖授家”机制支持下运行的、自新时期现实主义文学落潮形成的

“雅文学体”。融媒体事实与理念实现后，这个“雅文学体”由于接受力度极小而“滞胀”为文化形态（“前文化”）。并且，“接受度”与“前文化”形成动态的反比例，“前文化”以“用皮肤写作”“著名作家用乡音朗诵”等“文学热闹儿”所构成，催动着文学形式化走向极端。

五、“人人都是作家”的超前实现。“在写作中生存”也就是“靠卖文为生”的毕竟是少数，在各大文学网站签约并能挣得不菲收入者更是少数。自20世纪90年代中期起，一个靠自费出书、买版面发表文章的写作群体逐渐兴起。互联网接入服务之后，利用成本低廉的自媒体发表作品成为大众化行为。他们并非不想靠写作挣稿费，也并非不想进入“评奖授家”机制，但客观上都不可能。于是，以发表为目的的写作群体便形成了一个稳定动力系统。这个动力系统有以下特点：1. 人数众多且难以和不宜以静态统计法计数。2.发表方式多样，全媒体利用。3. 读者群小，基本上以熟人圈子为接受圈。4. 虚构叙事很少，散文、诗歌较多。5. 文学水平尽管不高，但个性体验特点突出。这一群体中的写手享受不了“评奖授家”机制中的资助和荣誉，也难以得到签约网络写手所能得到的市场回报（这两点也是这一机制的“规定性”）。因此，凸显出这一创作机制以发表为目的特征。2014语境有人提出了“人人都是作家”这句话，用以概括群众性的上网写作的盛况，其意义与本书并不完全相同，这里只是借用。作为一种文化现象，“人人都是作家”的状况可以说是克罗齐“人人都是艺术家”的超前实现。克罗齐从否定艺术创造的实践基础出发，认为“知觉即表现”“知觉即艺术”，心中有了知觉的形象，就等于表现了艺术，并不需要用物质载体进行传达。由于人人有直觉，所以人人都是艺术家。但是，如果从美是一切异化的对立物，美的实现存在于人化自然的伟大征程中这一历史唯物主义立场来看，克罗齐的观点又是有启发性的。从历史上看，艺术创作的专业化、职业化与历史趋势相一致；然而，在此基础上的艺术创作向大众的归属，以及成为一切劳动者闲暇时间的利用，同样体现着社会的进步。当然，艺术的大众化并不是建立在不需要传达的基础之上，也不是建立在普遍低下的基础之上，而是建立在经由实践审美主体高度发展、艺术形式充分发展的基础之上。也就是说，未来社会的艺术创作活动将是对克罗齐观点否定的否定，克罗齐的观点可以当作一个预言。今天，"艺术"外延的不断扩大，现代艺术包括各种行为艺术的出现，传奇—游戏化网文的火爆，都说明朝着"人人都是艺术家"的目标前进了一大步。"人人都是作家"的现象随网络的发展而推极，虽然以良莠不齐为前提，但毕竟体现了社会公平，是社会全面进步的显著标志之一。

"人人都是作家"作为文学动力系统，虽然存在于融媒体条件下，但因其作品并不具备被广泛接受的水平，所以，从总体上说，他们并不能"享用"融媒体机制。同时，由于这一系统中"接受"元素的缺失，致使其客观上向着"前文化"形态转化。

六、定型后的传奇—游戏化网文在融媒体机制下仍然充当着整个文学系统的动力作用，主要表现在：1. 接受效果的示范作用。2. 产业成绩的示范作用。3. 接受效果与经济效益统一的示范作用。在这一文学系统的示范和带动下，其他文学系统也以众筹、社会赞助等多种形式获得了发展的经济条件。4. 以名家名作"下网"这一融媒体理念将"接受力度"和"产业化"的特征和盘托出，从而改变了人们对文学"上网就灵"的错觉，为整个文学实现"两个效益"的统一开辟了道路。

从新时期现实主义文学落潮（从1987年阳雨发表《文学：失却轰动效应以后》算起）到传奇—游戏化网文的稳定运行相隔近30年。中国文学动力系统的展开经历了以纸介、互联网和融媒体为物质载体的不同历史阶段。三种物质载体都是文学的列在语言文字之后的第二物质载体，是文学的艺术—文化反馈运动借以展开的工具。与社会信息化、文化产业化和经济全球化相一致，与媒体愈加强化相一致，新时期现实主义文学落潮之后文学运动的总趋向是"文化化"。文学动力系统的残缺本身就是文化化。作为信息化社会的科技尺度，以互联网为龙头的融媒体实质是继巫术礼仪之后的第二个文化母体。如果说，巫术礼仪的运行方向是文化向艺术的凝聚，是不同艺术的确立，那么，融媒体的运行方向则是艺术向文化的展开，是不同艺术的相互转化、融合和文化化。“网络文学”，就是互联网机制下文学向自己的文化形态的转化，传奇—游戏化网文的亚艺术体是这一转化的内化形式，通俗网文改编为游戏、动漫、影视剧等，通俗网文系统由心理对接向互动的转变，则是这一转化的外在形式。这是作为本体的“善”对文学的塑造和要求。新时期现实主义文学落潮后的“雅俗分野”，其实质是社会实践所要求的文学善的表达多样化的开端。

对“网络文学是什么”和“什么是网络文学”的不同潜意识还将并存一段时间，在不同潜意识指导下文学行为将伴随着文学“上网”的完成而转向以融媒体理念为指导。

第四章　建立网络文学的艺术—文化学评价体系

建立网络文学的评价体系，就是对网络文学的本质特征、心理效应和社会功用提出全面的系统的观点。

“网络文学”是一个特殊的研究对象，它显露出的标志并不是它的直接物质手段——语言及其书面符号文字，而是它的媒体——互联网。于是，当人们按照互联网机制的可能性来理解网络文学时，它就是“网上的文学”，其外延包括了一切网上原发文体和文本（包括赛博文本、超文本等实验性文本），许多“文学发展报告”和其他文学工作就是这种视角；当评论家和权威文学话语将网络文学的出现称为继新文化运动之后的又一次革命，将立论基础从产业成绩和受众庞大转为文体独特性并规避“传统文学立场”时，它就是一种独特的文体，许多文学专业网站、文学受众及投资人就是这种视角。这种对网络文学认知上的矛盾和矛盾存在的长期性，启发我们将这一“现实”向着“合理的”方向思考：各说各话说明立场不同，它们的“最大公约数”是什么?

文学由以纸介为媒到以互联网为媒，其感受方式、反映途径未变——仍然是以直接唤起表象和想象的方式作用于欣赏者的再创造；物质手段未变，仍然是以语言文字为物质载体，变的是它的第二物质载体即媒体。这意味着，文学“上网”以后，依然是“文学”，互联网正是文学动力系统运行的一个新的物质载体，是一个文学的“艺术—文化”反馈的平台。

看来，建立网络文学的评价体系，不是要丢开“传统文学”立场，而是要还原文学的立场即文学是一个动力系统而不是一个特定文本的立场。

第一节　关于网络文学评价体系的初步探讨

做学问向来有两种方法：一种是“六经注我”，即体系创建；另一种是“我注六经”，即以作品为对象进行评论，从中阐发“微言大义”。文学评论与创作历来有“车之两轮、鸟之双翼”之说，这在传统文学中是符合实际的：文学评论为作品的推介、导读、导向发挥了重要作用。这当然指的是中肯的评论。也有的评论是“三不看”的，即作家不看、读者不看、评论界不看。看来，“文学评论的有效性”是一个老问题，2012年，《文艺报》针对“如何增强文艺评论的有效性”发起过讨论。

随着网络文学的发展，文学评论的有效性问题更加突出。一、首先是难为，通俗网文的极度长篇化造成追踪阅读上的困难。通俗网文创作按字节量取酬，阅读以点击流量付费，为了占据受众尽可能多的社会闲暇时间，就必须尽量写长并且“不断更”。这样，评论家追文就很困难。二、与电视产业追求“播放量”（此前是追求收视率）一样，网文机制追求点击量。这个行业的硬指标超越任何评价标准的效应。三、也是最重要的，传统文学以审美价值为坐标的评价体系几乎完全失效，循着主题、人物、情节进行评论的套路已完全不适用于传奇—游戏化网文。

这意味着，在网络文学这里，文学评论的有效性问题性质变了。

一般地说，有实力的文学评论家和有分量的文学评论，都有一个理论出发点，例如美学的历史批评、结构主义评论、符号论、文化学评论、新批评、形式主义评论，等等。这个理论出发点就是建立评价体系的基础。一般文学评论在网络文学上的失效甚至难以操作，提出了建立网络文学评价体系的必要性。

2014年7月，中国作协创研部等单位联合召开的首届“全国网络文学理论研讨会”，确定以“构建网络文学评价体系”为主题，并把“网络文学的评价体系与批评标准”列入六大议题之中。这次会议的前后，发表和出版了许多著述，构成了一个对网络文学认知的集合体，这就是本书所一再使用的“2014语境”。

从2014语境到2018语境，对网络文学的研究又有进展，突出地表现在：站在“传统文学立场”对通俗化游戏化网文的批评在2018语境里已基本销声匿迹，代之而起的是在评论中为游戏化网文的文体进行梳理并为作家形成这种特殊文本的感受方式和反映途径追根寻源。这种对文体的直接肯定显然已经离开了2014语境欢呼网络文学出现是“继新文化运动的又一文学革命”时的立场，即离开了从产业成绩和受众庞大方面来肯定通俗网文和游戏化网文的立场。那么，2018语境持的是什么立场？

可见，在对“网络文学是什么”即建立网络文学评价体系上，2018语境虽有很大进展，但仍有待于大的突破。

从2014语境到2018语境，基本形成了三种认知。

从媒体进步的角度即从与文学的纸介发表、传播对比的角度界定网络文学，认为网络文学就是依靠互联网发表和传播的原发文学，包括小说、诗歌、散文、杂文、戏剧（广义）文学、报告文学、纪实文学等所有文学形式和所有文本。

从网络机制的可能性着眼，将互联网催生的赛博文本、超文本以及微信段子、帖子等视为网络文学。

从受众广大、产业成绩突出、机构庞大和文化事实等角度出发，认为网络文学就是各文学商业网站发表和传播的长篇通俗网文。

从以上三种不同的视角出发，从2014语境到2018语境，对建立网络文学的评价体系多有建树。其主流观点是认为网络文学指的是一种特定文体，即长篇通俗网文。因此，2014语境其实已经形成不成文的共识，即建立网络文学的评价体系，就是指出长篇通俗网文的本质特征、审美功能和社会作用。

一般认为，将通俗网文与传统文学进行比较研究，就是建立网络文学评价体系的根本方法。何谓“传统文学”，通过对2014语境和2018语境的归纳，它就是网络文学之前文学的共同特征。“看一部作品，考察它的传统来源，它受了什么影响，在传统的脉络中去估价它的创造性，这是基本的批评方法。比如你写武侠小说，那么，现代以来，从还珠楼主到金梁古，就构成了你的参照系。当然我们需要对通俗文学传统有广博和深入的认识，入乡随俗，到什么山说什么话。”（李敬泽：《网络文学：文学自觉与文化自觉》，《网络文学评价体系虚实谈》，作家出版社2014年版，第12页）郭艳在《网络文学与中国古典文学和现代文学传统的关系》一文的总结中说：“总而言之，从网络写作的评价体系来说，从母题、原型角度对网络写作进行分类和评价，对网络写作进行社会学和民俗学意义的评价和考量，从而发现网络类型写作在当下民间文化体系中的地位和作用，同时从社会文化身份认同多元性的角度出发，评价网络写作对于现代个体精神状况关注的深广度，从而引导网络写作者深入思考当下中国人的现实生存处境与穿越、玄幻和灵异之间的关系，真正能够通过变形和夸张的象征性来反思当下。由此，在评论者和写作者之间建立一种建构性的批评和被批评的关系，切实地研究当下网络写作和民间文化、亚文化的复杂关系。”（同上书，第264页）从以上征引中可以看出，一些论者充分认识到了以传统文学作为建立网络文学（通俗网文）评价体系的参照系的重要性和必然性，同时，这个比较研究也应该是全方位且各向量之间有联系的。

2014语境将长篇通俗网文与传统文学做了多方面比较研究。

进行文本对比是最常见的。郭艳说：“当下的玄幻、穿越和灵异小说更多和六朝志怪、唐宋传奇接轨，而和近现代通俗文学的传奇性具有本质性的差异。近现代通俗文学的传奇性往往表现为故事情节的传奇性，往往是以真实性为基本叙事框架，在日常中见奇绝、在巧合中见真实，通过对于日常经验的夸张、虚拟和变形，塑造传奇人物形象，从而达到传奇性的美学特质……当下这种类型的通俗演义小说非常少见，可能和网络写手自身的学识修养密切相关。”（《网络文学与中国古典文学和现代文学传统的关系》，同上书，第261页）

黄发有则指出：“诗词是中国古典的瑰宝，引用古典诗词或以典雅的文字营造诗情画意，已经成为网络文学尤其是言情小说渲染气氛的重要手段。”“就故事的选材而言，不少网络类型小说脱胎于古典文本或民间传说。像林寒烟卿的《春色岂知心》和《小狐狸遇龙记》，很自然会让人联想到《聊斋志异》的花妖和狐仙故事……”（《网络文学与本土文学传统的关系》，第253～254页）文本对比之所以为大多数论者所关注，在于它蕴藏着文学动力系统运行的密码。受众接触的是文本，作家创作形成的是文本（揣摩作家的创作心理主要是文本分析与“身世”分析相结合），评论家“最直接碰到的”也是文本。文本是内容与形式的统一体（构成艺术形象的所有因素与题材的各种因素、艺术形象所借以表达的物质手段的组成方式的统一）。

一些论者注意从文本与文化效应的联系中去把握传统文学与长篇通俗网文的异同。

郭艳在《网络文学与中国古典文学和现代文学传统的关系》一文中从三个方面进行比较：“大众通俗文学表现形式与网络类型文学的口传性特征”“网络文学的玄幻、灵异、穿越与传统母题再生”“大众通俗文学的‘娱心’‘劝善’与网络文学阅读快感中的励志与成长”。这三个方面都不是文本对文本的静态分析，而是从文本的文化展开中去把握长篇通俗网文与传统文学的异同，有的涉及表达方式，有的涉及接受方式和接受效果。特别是论者将传统文学（文本）的劝善元素与通俗网文的“励志”接受效果对接，更有启发性。事实上，许多通俗网文并不具备现实题材作品的“励志”意义，即不再企望读者与人生理想、人物及事迹的认同达到劝善的目的，而是以阅读快感达到“励志”和“阳光成长”的心理效应。

许多论者认为，传统通俗文学的要素是劝善与娱心且劝善引领娱心。从这一坐标出发，他们对一些通俗网文提出了批评。黎杨全在《警惕网络文学的“网游化”趋势》一文中说：“……从思想层面来看，把社会生活理解成战斗与升级，理解成弱肉强食、力量为尊的游戏世界，无疑是对生活的简化与歪曲，从而在根本上忽视了生活的丰富、温情与美好。”（《光明日报》2013年9月24日）董阳认为：“……但不得不说，通俗文学，尤其是网络文学，往往是娱乐先于价值观，也就是说传递价值观往往不是写作的出发点，由于创作者更在乎故事的引人入胜或者由于作者缺乏价值观传达的自觉意识，使作品成为未经审思的价值观念的自然流露，于是我们看到了某些对过分崇拜财富、权力、性的作品，书写和阅读被欲望牵引的现象。”（《网络文学与核心价值观》，《网络文学评价体系虚实谈》，作家出版社2014年版，第41页）郭艳说：“……当下网络类型文学在娱心方面可以说是大大超越了传统通俗文学……但是相对于传统通俗小说来说，‘劝善’的内容往往被欲望化和功利主义的价值观所消解。例如当下流行的盗墓类型中的谶纬、官场职场类型中的厚黑（甚至翻译英剧和美剧的字幕，都直接用上了‘宫斗’这样的词语），都市情感类型中的欲望等等。”（《网络文学与中国古典文学和现代文学传统的关系》，同上书，第262页）

过去所做的通俗网文与传统文学的比较研究对于建立网络文学的评价体系是有意义的。但是，总体上看，“在传统的脉络中去估价它的创造性”这一目标并未达到。其原因是：一、这种比较研究是站在传统通俗文学立场上批评通俗网文的，指出了它诸多不符合传统通俗文学“规范”的地方甚至粗制滥造的倾向。郭艳认为：“网络写作的‘复古’往往停留在表浅层次，生吞活剥，满足于移植古典的碎片，类似于戴着复古的面具的一种狂欢仪式。在某种意义上，这种鱼目混珠的‘伪古典’恰恰是对传统文化精髓的一种放逐和遗忘。……在商业诉求和娱乐风尚的推动下，以后现代主义倾向和消费主义趣味对传统历史文化和经典文本进行戏仿、篡改和恶搞，已经成为一种流行风尚。……网络文学中的复古趋向，经常会演变为扎堆、跟风、起哄的群体行为，缺乏个性化的艺术提炼。”（同上书，第252～253页）这种批评十分中肯且极富学理性。要提出的问题是，通俗网文的这种现实性有没有合理性呢？如果将二者的比较换成以通俗网文为坐标呢？以通俗网文为坐标不是没有道理的，因为它有着庞大的受众群和骄人的产业成绩。从传统通俗文学这一坐标出发看待通俗网文，符合常理和习惯，但如果以“传统文学”的动力系统为坐标看待通俗网文，就会认同它对传统通俗文学的扬弃的合理性和必然性，就会将二者的比较研究由文本引向更宽的文化形态；而这一点，却正是深化通俗网文研究所需要的。个别论者虽然涉及两种文本社会效果的比较，但仍然是以要求通俗网文回到一般通俗文学的角度提出问题的。直言之，如果不用标准的文学来要求通俗网文，而将其视为亚艺术品，并且将这种亚艺术品的产生视为文学运动之必然，就意味着必须建立新的评价体系。二、这种比较研究是研究者的视点。也就是说，通俗网文文本与传统通俗文学文本有没有现实的对接，要看网文动力系统中作家与生活的真实关系。有的论者看到了这一点，指出网文之所以某些方面不如传统俗文，就在于他们的历史文化积淀是很薄弱的，又生存在网络之中。这意味着，他们对传统俗文的承继只能是碎片化和符号化的。在这里，也许隐藏着通俗网文产生的奥秘。

2014语境从受众需求角度、互联网机制所提供的可能性、商业机制制约以及三者的合力作用的角度对通俗网文的演变进行了初步探讨。

通俗网文越写越长引起论者广泛注意。周根红说：“在点击率和付费阅读的商业机制的挤压和催化下，网络文学的一个重要现象就是超长篇写作。有研究者统计，在起点中文榜中榜总字数榜上，有441部作品，其中过百万的有345篇，两百万以上的作品有132篇。其中，《从零开始》总字数超过千万字，《导演万岁》字数达到800万字。甚至专门有网友传授小说注水的‘秘籍’。在一篇名为《网络文学写手的职业之路》的介绍文章中有个‘如何有效拖字数’的部分，专门教授注水‘秘籍’。当然，在文学网站上作品的数量和字数成几何级增长的同时，单部作品的质量难以得到保障。……在点击率驱动和付费阅读的模式下，网络作家很少能够像传统文学作家那样打磨自己的作品。”（《网络文学的生产机制与传播动力》，《网络文学评价体系虚实谈》，作家出版社2014年版，第192页）这里指出了文学的商业机制在通俗网文拉长中所起的关键作用。

总的说来，2014语境在探讨通俗网文长篇化的状况及形成原因上是比较充分的。在长篇化趋势的形成原因上，写手与受众需求、商业法则和互联网机制都谈到了，三者之间的关系应该是：写手与受众需求是终极因，互联网机制是物质条件；在现代市场经济体系中，这一文化需求当然是巨大商机，逐利的资本必然会趋之若鹜，商业机制会先行一步。

一些论者注意到通俗文学进入网络机制后文本的新特点。“由于各种原因，中国网络文学的发展并没有走西方‘超文本’实验的道路，而是以商业化的类型写作为主导。‘超文本性’在这里更表现为‘网络性’，每个网站本身就像一个巨大的‘超文本’。比如，你在点开一个网文时，首先是点开了它所属的类型，因为每个类型对应着某些欲望，网文前标注的‘关键词’更承诺戳中你的哪些‘萌点’。在同一类型下，有许多网文供你选择，在每个网文的下端，有‘本书作家推荐’通向其他网文的链接，在网文的右侧是书评区，你可以发表评论，可以和其他网友直接交流，可以投票、打赏、拍砖。在这里网站永远比单一的网文重要，在网络中‘追文’，与等网文完结后下载阅读的感受很不一样，更不用说阅读纸版书了。……如果说‘作品’意味着一个向往中心的向心力，‘超文本’则意味着一种离心的倾向。……‘超文本’的时代是一个读者中心、草根狂欢的时代。”（邵燕君：《媒介革命视野下的网络文学‘经典化’》，同上书，第130～131页）。

2014语境中出现许多关于“数据库写作模式”的议论。数据库即写作资料库，是由超大量的类型写作的重复所集成的。作者写作时，根据市场和受众需要从数据库中调取所需的各种资料加以拼接。这种写作方式，完全不需要“艺术地把握世界”，不需要深入生活和个性体验。随着互联网技术的发展，写作对互联网机制所提供的这种可能性会更加充分地享用。

紧紧抓住长篇通俗网文进行包括传统文学立场、接受立场、文化产业立场、互联网机制立场等方面的分析，对于建立网络文学的评价体系意义重大，2014语境和2018语境都做出了重要的贡献。从这个科学的入口处深入下去，2014语境出现了直接回答“网络文学是什么”（包括“网络文学不是什么”）的议论，这些议论摆脱文体分析这个出发点，而用宏观的视角审视网络文学，因此，朝着建立网络文学的评价体系大大前进了一步。

2014语境提出，网络文学不是互联网上的一切文学形式和文本，而是在网络中生产和传播的文学形式和文本，它的传播和生产无不带上“网络性”的特征。这样的观点，直接堵死了以传统文学为参照系建立网络文学评价体系的道路。邵燕君认为：“人们在思考网络文学的‘经典化’问题时，往往会以传统精英文学的经典定义为参照……以如此方式讨论网络文学的‘经典化’，不管我们如何自觉地另建一套批评价值尺度，都难免受限于精英本位的思维定势，落入为网络文学辩护、论证其‘次典’地位的态势。并且，在这一思维定势的影响下，网络文学的‘网络性’无法受到充分的关注。”邵燕君主张，“我们应该跳过这一步，跳出印刷文明的局限，直接从媒介革命的视野讨论网络文学的‘经典’化问题。”（《媒介革命视野下的网络文学“经典化”》，同上书，第127页）重视在“网络性”中寻找网络文学的本质特征或者说以“网络性”界定“网络文学”，是2014语境的一大强音。邵燕君在《媒介革命视野下的网络文学“经典化”》一文中从三个方面谈“网络性”：“首先，网络性显示网络文学是一种‘超文本’（Hyper Text），这个概念是相对于作品（Work）、文本（Text）提出的。”“其次，网络文学的‘网络性’是根植于消费社会‘粉丝经济’的，并且正在使人类重新‘部落化’。”“第三，网络文学的‘网络性’指向与ACG（Animation动画、Comic漫画、Game游戏）文化的连通性。”（同上书，第129～132页）有人则将“网络性”置于寻找“网络文学是什么”四个方向之一（其他几个方向是“从传统中找”“从读者反应去找”和“最重要的，要看价值观”）。（参见《网络文学：文学的自觉与文化自觉》，同上书，第14～15页）刘琼认为：“随着网络信息技术的快速发展和功能应用的无边界开发，网络成为并派生出许多类型的生产方式和生活方式。”该论者从“‘白日梦’机制的不变”“网络属性的新生”和“文学生态的丰富”三个方面论述了网络对“文学”的改变。（参见《网络对“文学”的改变》，同上书，第66页）邵燕君在写于《媒介革命视野下的网络文学“经典化”》之后（从逻辑上看是这样——引者注）的论文《媒介新变与“网络性”》中再论“网络性”。他在该文中重申网络文学“并不是指一切在网络发表的文学，而是在网络中生产的文学”的观点，并认为：“随着互联网、手持阅读器、手机越来越深地进入我们的阅读生活，不仅文学的内容变了，文学生产、传播、接受的方式也发生了变化，从而也必然导致文学的趣味标准发生变化。”除了重申“网络性”至关重要之外，该文还从“超长篇”“轻阅读”“尊重快感机制”和“文学力量整合新平台”等方面论述了网络性对“文学”的多方面的改变。（同上书，第200～203页）

摆脱传统文学立场，直接从长篇通俗网文的“网络性”即互联网机制入手界定网络文学对于建立网络文学的评价体系具有重要的理论意义。一方面，“网络文学”的产生与互联网密切相关，后者是前者的必要条件。因此，抓住了“网络性”即“互联网机制”对文学发展的关键性影响进行深入分析，我们就能窥见网络文学文体和文本的演化；另一方面，就能窥见“网络文学人”的生存状态，即写手如何取材及创作心态、受众如何欣赏网文、写手与受众的关系等一系列文学生态，将对网络文学的研究由艺术视野扩大到文化视野。

不管爱与恨，肯定还是否定，研究网络文学都绕不过“传统文学”这一参照系。例如，当有的论者批评通俗网文的文本时，意味着以既有文学或既有通俗网文的载道方式为理想标本，以既有文学或既有通俗文学审美意义的渗入形式为理想标本；当有的论者把文本的开放性、写手与粉丝的互动、“情感共同体”的构成归结为“网络性”时，意味着将互联网当作通俗网文形成的充分必要条件，从而否定了传统文学具有这些特性。那么，“传统文学”的内涵究竟是什么？“网络文学”与“传统文学”有无同一性？实际上，建立网络文学的评价体系，仅从网络文学和传统文学的求异中——不管是批评网文的文本还是以“网络性”肯定它的文本，都是不够的。为了既求同又求异，借以从联系与区别中弄清网络文学的本质特征，需要有更宽广的视野，这就是用艺术—文化学的观点看待网络文学，建立网络文学的艺术—文化学评价体系。

综上所述，可见这次以“换媒体”为表面特征的文学运动超出了人们对文学的认知经验。人们把“网络文学”归结为某种文学形式，但这种文学形式又处在不断变化之中；人们用文学的标准批评这种形式的文本，但它的巨大受众和产业成绩又给予了它铁一般的存在理由；人们把“享用”网络机制的特定文体归结为互联网所致，但我们在纸介时期便发现了它的雏形。因此，建立网络文学的评价体系，必须创造新的概念，转换思路。

第二节　网络文学的艺术—文化学评价体系

网络文学的评价体系与一切理论形态一样，只能从社会实践中来。构建这个体系，一要从思想资料进行推理，二要总结实践需求。思想资料是既往实践的总结，表现为思想的承继性，反映的是事物发展的趋势；实践需求反映的是当下的现实意义，即作为理论工作之核心目的的“解决问题”。

归结起来，就是要回答“网络文学从哪里来”“到哪里去”的问题，就是要回答“网络文学是什么”“什么是网络文学”的问题。同时，这个理论体系还要回答“如何做”的问题。网络文学产生以来之所以未能建立起评价体系，首要的问题是对“传统文学”或“文学”的理解有偏差。

文学不是静态的文本。文学，现实意义上的文学（欣赏）只存在于特定的审美态度与文本的融合、交会之中，只存在于欣赏作品时所形成的幻象之中，只存在于欣赏者的再创造之中。因此，现实的文学并不存在于意识形态的堆垒之中，如同物质享受不表现为物的堆垒之上一样。文学是一个动力系统，是一个由生活到作家、由作家创作到作品、由作品到接受三个子系统所构成的动力系统。这一观点的基本点早已由“接受美学”创始人所提出，并为全球学界所接受。任何文学文本，当我们提到它时，意味着这个动力系统已经构成，而“从来也不会想起”的文本，则早已淹没在历史中。尽管信息贮存条件越来越好，永不会被想起的文本也是没有意义的。文学动力系统的运动，呈现为艺术形态与文化形态的反馈（详见本书第一章，以下简称为艺术与文化）。中国最早的诗、歌、舞，就是从第一个文化母体——巫术礼仪中分化和独立出来的，后者蕴含着后世上层建筑和一切意识形态的萌芽。诗、歌、舞的创作和欣赏，独立创作者的出现，又构成新的文化行为和文化形态。

特定的艺术形式是由特定的感受方式和反映途径、特定现实美的存在状态和特定的物质手段三者所共同决定的。其中，物质手段与感受方式和反映途径、现实美的存在状态有密切关联，同时，又是新的艺术品种产生的必要条件。因此，用物质手段来区分艺术形式或概括特定艺术形式的基本特征是合乎逻辑的，也是审美实践和研究常常使用的方法。语言及其符号化了的文字是文学的物质载体，与此相联系，它以唤起表象和想象的方式直接作用于欣赏者的再创造。需要特别注意的是，媒体不是它的直接物质手段，而是它的第二物质手段或第二物质载体。由纸介文学到网络文学，文学的第一物质手段并未变化，感受方式并未变化。因此，讨论文学的嬗变，既不能在不同艺术形式之间例如在文学与电影之间讨论，也不能在抹杀文学基本规律、基本特征的前提下讨论。将传统文学归结为“纸介文学”，在纸介媒体与网络媒体的比较中即突出“网络性”中界定网络文学有长有短：其长处在于便于揭示通俗网文动力系统展开的特点，其短处是难以揭示这场媒介革命的本质即文学运动的本质，难以揭示通俗网文这一文学形式的本质特征，2014语境已经说明了这一点。

看来，不同的物质载体（文学的第二物质手段）只是文学动力系统阶段性展开的工具或平台，只是艺术与文化反馈运动的不同工具或平台。文学进入互联网机制后，仍会按照自己的运动轨迹发展变化即展开为艺术形态与文化形态的反馈。互联网机制只不过为这一系统的运动提供了可能性。从文学动力系统的角度观察艺术形态向文化形态的转化，“艺术”便是一个有着很大张力的概念。前文论及，“文学”（欣赏）与其他艺术一样，只存在于欣赏主体与作品的交会对接所产生的幻象之中。这意味着，以“接受”为核心，“艺术”便向“文化”转化。文化形态既是艺术品（包括文学）的接受效果的现实行为、活动等，也是不被接受而以接受为目的的行为、活动等。（详见本书第一章）为叙述方便，前者被本书定名为“后文化”，后者被本书定名为“前文化”。决定艺术品被接受或不被接受的原因十分复杂，马克思的《〈政治经济学批判〉导言》是我们艺术—文化学理论模型构建的基石。文学的轰动效应并非在历史上表现为“一浪高过一浪”，而是表现为特定艺术经典不可复制和在两大高潮之间必有低潮，这是文学史的表现。我们现在应高度注意低潮期艺术—文化的反馈运动。从新时期现实主义文学至今，新的文学高潮并未到来。此期间，艺术与文化的相互转化表现为两大特点：一、“前文化”十分繁盛且显露出越是不被接受越是繁盛的规律。二、大量的文学作品游走在审美功能和娱乐功能的不同比例之间。新时期现实主义高潮过后的雅俗分野，实际是由现实主义（精神功利性与审美功能的良性结合）向着审美大于功利（雅）与娱乐大于审美（俗）两个方向的发展、分化。（参见本书第一章）互联网承接了“纸介文学”的雅俗分野，以其机制的力量助推了文学形态向文化形态的转化，生发了这一转化的多样性。

理论上说，只有功利性很强同时审美意义也很强的文学才是“标准的”艺术品。但因审美态度的复杂性，“标准的”文学又不仅是文本的尺度。例如，新时期现实主义文学高潮以后，沈从文的《边城》红极一时，而在1949年之后改革开放之前则备受冷落。因此，文学经典只有放在一个相当长的历史时期内考察才能有一个“公理”。2014语境对“文学的经典化”“网络文学”的经典化多有讨论。这是学术工作的一个科学的入口处，因为“经典化”实则是文学由文化形态向艺术形态的凝聚；一部文学史，也的确是一幅文学经典化的图画，这方面的例子不胜枚举。以往文学语境的欠缺是，一部文学史，也是文学文化化的历史。艺术形态与文化形态的反馈是相向的，这方面的例子也是不胜枚举的。文学的文化化趋势自1993年文化产业化进程开始后逐渐加强。人们早已习惯音乐文化、影视文化、戏剧文化等提法。从根本上说，这是以上所列文化形态凸显于人们的生活之中的缘故。而音乐、影视和戏剧的文化形态之所以凸显，则是由于产业化（有一个庞大的生产机制，有人、财、物的投入产出）造成了被接受或不被接受（经济上惨赔）的社会效应的强化。文学文化因各种原因长期使人“无感”，直到1993年随文稿拍卖、综合艺术品种产业化带动等才由《提出“文学文化批评”》一文所提出。文学进入互联网机制后其艺术形态向文化形态的转化，某些文学形式显出难以经典化或根本不能经典化的趋势，并不是偶然的和突发的，它是“传统文学”自新时期现实主义落潮之后（纸介时期）的根本走向。看来，媒体不是为文学而“生”的，“互联网＋”有着极为丰富的内容；媒体也不是“生”文学的——它虽然有改造信息的功能从而对文学的内容发生一定影响，但文学改变之深刻根源在生产方式；媒体只是文学由艺术形态向其文化形态展开的载体，而这个“转化”则是文学固有的规律。

但是，作为第二物质载体，互联网对文学动力系统运行中艺术与文化的反馈有着强大的作用，这一点也必须充分肯定。

从文学史上看，在艺术形态与文化形态之间，总有亚艺术体存在。亚艺术体文本相对于经典文本，亚艺术体动力系统相对于经典文本的动力系统，都是一种“文化态”，即分别以一般文化品和大众文化活动的形式存在。从整个文学动力系统以形成经典为目标的运行来看，它们二者是新的文学经典形成的阶梯。但是，通俗网文却史无前例：它是一个亚艺术体，但其自身很难经典化；同时，当它演变为游戏设定与传奇的结合体后，更难以充当新的文学形式经典化的阶梯。当通俗网文引发的文学运动奔向了以互动为特征的文化化，它便彻底越出了艺术的范畴，汇入由“雅文学体”“人人都是作家”“影视动漫改编”等形式所形成的文化化潮流之中。

要回答通俗网文为什么自身不能经典化，先要讨论检验经典化作品的标准是什么。一、经典作品是那些不同时代和不同民族、地域的欣赏主体当定向性欣赏时都能够解读的作品。这意味着，不管是哪种艺术美形态或文学形式，不管是现实主义还是非现实主义，不管是表现还是再现，不管是叙事还是抒情，它的规定情境与叙事抒情之间，必须形成一个整体即一个完整的形象。举例说，杨白劳、喜儿的命运和个性总要与那个剥削制度联系在一起，孙悟空、唐僧的神话总要和人间的“社会形式”“自然形式”联系在一起，郭沫若的《炉中煤》总要和五四以后的中国、作者的爱国情怀及寄人篱下的生活境况联系在一起。只有这样，它才有可能唤起欣赏者的情感。二、经典作品是那些能够让受众读出理想的作品。三、经典作品是那些在出品的第一时间便产生较强社会效果的作品。没有这“第一效应”，后面的效应就很难产生。对文学经典的外延和内涵虽然还可以进一步揭示，但只是这三条，就是通俗网文所不具备的了。通俗网文不可能经典化的自身原因有三点：一、通俗网文游戏化后，它的文本既不能让读者“进去”生活，也不能让人联想到生活，它的心理效应只是让人短暂地“离开生活”。玄幻、灵异、穿越、金手指等设定，无不属于制造这一心理效应的工具。二、通俗网文之所以不可能经典化，从文本构成上看还有一个原因，这就是它的“内文化”特征。就是说，极度的长篇化导致文本信息芜杂，大量与情境无关的信息进入了文本。同时，网文写作的“数据库化”又必然使其雷同化。之所以不用“传统文学”视角看待这一现象而是以“内文化”名之，是因为这是一个必然的现象。三、通俗网文不可能经典化还在于阅读的碎片化。这一点是从接受心理和社会学意义上立论的。游戏化网文有许多设定和成规，读者阅读总是通过形象层迅速进入欲望层，直接寻找能引起心理快感的字、词、语句、段和故事，这样的跳读与隔断规定情境的文本正好对应，因为这种跳读不需要给人物行动和语言以任何动机上的解释。另外，受众读这类网文，大都在等车、坐车、排队等闲暇碎片化的时间，加之用手机阅读（下次不知注意到什么），这一阅读特点与文本的“内文化”对应起来，构成接受的碎片化心理。

互动性的充分展开是通俗网文动力系统运行的典型形式。单小曦指出：“随着文学网站的发展和WEB2.0时代的到来，作者和读者的互动性越来越强。在目前的交互活动中，作者仍占据直接书写者地位，读者也从未直接进入写作过程，但读者可以把自己的想法、意愿、喜好通过在线论坛交流讨论间接地引入文本，他们应该被称为间接创作者。……实际上，这里的作者更像一个创作群体的领导者、组织者和代言人，他个人的意志还占据主导地位，但已经很难一意孤行，否则他可能被粉丝抛弃，这就意味着创作的重大失败。”（《革命与危机——中国当代文学变革中的网络文学》，《网络文学评价体系虚实谈》，作家出版社2014年版，第107页）不仅如此，通俗网文的作者与受众还是一个由购销特殊性而形成的“情感共同体”。网文的“打赏”消费方式，就有很大成分的感情因素。据《北京商报》2013年8月16日所载《揭秘网络文学粉丝经济》（作者陈杰）披露，一位署名“人品贱格”的粉丝，一夜之间为自己的偶像作者“梦入神机”的作品《星河大帝》打赏了一亿纵横币，折合人民币100万元。打赏已经成为一个重要的网文购销方式。据《人民日报》2014年2月21日刊文称，“17K在2013年通过打赏获得的收入占比超过站内收入的30%”。有人将“打赏”称之为“有爱的经济学”。总结起来，长篇通俗网文的互动可划分为两个层面：第一是创作生产的互动性；第二是由“生产关系”所生成的“命运共同体”。两个层面指向同一事实：长篇通俗网文是一个不断由读者与文本的心理对接转向读者与作者的文化经济互动的动力系统。这意味着，特定艺术形态经由接受向其文化形态的转变过程已经浓缩为二者的重叠，我们所定义的文学经典的社会效应考核指标在这里已全然失效。换言之，长篇通俗网文在它还没有经典化时，已经“文化化”了。

通俗网文由于能够充分“享用”互联网机制以及由此而来的以亚艺术体存在、与互联网共生（中国接入互联网服务是在1995年，痞子蔡发表《第一次的亲密接触》是在1998年），必将长期作为“网络文学”的代名词。如果问“网络文学”是什么，庞大的网络写手群和受众群以及各文学专业网站必然回答：它就是各文学专业网站上那些时时更新的长篇通俗网文。

综上所述，可见文学在新时期现实主义高潮之后便通过“雅俗分野”开始了艺术文化化（即艺术与文化的反馈朝着文化方向演变）进程，这一进程最先是以纸介为物质载体的。传奇—游戏化网文亚艺术体是这一进程的典型成果。

如本书第一章所详论，文学的文化化趋势不是表现在通俗文学一种形态的发展方面，而是表现在所有文学形态的发展方面。互联网于1995年接入服务后，各文学形式、各种文本纷纷“上网”，这本身就是一种强力的文化形态。事实上，一些专业网站在互联网开通之初便发表散文、诗歌等文学形式的作品了。诗人赵奇伟创立的“中国网络诗歌网站”已运行多年。长篇通俗网文产业化形态形成之后，文学社会组织纷纷探索如何面对这一文学的新格局。据知网资料，2011年8月4日，中国作协举办了一场别具一格的“结对交友”见面会。来自全国各地的18位知名作家、评论家与来自7家文学专业网站的18位网络作家欣然见面并结成对子，中国作协有关领导出席了活动。从这一活动可明显看出，促进“两路作家的互学互鉴”是文学社会组织最初抓“网络文学”的一大思路。但很快，长篇通俗网文强烈的社会效应、巨大的产业成绩以及一定程度的负面效果，使文学社会组织确定了面对新格局的工作思路，“推动传统作家上网发挥正能量”遂成为相当长一段时间的工作重心。与此同时，传统作家既有的知名度和社会地位，也引起了文学网站的注意。据新华网北京频道2008年9月9日消息，蒋子龙、刘庆邦等30名中国当代著名作家在网络上用小说形式展开“对决”——一项名为“全国30省（区）作协主席小说竞赛”的活动于2008年9月9日在全球最大的华语原创文学网站“起点中文网”拉开序幕。主办方介绍，这次竞赛活动邀请了中国文坛最具创作实力和影响力的中坚作家，他们均担任各省（区）作协副主席以上职务，其中不乏各创作类型中的代表人物，如刘庆邦（北京市作协副主席）有“短篇小说之王”的称号，是底层写作的标志性作家；蒋子龙（天津作协主席）是改革文学的代表性作家。主办方表示，这项活动将推动传统文学与网络的融通，强化传统作家与网络读者交流。参赛作协主席的全部作品接受网民的点击阅读和评价，由网民的投票以及网络作家给出的评价决定大赛的名次。这次活动除设立了冠、亚、季军等奖项外，还特设了盛大文学大师奖、最佳创意作品奖、最具人气作品奖等专项奖。当时的舆论普遍认为，这个竞赛为传统作家提供了一个全新的机会和平台。这些作协主席是声名很高的作家，但市场把他们漏掉了，除了余华、刘震云等极少数人外，大部分人的作品即便出版，印数也很低。有评论家认为，这些传统文学作家有着深厚的功力，作品有着精妙的构思和细致的描写，把他们的作品拿到网上发表，对网民的阅读有好处。还有评论家认为，网络阅读是趋势，这次活动为两支作家队伍提供了交流的机会，影响是双向的。2009年11月18日，主办方公布了评比结果：吉林省作协主席张笑天凭借小说《沉沦与觉醒》获得了一等奖，河南省作协副主席郑彦英的《从呼吸到呻吟》等分获二、三等奖。这次活动历时一年，包括《人民日报》、中央电视台《新闻1+1》在内的一千余家媒体对此作了报道，成为2008年十大文化事件之一。

此期间，文学期刊、报纸也纷纷“上网”。

文学社会组织、传统作家和某些专业文学网站三方面的积极性造就了2014至2018传统文学上网高潮。文学社会组织的目的是利用互联网传播正能量，传统作家在通俗网文商业化成绩面前的尴尬凝成了上网的欲望，专业网站则是为了利用传统作家的官位和名气在市场中试水。

传统作家和传统文学“上网”运动自身，相对于艺术形态（以审美态度与艺术品的心理对接、交会为特征）而言，当然是文化形态，它是文学文化化的典型案例：由以纸介为物质载体向着以互联网为龙头的融媒体为物质载体过渡。它的繁盛，正折射出相关艺术形态的萎缩，它正是那个萎缩中的艺术形态的畸形展开。

这场上网运动很快完成了，但是，并没有收获当事人预期的效果：通俗网文继续沿着产业化道路不断演进文体和营销方式，扩大延伸产业链，而“网上”的“传统文学”依然不彰。

“上网”后的“传统文学”艺术形态继续沿着“前文化”方向在互联网机制下展开，前例“作协主席小说竞赛”、利用自媒体的大众化创作发表，以及个别网站传播诗歌、散文、杂文、剧本等，均属于这一文化类型。

显然，这种“前文化”，依然是特定作品追求被接受，但并未被接受所引发的文化行为、文化活动及经济、社会、文化事实。一个长期以来为人们所视而不见的事实是，“传统文学”上网后也“享受”了互联网所带来的好处，这个好处就是增强了传播力度。这一点不证自明，不再赘述。通俗网文在接受效果和产业成绩上的成功曾一度给人误解，似乎“一网就灵”，传统文学上网后的结果打碎了这一幻想。这一结果告诉人们：传播力度不等于接受效果。从理论上说，传统文学上网之后，即在互联网的机制下运行。至于传统文学未能享用互联网机制的其他方面，则是由其文体和特定文本所决定的。

2014语境中，黄艳明的研究成果值得重视。

黄艳明在《网络文学的传播与市场机制的关系》一文中指出：“网络的传播力量对于网络文学作品的形成和发展，起到了至关重要的作用。而网络的传播，又受到了市场机制的重要影响。”他认为，“这个影响就目前（2014年左右——引者注）来说，可以概括为四个阶段”，即自由时代、出版时代、电脑时代、手机时代。网络文学发展的初期，作者们基本没有经济目的，除了“榕树下”是专门的文学网站外，上网的文学主要跻身于天涯的莲蓬鬼话、新浪的金庸客栈等，纯粹的读者反馈是作品被传播的绝对条件。这就是黄艳明所说的自由时代。出版时代指的是网上的文学其经济价值逐渐被出版社发现后，《何以笙箫默》《梦回大清》等言情类作品与《小兵传奇》等玄幻奇幻类作品开始实体化。电脑时代和手机时代是通俗文学再回互联网的时代，这意味着网络文学的全面繁荣。VIP文付费阅读制度的发明及成功实施是全面繁荣的关键。VIP制度下的网文创作开始向长篇化转化，同时，手机阅读的碎片化阅读又改变着整个长篇通俗网文的发展。黄艳明的分析有两点特别值得重视和吸取：一、论者没有将网络文学进行单线考察，而是将“线上”与“线下”联系起来；二、与以上相联系，将网络机制的发展与市场、社会的容忍度联系起来考察。这样做，比那些将纸介与网媒对比寻找“网络文学”本质特征的方式，要高明得多。作者的分析也说明，所有的文学形式和文本上网后只有两条路可供选择，一是通过自身变化去适应（也是利用）网络机制以争取较大的接受效果从而获取经济收益；二是拒绝改变。前例所提“作协主席小说赛”的结果，说明传统作家们也做了一些改变。同时，通俗小说发展过程中的上网和下网，说明传媒这一物质载体只是文体演变的一种物质载体，它与文体一样，是某种力量的产物。

测试网络机制可能性的工作在长篇通俗网文业已成为一个强劲文学动力系统之后仍在进行。2011年底，豆瓣网推出“豆瓣阅读”，集中发表中短篇小说，2013年，又举办了“中篇小说大赛”。塔读文学网等也以“原创小说大赛”“单行本小说大赛”等栏目推出过“网文短制”。

还必须指出的是，“下网”的文化行为从来没有停止。在网上取得可观经济效益和巨大接受效果的名作出书一直在持续进行。由长篇通俗网文改编为电影电视剧的文化行为也一直在进行。

通过以上分析可以看出：文学动力系统运动的艺术文化化趋势并非自互联网开始，它始于1993年。任何文学形式和原发文本上网后都受着互联网机制的制约或者说都“享受”着它的“恩惠”，“传统文学”上网后转化为“前文化”而不能转化为“后文化”，反衬出通俗网文的巨大接受效果和产业成绩并非网络机制的特别作为，这一状况另有更深刻的原因。文学亚艺术体过去有、现在有、将来还会有，这一规律不依媒体的改变而改变；不但文学动力系统有，其他艺术形式也有。长篇通俗网文这一亚艺术体也曾以长篇通俗“纸介文学”的形式存在过，所以，互联网机制并非终极因，同样的机制作用于其他文学形式或小说的其他文本，效果并不明显。看来，“网络”的确掩盖了某种东西。

事实上，推动文学动力系统沿着艺术文化化方向演进的正是生产方式的矛盾运动，直接呈现给我们并直接作用于艺术、文化的，是社会信息化、文化产业化和经济全球化。（参见本书第一章）以互联网为龙头的融媒体是文学动力系统艺术文化化的工具。

当做出互联网机制对上网的文学各形式其效应都一样的论断时，我们所强调的，是它属于文学的列在语言文字之后的第二物质手段，即文学动力系统由艺术形态向文化形态展开的物质载体。文学在互联网上“生产（创作）”与在纸介中“生产（创作）”没有质的区别，使用的都是语言及其符号化了的文字；在互联网上对“文学”的静态欣赏与在纸张上对“文学”的静态欣赏没有质的区别，都是以在汉字上直接获得表象和想象的方式进行再创造（即感受方式、反映途径未变）。如果在纸介文学与网络文学的对比中界定网络文学，必须在文学向文化的展开中对比。

“现实的就是合理的。”黑格尔这句名言用唯物主义改造后的解释就是：现实存在的事物，一定有它存在的合理性，符合事物发展的规律。与任何真理一样，只有将其转化为一种思想方法，才有意义。建立网络文学的评价体系当然需要缜密的理论论证，也需要总结实践需求。也就是说，要善于从人们文学工作的实际认知中发现必然性，以解决问题为导向构建体系。

我们试分析长期以来在“网络文学”上的“各说各话”和“各行其是”。

从2014语境到2018语境，网络写手、受众、各专业文学网站、各运营商及大部分文学评论家，当谈起网络文学时指的都是在各专业文学网站上发表的长篇通俗小说。但是，在文学统计工作和其他一些实际工作中，人们心中的“网络文学”又是另一回事。

由中国作协网络文学中心编写的《2017中国网络文学蓝皮书》

在“创作状况”一栏中说：“网络文学已成为中国社会主义文学的重要组成部分。2017年中国网络文学创作的基本状况是：现实类创作增长显著，幻想类小说依然在整个创作中占比较大，历史及其他各个类型都有代表性作品出现，但同质化、模式化和低俗、庸俗、媚俗的倾向仍然存在。”该文在这一“总述”之下，将“网络文学”分为现实类、幻想类、历史类和“其他类”，又在“其他类”中举了军事类、都市类、言情类的例子。（参见《文艺报》2018年5月30日）显然，这篇“蓝皮书”既没有按“传统文学”的体裁分类（诗歌、散文、杂文、剧本均不在列），也没有按题材分类（“幻想类”是如何确定的？），而所谓“现实类”从题目看则大都是一些纪实性作品。该文在“历史类”里说：“历史类小说创作中，穿越和重生类型占比仍然很大……”“正面表现历史的作品依然偏少。网络历史小说的写作依然大量依赖穿越、架空，基于历史事实正面书写历史的作品数量还不够多。”该文在“现实类”里说：“重大现实题材创作成为热点。反映革命、建设和改革开放四十年以及‘两个一百年’奋斗目标、中国梦、四个讴歌的严肃现实主义作品，成为中国网络文学现实题材年度重点主题。《复兴之路》《诡局》……等成为现实重大题材创作的优秀作品。”又说：“不少网络作家尚缺乏自觉的现实主义创作态度和创作方法，网络文学的现实题材创作虽然逐渐受到重视，但不少作家依然缺乏直面现实的勇气和表达现实经验的能力，还是习惯于通过幻想来编故事，不能自觉地用现实主义手法来表现社会现实。”从以上征引可以看出，这篇“蓝皮书”一方面受了“长篇通俗网文”艺术形态和文化形态的深刻影响——如将诗歌、散文等排除在“网络文学”之外，将长篇通俗网文的人们习惯的“类型”分类法用于“网络文学”的分类，另一方面，又用“传统文学”的历史题材小说创作的要求来提倡网文的“历史题材”创作，在“现实题材”网文创作中提倡现实主义写作方法。事实上，这篇“蓝皮书”已经扩大了“网络文学”这一概念的外延，例如纪实性文学的引入、对历史题材创作的提倡和对现实主义创作方法的提倡，等等。当然，它对“网络文学”就是“互联网上的文学”的认知还限定在工作需要这一角度，例如，它将诗歌等体裁排除在外。

建立在类如这篇“蓝皮书”对网络文学理解基础之上的文学统计案例不胜枚举。

更值得重视的是实际的文学形态或文化形态。

2010年10月，诗人墨写的忧伤（赵奇伟）牵头成立了中国网络诗歌学会，同时开办了“中国网络诗歌”网站和《中国诗》杂志。“中国网络诗歌”网站的日浏览量已超过20万人次，成为全国有影响的诗歌网站之一。《中国诗》杂志为双月刊，辟有多个专栏，已发表3万余人次作品12万余首，在国内外诗界影响巨大。成立几年来，中国网络诗歌学会成功举办了“佳益杯”海内外诗歌大赛、“大好河山张家口”全国诗歌大赛、“美丽桐庐”全国诗歌大赛等十余次大赛，并在全国各地召开了多届年会和“中国诗歌创新研讨会”。类似赵奇伟这一诗歌的网络组织、散文网络组织以及相应的网站难以计数，参加人数众多。

利用各种网络自媒体发表小说、诗歌、散文、杂文及各种准文学文章（例如“段子”）的人难以计数。一个“人人都是作家”的大众创作时代已经通过互联网而实现。

“文学的融媒体”不仅早已是文化事实，而且已经成为一种理念。也就是说，一切文学样式、一切非互联网原发文本、一切文学报刊，都已把“上网”作为追求传播力度最大化的利器。它们不同程度地利用了互联网机制；一切网上文学，都以“全媒体”调整供给侧作为文学传播力度最大化的利器。

至2018年底，“推动传统作家上网”的文学工作虽然日渐式微，但传统作家上网的自觉性却与日俱增。而且，方式在改变。在经历了以自己的头衔或在传统文学中的名气争“网位”的初级阶段后，他们逐渐认识到两类文学之争实际不是所用媒体之争，而是“文体”之争、市场之争。认识深化之后，部分传统作家把改变作品面貌和“上网”联系了起来。

在有关方面的强力引导下，通俗网文作者群中开始出现向所谓“传统作家”转型并依然以网络为生存阵地的作家；同时，出现了“网络现实题材创作从超现实处理向注重现实感转化”的情况。“2017年，网络现实题材创作开始注意现实感、时代感，《我的1979》《俗人回档》《逆流纯真年代》《侯沧海商路笔记》《荒魂塔克木》《重生之出人头地》等都是这样的作品。”（《2017中国网络文学蓝皮书》，《文艺报》2018年5月30日）这些“转向”的作者和“转向”的作品，也许关注度不如通俗网文小说，但是，当作者带着他们在通俗网文领域获得的名气进入另一风格和题材领域时（未必进入纸媒），便拓展了“网络文学”的外延，丰富了网络文学的内涵。

“＋互联网”已成全民行动，此点非证自明。网络生活已成为新世代的生活方式。非文学生活方式必将促使文学方式的网络化，包括写作和发表。这可称之为“习惯”使然。

通过以上分析不难看出，“网络文学”的外延必须包括所有文学形式和所有原发文学文本所形成的动力系统。非原发文本如文学刊报上网，则是以“不属于网络文学”的方式为“网络文学”的外延划定提供反证。“媒介革命已经不以人的意志为转移地发生了，在不久的将来应该不再存在‘网络文学’的概念，因为网络将是所有文学、文艺形式的平台，纸媒文学除了一小部分作为‘博物馆艺术’传承之外，都要实现‘网络移民’。”（邵燕君：《媒介革命视野下的网络文学“经典化”》，《网络文学评价体系虚实谈》，作家出版社2014年版，第127页）这个预见是有科学性的。

可见，长期以来的“各说各话”并未影响“各行其是”。各种不同认知和在不同认知指导下的行为，其实都在朝着一个共同的方向努力，这就是延伸文学的表达、扩大作品的传播力度和接受效果。在1998年以后的大部分时间里，这一努力方向表现为“上网”，而在2014至2018的几年中，这一努力方向部分地表现为“下网”。“下网”即全媒体理念下文学供给侧调整，是以捡回非先锋媒体覆盖区域的方式追求作品的传播力度和接受效果。正是“下网”等全媒体的文学操作，使文学动力系统凸现出来，为整合“网络文学”的所有认知、推出科学定义提供了实践基础和实践需求。

在某种意义上说，网络文学的评价体系就是以上诸多要素的融合、统一。这种统一不是人为的捏合，而是逻辑与历史的一致。

网络文学的本质特征，是网络文学艺术—文化学评价体系的第一要素。网络文学是文学在互联网机制和市场机制交互作用下展开其动力系统的艺术—文化形态。网络机制是文学动力系统展开其艺术—文化形态的物质载体，同时对文学的创作、传播和接受发挥着重大影响。网络机制也是文学市场机制和产业运行的载体。文学更换媒体的运动与文化产业进程深度融合，催生了接受效果与经济效益的统一体，这一统一体因其受众广大而被习惯性地成为“通俗文学”。“通俗文学”是这个统一体的阶段性形态，它的典型文体是具有新的善的表达方式和新的心理感受形式的传奇—游戏化网文。由于与互联网携手而来，由于充分“享用”互联网机制所提供的可能性，由于受众的庞大和高程度的产业化，通俗网文将长期作为“网络文学”的代名词。所有文学形式都在互联网上展开了艺术与文化的反馈运动，网络机制和市场机制给予它们以同样的“恩惠”，但效应大有差别。

网络文学的艺术—文化学评价体系，就是用艺术文化学的观点审视“网络文学”，就是要建立这样一个理论前提：文学动力系统的运动呈现艺术文化化趋势，是由生产方式所根本决定而由1993年以来社会信息化、文化产业化和经济全球化所直接派生的。

网络文学的评价体系应该明确网络文学的外延。网络文学的外延与纸介文学的外延一样，它是所有文学形式和文本的动态系统的集合体，并且，它的边界随着文学运动对媒体可能性的开发利用在不断扩大。

网络文学的评价体系突出的是文学作为一个动力系统的理念和

艺术文化化的理念。这是因为文学的接受问题史无前例地凸现，致使文学的文化化史无前例地凸现；而为了追寻文学文化化这一现象背后的原因，“文学动力系统”的特质才由潜至显。文学各种不同的接受方式——现实主义文学的接受、通俗文学的接受、长篇通俗网文的接受，各种不同的不被接受的方式——“雅文学”的不被接受、“人人都是作家”所形成的不被接受、形式化或符号化的不被接受……展开为不同的文化形态。评价体系的根本点，在于将这种状况视为直接联系着社会内容的文学运动，而反对将其归结为互联网。当然，互联网作为物质载体，为这一动力系统的新运动提供了工具。

网络文学的评价体系反对“媒介决定论”，认为“网络文学”的称谓掩盖了这场形式上表现为“换媒体”的文学运动的实质，与此相联系，评价体系不是对既有观点的捏合，而是由新概念组成的新体系。

网络文学的评价体系将长篇通俗网文动力系统作为“网络文学”的特指。也就是说，承认社会的“约定俗成”。许多概念有广义和狭义之分，例如“文化”，广义的文化指的是人类的物质文明与精神文明的总和，狭义的文化指的是精神文明。精神文明就是文化的“特指”。“文化”的定义分为广义和狭义，在于劳动和物质生产是人类最基本的社会实践，物质产品当其退化掉它的实用功能之后，必转化为人类文明的印记；物质生产这一基本实践活动是精神文明的基础，但它随实践的发展独立出来又反作用于人类的社会实践。同理，通俗网文是艺术文化化长期发展的成果，作为亚艺术体，它蕴含着文学进入网络机制后的所有文学形式和文本的特点。例如，这个亚艺术体很难经典化，原因有四：一是当它的文本还未经典化时便“文化化”了。二是它已经成为电影、电视剧的文化母体。三是它的互动性导致文化化。四是它的心理形式不是标准的艺术美感而是心理快感。有人将这一特征归因于互联网，这是不对的。文学经典难再的苗头从1987年就出现了（参见阳雨：《文学，失却轰动效应以后》），在通俗网文“文化化”的同时，其他上网文学也都在“文化化”，只不过由艺术向文化展开的形式不同，生成的文化形态也不同。

网络文学的评价体系把传奇—游戏化网文的论证作为重要的逻辑支点。作为叙事文学善的表达的第四种形态，传奇—游戏化网文的生成更鲜明地体现出生产方式决定论的特点。

网络文学的艺术—文化学评价体系强调对网络文学分类指导。指导的总目标，是在文学系统运行中，不断提升受众的精神文明。具体任务是：推动文学劝善功能与审美功能的有效接受和引导网文“亚艺术体”的健康发展。

第三节　建立网络文学的艺术—文化学评价体系的重要意义

建立网络文学的艺术—文化学评价体系具有重要的理论意义和现实意义。

所谓“理论意义”主要是两方面。

一、作为理论成果，网络文学的艺术—文化学评价体系对新的理论的滋养作用或阶梯作用。用文学是一个动力系统的观点对网络文学进行审视，是这一评价体系的重要内容。如学界所熟知，文学是动力系统本是“接受美学”学派的观点。接受美学强调文学的接受。无论是所谓“传统文学”与“网络文学”的对比研究还是所谓“纸介文学”与“网络文学”的对比研究，都应该是动力系统的对比而不应是静态文本的对比。舆论虽然注意到了通俗网文接受效果的突出特点，注意到了通俗网文与古代俗文的文本对比乃至文化形态对比，但严重忽略了文学共时性研究即对通俗网文的孪生兄弟“雅文”系统的研究，特别是对与“雅文”海量创作、出版、发表相对应的微量接受效果的研究。当然，更不可能概括出“雅文”的运动特征。牢固树立文学是一个动力系统的理念，一方面，我们就会将评价体系的构建置于历史唯物主义的坚石之上；与此相联系，另一方面，自然会导出文学动力系统的历史性展开是主而媒体是从的思维路径。事实上，长篇通俗网文的许多特征在纸介时代已经显现。

“文学是一个动力系统”和强调文学的接受均非新论，但在构建网络文学的评价体系时提出确有新意。这是因为，自1993年“三化”接踵而至，“接受”问题逐渐凸显，“两个效益的统一”“雅俗分野”“写给21世纪的人看”“出增刊、增页数”“人人都是作家”“卖书号”“有销售量无阅读”“评奖授家”……各种现象、口号和行为都暴露出接受与不接受的矛盾。在这一矛盾中，蕴藏着文学动力系统运动的轨迹。这使我们了悟，文学动力系统的系统性并非时时凸显，关键是在它显出系统性时能否捕捉到。

文学的运动包括作家与生活、文本与构成材料、作品的创作心理，包括作家的经历、身份、个性、审美态度、性别、民族对作品的影响，也包括作品上市时机、与作品传播有关的文化活动、产业化程度和产业化展开、使用媒体的类别、接受程度，等等。文学的运动所展现的，正是艺术形态与文化形态的反馈。一些论者注意到了文化向文学的凝聚，如长篇通俗网文与说唱艺术的关系、将六朝志怪与唐传奇中的怪力乱神的文化效应（“具备了某种民间亚文化的活力和先锋性”）与网文的文化效应的对比。但是，这样的好文还嫌太少。艺术—文化学评价体系着眼于艺术形态与文化形态的“形态”或“形式”方面，这一点是与以往大多“文化学”研究所不同的。着眼于形态或形式，有助于区分艺术与文化。同时，也有助于区分文学文化与电影文化、音乐文化、戏剧文化等。本书将艺术形态定义为“审美态度与艺术品的心理交会”，将文化形态定义为形成交会前、中、后的一切行为。这一定义，只涉及艺术和文化的形态或形式方面。艺术与文化的反馈形式极其多，是一个写一本乃至几本专著的内容。

二、形成这一理论的思想方法对于构建网络文学其他理论体系具有参考作用。

建立网络文学的艺术—文化学评价体系，需要将“感性的具体蒸发为抽象的规定”，也需要将“理性的具体”综合为更高一级抽象的规定。一般地说，新的理论体系必须有新的概念（包括对既有概念的修正、充实和外延的拓展），一篇论文或一部理论著述便是一个新概念（新命题）。长期以来，网络文学的评价体系之所以没有建立起来，一个重要原因就在于抽象程度不够，许多建立评价体系的论述都是评论的语言和体例，都是用比较的方法界定网络文学。这样，就难以正面回答"网络文学是什么"，就难以揭示网络文学的本质特征。理论体系需要统一，需要整合不同事物，把不同事物的共同点抽象出来。例如对待长篇通俗网文和在互联网上原发的所谓"传统文学"，例如对待"纸介文学"和"网络文学"，都需要这样做。所谓将"感性具体蒸发为抽象的规定"和将"理性的具体"综合为更高一级"抽象的规定"，就是分析（感性具体）与综合（在思维中）相结合的方法。2014语境中最可贵的，就是有的论者提出了网络文学的评价体系从若干方向去寻找的观点。

建立网络文学的艺术—文化学评价体系，需要科学地确定"网络文学"的逻辑起点。恩格斯在谈到政治经济学的研究方法时说："历史从哪里开始，思想进程也应当从哪里开始，而思想进程的进一步发展不过是历史过程在抽象的、理论上前后一贯的形式上的反映；这种反映是经过修正的，然而是按照现实的历史过程本身的规律修正的，这时，每一个要素可以在它完全成熟而具有典范形式的出发点上加以考察。"（《卡尔·马克思〈政治经济学批判〉》，《马克思恩格斯选集》第二卷，人民出版社1972年版，第122页）这实际上是以历史唯物主义为指导的研究方法，因此，它适用于各门社会科学。采用这种方法，是从历史上和现实上"直接碰到的"、最初的和最简单的关系出发，即从事物运动中的矛盾出发。从文学上说，就是从创作（生产）与接受（消费）尖锐化了的矛盾出发。毫无疑问，这一矛盾是自1993年文化产业化启动即文学的商品属性加强而日益尖锐化的，同时降临的还有社会的信息化和经济的全球化。但是，互联网的运行挡遮了人们的视线，以至于将网络误认为"网络文学"的历史起点。文学创作与其他艺术创作一样，需要物质载体，但它本质上是一种“赋形”活动、物质形态化活动，而不是物化活动。因此，不具备本体的意义。何况，纸介也好，互联网也好，都只是文学的第二物质手段，它的功能只承载文学的艺术与文化的反馈。换句话说，语言与其符号化了的文字构成文学的艺术形态，媒体则构成文学的文化形态；新媒体的生成不意味着新的艺术形式的生成，通俗网文、游戏化网文、赛博文本、超文本，等等，是文学动力系统运动的必然成果；互联网不过是一个必要条件。总之，将互联网作为“网络文学”的逻辑起点，与网络文学的历史起点并不符合。望文生义地由此探索网络文学的本质特征，必然导致逻辑混乱。

网络文学的艺术—文化学评价体系是理论与实践相结合这一思想方法的成果或必然结果。探索网络文学的评价体系，不但需要理论论证，而且需要关注文学运动和文化运动，关注实践。这里有三层含义：一是说要明确目的。实践是合目的性与合规律性的统一，没有目的的理论建设是没有意义的，建立网络文学的评价体系目的是为了引导文学。目标就是通过对文学的接受，达到精神文明。这就是人们常说的“以人为本”。因此，对各级文学社会组织所持续推动的“传统文学”“上网”不能视而不见，对“雅文学体”强烈追求接受的种种努力不能视而不见，对“人人都是作家”的文化现象不能视而不见。它们必须成为网络文学的评价体系中的某些环节。二是说理论要从实践中来，要从规律中来。不能“一厢情愿”地按“目的”构建理论，而是从规律中引申出目的。要从“事实”中即文学动力系统的运动中总结出规律性来，然后因势利导。三是说理论要有实践意义，即这个评价体系应该有用、有效。

所谓现实意义就是这个评价体系要回到实践中去，用于引导文学的健康发展。“网络文学”不应该简单地理解为“互联网上的文学”，亦不应该界定为某种特定文学形式，而应该是这样一种系统观点：网络文学是文学运用互联网机制展开其动力系统的艺术—文化学形态。明确了这一认知，有助于助推网络文学及整个文学的健康发展。

一、这个评价体系为网络文学评论提供了科学的坐标和出发点。任何文学评论都有基本理论为坐标，例如新批评、美学的历史批评、形式主义批评、意识形态批评，等等。任何文学形态都含有评论这一重要元素。2014语境中的网文评论，都或隐或显地存在着作家对网络文学的基本态度。从网络文学的艺术—文化学评价体系出发，我们就会发现所谓“传统文学”或“纸介文学”中也是存在亚艺术体的，并且，还会发现亚艺术体形成的原因。而这一点，对理解通俗网文的亚艺术体特征具有启发意义。显然，对艺术体的要求与对亚艺术体的要求是不同的。从这一体系出发，我们就会意识到改变通俗网文评论形式的必要性。例如，还有必要按照评论一般艺术体那种“惯例”追叙它的主题、人物、情节吗？从这一体系出发，我们就会得出应该给那些只能充当“供劳动者得到休息”的亚艺术品一方天地的结论。总之，评论与基本理论紧密相联，没有清晰而科学的评价体系，必然会导致评论的思想混乱，不管是作家评论、作品评论还是对文学趋向的评论，都会如此。

二、这一评论体系认为，文学动力系统的原动力是生产方式的内部矛盾运动，语言文字作为文学的第一物质载体决定文学是文学而不是其他艺术形式，媒体作为文学的第二物质载体划定这一动力系统运动的幅员；前者划定艺术形式之间的边界，后者划定艺术与文化的边界。总之，文学不是互联网派生的，它只是文学与艺术反馈的工具。决定新时期“雅文学”出现读者危机的不是纸介媒体，决定网文文化化的也不是互联网。明确了这一认知，必将有助于在实际工作中大破“互联网神秘论”。例如，将游戏化网文的形成归于“网络性”，这只是摸到了藤，没有摸到瓜，将受众对此类网文的巨大需求和社会信息化对文学的整体影响严重忽略了。另外，长篇通俗网文“情感共同体”的形成，其根本原因在于购售双方的商业互动，亦非网络之功。许多实验性文体的形成确实与网络密切相关，但其根本原因仍然不在网络。

三、这个评价体系把所有文学形式的动力系统都纳入互联网机制的作用之下，对这一文化事实的理论肯定，同时也肯定了长期以来的文学“上网”活动。这一评价体系表明，对于互联网机制，任何文学形式和任何原发文本都可以利用，但因文体的不同和文本风格的不同会使利用的程度有区别。“传统文学”利用“传统方法”上网，必然不能获得通俗网文按产业化操作所能得到的产业成绩和接受效果。同时，这种文学实践也有助于人们认识到，不同的形式的文学或不同风格的文本，其产业表现和接受效果本质上是有区别的，非网络机制所能改变。

四、网络文学的艺术—文化学评价体系对进入网络机制后的文学运动作出了文化化的判断。这一趋势的必然性在本书第一章中进行了论证。它的现实意义是多方面的。1. 有助于人们追问这一趋势，既然其动力不是源于互联网，那么，它来自哪里？当然，本书已作了回答，它来自社会信息化、文化产业化和经济全球化。其中，社会信息化是最关键的动力。明确了这一点，人们就会依据文学的文化化这一必然性重新调整文学工作的主攻方向。2. 艺术的文化化趋势是文化产业创意的重要方向。文学的文化化不像其他艺术品种的文化化那样容易把握，但只要认识到这是一种必然性，就有助于找到具体形态文化化的轨迹，从而构想现实可行的文产项目。

五、网络文学的艺术—文化学评价体系含有这样的思想：艺术的劝善和审美功能对于人的精神生活是十分必要的。艺术的文化化成为必然，新的艺术经典难以复现，新创作品根本无望于轰动效应，老的经典日益符号化……面对这一现状，很多文学社会组织开始努力抓“经典进校园”等促进艺术接受的工作。这是现实对艺术文化化规律本能的反应。艺术—文化学评价体系有助于这一工作由自发变为自觉。实际上，在艺术文化化的大趋势下，对于人的劝善和审美心理的构成，质量很低的创作远远不如有质量的对既有文学经典的欣赏。长期以来，在人们的思维定势里，文学的繁荣就是创作的繁荣，只有创作的繁荣，才是精神文明建设的重要标志。在艺术文化化的语境里，低质量创作的繁荣正是“文化形态”的发达，而不意味着艺术形态的“发达”即“接受”的有效性。文学的接受对象又分两种，一种是俗文学，一种是“文以载道”的文学。两者的接受方式有区别，前者是碎片化的，后者是不可肢解规定情境与典型人物、典型情节的。这意味着，既有经典和新的现实主义风格的作品，相对于生活在现代生活氛围中的读者而言，在接受上是有困难的，是需要引导的。明确了“劝善”与“审美”是人的本性，又明确了“载道”作品接受上的困难，我们就应该将抓文学的接受提到与抓创作同等重要的位置上来。

六、网络文学的艺术—文化学评价体系将文学动力系统在互联网上的展开划分为三种文化形态。其中，两种是无感的，也超出了一般认知习惯：其一是为难以被接受的作品而举办的研讨会、作者推介、争奖等，这是一个庞大的文化体。而且，随着这些活动对接受的无效性的显露，它的规模反而会越来越大。人们将这些活动戏称为“文学热闹儿”或“文化热闹儿”。艺术—文化学评价体系指出文学上网不会“一网就灵”的原因是文体不合于产业化，这就有助于热衷于此道的人们改弦更张。“传统文学”近年来“上网”式微、“传统作家”改变文体以及大量网语被使用，虽然不是这个评价体系之功，但有了这个评价体系，这种调整会更加自觉。其二是置身于通俗网文“亚艺术体”中的人们所进行的亚艺术活动。直言之，这类活动在文化属性上类如跳广场舞、打太极拳一样（无贬义）。我们应该在这个认知上确定对这一文化形态和这个群体的工作方针。这个方针便是：保持其娱乐功能，划定不准娱乐“主旋律”及其他底线，以无害为尺度，靠社会引导写手，靠写手引导受众，目标是精神文明的提升。之所以说以上两种文化形态中的参加者是无感的，是因为参加者没能意识到这两种活动的性质已处于由文学向文化的转换之间了。第三种是有感的，符合人们认知习惯的，这就是因作品被接受而生成的文化形态。

这种文化形态常常表现为作品的故事被传播，主人公名字、形象乃至金句被传播，主要人物的服饰及生活特征被效法，等等。这种文化形态的规模、力度，是劝善和审美功能有效性的尺度。自新时期现实主义文学落潮以来，由作品的轰动效应构成的这样的文化形态没有再度出现，虽然小的文化形态还不时形成。

七、网络文学的艺术—文化学体系给上网后的所谓“传统文学”与通俗网文划分了“地盘”，从而从理论上奠定了两类作家群体互鉴互学的基础，也为各类文学组织实现对两个作家群的分类指导提供了理论依据。长篇通俗网文所创造的产业成绩和拥有的庞大受众，很快吸引了“传统作家”群体的注意。从争相上网到改变文体，都是这个群体向通俗网文群体学习的表现。由学习皮毛到学习实质，“传统作家”群体终于接受了“追求有效接受才是上网的目的”这一理念。但是，相对于传统作家向网络作家学习的主动，通俗网文作家群却依然我行我素，并未主动学习“传统文学”。文学社会组织一度用“深入生活”等引导网络作家，但收效甚微。究其原因，“粉丝”的情感吸引、利益的驱使是其一，认为自己搞的是了不起的文学范本是其二，而以后者为要。另外，近年来文学社会组织为他们评奖、授家，也给这一群体造成错觉。“通俗网文是一个亚艺术体”是一个中肯的判断，既给这一形态留下了“地盘”，也有助于网络写手回归真实的文学自觉。假以时日，凭着这一群体的年龄优势、草根优势和超常想象力优势，肯定会有人从中脱颖而出，爱上所谓的“传统文学”，即以现实生活为题材的文学。即便没有这样大的改观，只要树立了学习优秀文学传统的信心和决心，也会在语言的规范化、人物塑造技巧等方面有明显的进步。2014年以后的长篇通俗网文急速地向游戏文转变，并且出现了不少为这一文本“正名”的有分量的评论，而这一写作群体却很少产生写现实题材的作家。这一事实说明，应该加强对这一群体的正面引导。艺术—文化学评价体系认为，这个亚艺术体的长期存在是必然的，形成金庸那样的经典基本上是不可能的。但另一方面，它的文本，它的文化化，是大众所需要的，它本就是大众的创造物。因此，对这一群体的引导方式要调整。同时，对所谓“传统文学”和“传统作家”，必须合理设置反映市场接受程度的发行量、点击率等量化指标，将其纳入评价体系。当然，不能将这一指标绝对化。

八、网络文学的艺术—文化学评价体系辩证地看待“人人都是作家”这一文化现象的超前实现。这一观点的行动意义在于：不要以必然经典化作为文学助力工作的方针。当然，这并不排斥沿着所谓“出精品”的路径对作者们进行引导。理想的“人人都是作家”尚在遥远的自然的人化的征途中，而现在则是以作品的“良莠不齐”为代价，它的根本价值在于体现了公平性。

建立网络文学的艺术—文化学评价体系，就是要使对网络文学的艺术—文化学的系统观点成为共识，特别是要成为学界、实际工作界的共识。

自20世纪90年代初、中期以来，随着“三化”的发展，文学运动中社会效益与经济效益的矛盾日渐突出。建立网络文学的评价体系，必须站在“两个效益”必然统一（必然统一于社会效益的历史趋势）和必须统一（必须统一于社会效益的实践需求）之立场上审视文学运动。

第五章　网络文学发展预测

理论的意义就在于预测。在给“网络文学”作出定义之后，便可以对网络文学的发展作出预测了。在通俗网文系统产业化运行的带动之下，整个文学的艺术—文化反馈开始在融媒体机制和现代市场经济体系中运行。因此，预测的目的，在于探索新的历史条件下文学动力系统的运行规律，寻求引导的着力点，以期社会主义核心价值观的有效注入并取得良好的经济效益。这也就是合目的性与合规律性的统一。预测是对发展规律的探索。正如毛泽东所说，马克思主义者不是算命先生，对于未来只能也只应该说出一个大致的方向。但这种探索又是具有重要意义的。

第一节　新格局下的文学运动

“新格局”包括以下含义：一、整个文学动力系统在融媒体机制和理念下运行。二、整个文学动力系统在现代市场经济体系和文学产业背景下运行。三、文学仍然负有传达灌输社会主义核心价值观的使命。四、通俗化网文作为内容产业在融媒体机制中蓬勃发展。五、社会信息化给予文学创作以决定性影响。六、法制化的和谐社会给予文学的接受以决定性影响。

在这一格局中某种要素作用下或多种要素的合力作用下，文学整体动力系统将发生多方面变化。

一、通俗网文之外的文学形式将充分利用融媒体和文化产业化背景寻求发展

文学的既有形式除小说外，尚有诗歌、散文、报告文学、剧本、杂文，等等。在尝试运用商业文学网站以取得经济回报不见成效之后，这些文学形式和通俗网文之外的小说一样，紧紧抓住互联网较之纸介更强的传播功能和“评奖授家”机制，顽强地生存了下来。这些文学形式的审美功能和社会功用是通俗网文所不能替代的，尽管它们不具备产业条件，但均拥有自己一定规模的受众。文学的产业化和通俗网文产业的运行，加强了财政支持和社会赞助的可能性。只要文联、作协和出版的现行体制不变，这些文学形式还将以现有生存手段生存下去。此外，这些文学形式的生存，还与“人人都是作家”这一文学系统的运动紧密联系在一起。“人人都是作家”系统立足于自费发表、出版和上网，但也力争财政支持和各种形式的社会赞助，而其所涉及的体裁，小说之外的占很大比例。通俗网文之外的这些文学形式的共同特点，是不能靠出售作品以实现产业化。这意味着，它们的社会接受度很小。可以预言，“前文化化”将是这些文学形式的动力系统的主要特点。同时，在这一文学系统的运行中，“愿意读别人作品的人”会越来越少，而“愿意别人分享自己作品的人”会越来越多。这正是“人人都是作家”文化现象出现的真正社会心理。

二、文学评论必将转型

中国文学的理性思维成果向来有评论与理论之分。评论即“我注六经”，以评述作品为中心；理论即“六经注我”，以形成理论体系为中心。在文学人的潜意识里，文学评论专指成形的文章或书籍。传统文学体系非常重视文学评论，认为它与创作一起构成文学发展的“车之两轮”“鸟之双翼”，是创作繁荣的必要条件。概括起来，文学评论历史上曾有过以下几方面的功用：1. 用于作品的导读。行文欣赏和意味阐发构成作品导读的两大元素。2. 助力作品的传播。信息化社会到来之前，作品评论对于作品的传播有着相当大的助力，特别是名家的评论。社会信息化进程开始后，这种作用日渐式微，但仍是“评奖授家”机制的一个重要环节。3. 在“评奖授家”机制里，评论特别是名家评论已不单单是作品传播的助力，而且成为作品评判的标准之一，是各种官方奖项的必要条件。4. 构成舆论氛围。由官方组织的成规模的评论，常常发挥政治导向、价值导向的作用；代表某种流派的有影响的评论常常催生一批典型化作品。5. 构建理论体系的基础和先导。

通俗网文兴起特别是传奇—游戏化网文兴起后，在“传统文学”体系和“评奖授家”机制中起着多种作用的文学评论其作用在整体上逐渐衰微。原因是：1. 在通俗网文所创造的巨大接受效果和产业成绩面前，评论家关于“传统文学”的评论（通常都是褒扬之词，这本身也是评论的变化）相形见绌。人们下意识中会问：“那么好怎么没人读呢？”评论原有的宣传作用等，在通俗网文动力系统强劲运行映衬下大失其效。2. 通俗网文的评论数量很小、文学评论整体上效用逐渐衰微的直接原因，在于文学作品的另一种评判标准和评论机制的产生。通俗网文系统的运行建立了另外一种评判标准，这就是受众数量和产业成绩。支持这一评判标准的，有一个业内公认的机制。一般地说，一个通俗网文作家的影响力，要依据他的作品版权出售面而定。只有将单一作品的版权出售到影视剧、在线阅读、动漫、有声读物、游戏等领域和业态，才能被业内公认为有巨大影响力的作家。

在通俗网文系统所建构的评判标准和机制面前，创生了“文学的网络评论”和“网络文学评论”的全新格局。1. 通俗网文的营销通常是一套融媒体全方位利用的整体战略，即便评论成为这一战略的一个环节，它的形式也要大变，即围绕着制造受众的兴奋点罗织，如使用热词、象征、概况等，不需要也不可能评述作品的细部。北京读客图书有限公司与门户网站合作营销《藏地密码》的事例，生动地体现出文学融媒体营销的一些特征，从中可见在新的文学行为中评论元素的作用。这部作品的营销以新浪网媒推送为龙头，同时在腾讯、天涯、搜狐等网媒连推“西藏向我们隐瞒了什么：《藏地密码》”，在新浪读书频道推出专题“一起追寻西藏千年历史”，将《藏地密码》与《尘埃落定》《藏獒》两本热销书联系在一起唤起人们的类比想象，依靠“信息搭载”策略制造舆论热点。接着，北京读客在新浪、腾讯、搜狐三大网媒的读书首页上传图书封面，提高点击率。出版方还在特定时间段内安排每个网站页面3～5个《藏地密码》的相关链接，在上百个网络论坛上发表隐性广告，带动舆论。（参见崔德明：《浅谈图书营销与电子商务的融合与发展》，《编辑之友》2010年第3期；《网络文学评价体系虚实谈》第197页周根红文）在这个文学营销案例中，文学评论由具有促销、推介的客观作用变成了文学营销中的一个环节，其内容和形式当然会远离其主体性。2．商业机制中的通俗网文一般十分冗长，且日日更新，这使得追踪一部作品或写手变得十分困难。因此，像传统文学评论中的重要类型“作品论”和“作家论”，便难以在通俗网文中移植、复制。3．商业机制中的传奇—游戏化网文占据文学产业的很大比重，文学评论在这一评论对象上的难以作为，亦标志着整个评论（文本）的失效。即便是2014语境，也很少有评述此类文本的主题、人物、情节的。道理很明显，这类文本只有根据游戏设定所进行的情节编织，而没有写手个人生活的体验，评论家无法就文中“规定情境”与人物行动、性格刻画之间是否合理做出判断，也无法阐释其意味层的蕴含。如已指出，传奇—游戏化网文的心理效应是阅读过程中的快感而非“回味”，因此，以阐发文学“意味”之个性化营造为宗旨的文学评论这个文体，在传奇—游戏化网文面前便失能失效了。4．通俗网文的评论权事实上早已从专家手里转移到了受众手中。“打赏”“点赞”以至于与写手构成经济与情感交织的“共同体”，就是受众对作品和写手的评论。这个评论机制已经是整个商业文学机制的有机组成部分。写手版权的涵盖范围作为评论作家的尺度，则与如上所议受众评论权是一致的。

事实上，融媒体机制和操作理念下的“文学评论”，已分解成以下几个话题：1．对通俗网文与其他文本的评论；2．文学评论的不同形式或手段，包括使用不同媒体和全媒体操作；3．文学评论的价值坐标；4．文学评论各种形式或手段所对应的不同功用。传统意义上的文学评论对于“传统文学”运行机制还是以“争奖”即所谓争取“专家认可”为圭臬，但手段已从发表评论文本大大拓展了。其手段一般有：座谈会、作品首发式、各类排行榜、名家评论、“作家进校园”、研讨会、签名售书、报刊连载、作协内部信息和官方网站报道、改编为影视剧、报道出版消息和作家接受采访，等等。

在商业通俗网文系统的强力引领下，文学评论的演变实质是一个由以文本为表达形式到以多种手段表达的演变。与此相一致，文学评论的功能也会从特定文本的功能转化为多种手段的综合性功能，原来的文本功能会在整个“评论”系统即促销、争奖中被弃或留。

“传统文学”和“网络文学”将不再局限于自己原有文学评论的手段。这种势头已经出现。《文艺报》2019年增加网络文学专版后，已经发表了何常在等多个作家作品的专论（注意：是何常在“转型”作品即现实题材作品的专论），至于非网络作家利用互联网机制进行作品的推介，就更屡见不鲜了。

文学评论作为理性思维的产物或理性支配下的行为，将前伸为文学创作的创意和文学运动的策划。

三、对“网络文学”的认知将进一步深化

促成对“网络文学”认知进一步深化的有以下三个因素：1．三种认知长期的矛盾着的存在现实。2014语境并未对当时存在的对“网络文学”矛盾着的三种认知作出理论上的“裁决”，也就是说，未能给“网络文学”下一个学界普遍认同的定义。因此，几年过去，三种认知仍然并存于2019语境之中。但是，这种三种互相矛盾着认知的长期并存，本身就会构成寻求统一的动力，理论界必然以此为基础进行形而上的探讨，找出它们三者之间的“公约数”。而事实上，这种“公约数”是存在的（参见本书第四章）。2．融媒体机制和理念的形成。融媒体机制，指的是一部作品利用多种传播功能进行传播的系统性。这一机制的实现，涉及政府管理部门、相关企业建设和硬件建设等多个领域。至2019年上半年，虽然这一机制尚有待于进一步完善，但文学作品利用这一机制运作的成功案例不断出现，这说明，融媒体机制已基本实现。融媒体理念，也可称为“全媒体”理念，就是对全媒体综合运用的自觉性。融媒体机制和理念的形成，催生了不少作品追求“全媒体”发表和传播。这意味着开拓作品的新的覆盖面，扩大受众群体，包括同一类型作品转换媒体，也包括通过改变作家的创作方式和作品类型以适应另一种媒体的习惯性受众。当作品（文本）离开它的既定媒体之后，市场机制作为它的生存条件、接受效果与经济效益作为它运行的目标便凸显出来了。这必然促使人们反思：作为文学第二物质载体的互联网和融媒体，不过是增强作品传播力度的手段，作品的接受效果和产业化成绩主要取决于作品自身的内容、风格和样式。3．传奇—游戏化网文的定型和文化化展开。传奇—游戏化网文自2014语境形成时走向定型化，至2018评论界基本肯定时完成了定型化。当人们总结这一通俗网文特征时，常常以其“网络性”“从连线中获得灵感”和产业成绩等来界定。这些元素其实都不是这一文体文本的文学特性，而是以此文本为标志的艺术—文化形态反馈的特征。所谓“网络性”，也只有在这一反馈中才有意义。这样的现实，特别是现实网文与传奇—游戏化网文在网络中存在的同时空性，启发着人们致力于在“网络性”之外寻找传奇—游戏化网文形成的根本动力。

深化对“网络文学”的认知意义重大，时机已经到来。

四、两种不同机制和评价体系的互学互鉴方兴未艾

“评奖授家”与市场机制是文学系统运行的两种不同的机制。前者以各种形式的财政扶持维持运行，以所谓“专家评判”为评价标准。

两种机制和两种评价体系分别附着着一整套的机构、措施。

随着融媒体从技术、机构、体制和理念建设诸方面的推进，随着文学相关部门对“网络文学”引导力的持续增强，两种不同机制和评价体系的互鉴互学方兴未艾。

2014年（“2014语境”产生之时）前后，作为对网络作家“加强正面引导”的重要环节，不少网络文学作家被吸收到了社会工作机制之中。网络作家梦入洪荒（寇广平）于2018年底被吸收为河北省政协委员，唐家三少于2011年当选中国作协全国委员会委员并担任北京市作协青年创作委员会副主任，2016年当选中国作协全国委员会主席团委员。2018年，刘艳、孟超（陈风笑）等50位网络作家被批准为中国作协会员。这些事实的动力显然来自网络商业文学机制之外，可视为文学官方机制对网络商业文学机制的肯定和吸纳。

设立各种排行榜、奖项早已是商业文学网站的例行工作。网络文学的“授家”较之体制内各种面向作者的奖励，更具有诱惑力。例如，“橙瓜网络文学奖”所设“网文之王”“五大至尊”“年度百强大神”等称号，便颇有“传奇”色彩。下面摘引的是在中国网文界具有很大影响力的“第四届橙瓜网络文学奖”奖项设置的主要内容（2019年1月28日至5月举办）。

“特别开启‘见证·网络文学20年’评选，评选出过去20年间网络文学领域的精英人物、优秀作品、优秀平台、优秀IP，以及网络文学泛娱乐化的领导者”。

“第四届橙瓜网络文学奖系列奖项：年度十大作品、年度百强作品、最具潜力十大有声IP、最具潜力十大影视IP、最具潜力年度十大新锐大神、橙瓜网络文学编辑伯乐奖、橙瓜网络文学奖年度行业贡献奖”。

“见证·网络文学20年奖项系列：20年百强作品、20年十大玄幻作品、20年十大仙侠作品、20年十大武侠作品、20年十大都市作品、20年十大军事作品、20年十大悬疑作品、20年十大灵异作品、20年十大二次元作品、20年十大科幻作品”。另外，尚有体育、游戏、历史、奇幻等题材（体裁）作品也在受评范围之内。

授家系列有：20年100位代表性人物、20年百强大神、20年十佳玄幻大神……

从以上橙瓜网络文学奖的设计可以看出，产业化成绩是这个商业文学网站评判作品的重要指标，另一个指标虽然没有出现在“评奖授家”中，但在具体实施中占据重要地位，这就是作品的接受程度。

虽然体制内和商业文学网站在“评奖授家”上有很大不同，但融合趋势已现。例如，有的体制内评奖引入了接受程度的考核，而有的文学商业网站则引入了价值导向的考核。

前文已述，“评奖授家”机制与“文学商业机制”各有缺失，前者接受程度较小，后者在“两个效益”的统一上特别是如何在作品中体现社会主义核心价值观这一问题上仍然有许多课题。但是，2014语境之后，以现实题材作家踏上市场和通俗网文写手涉足现实题材写作为标志，两路写作大军互鉴互学已成风气。特别值得期待的是，当红网文作家通过长期形象思维锻炼之后深入生活，必将写出有影响力的现实作品。

五、融媒体机制中纸介功能的转化与不可替代

文学的“纸介”是一个“经济文化事实”。它包括作者、编者、读者一支队伍，包括出版、印刷、运输、发行、行政等一套机构，也包括接受前文化和接受后文化一种生活方式。这一切都与文学以纸为介相关，介体变了，这一切都将改变。

如同艺术并没有什么先进与落后之分一样，艺术的介体（不同于媒介与媒介对比）也没有什么先进与落后之分。文学的介体由纸介换成以互联网为龙头的融媒体，纸介仍起着互联网所不能起的作用——特定群体的覆盖。除此之外，“物的依恋”将成为纸介的永恒魅力。而且，融媒体越是发达，社会信息化越是深入，这种依恋心理反而会越来越重。例如，“我的书”“我读书”便与从网上调出一段看上几眼其内在心理大不相同，在家读书与到图书馆浏览其内在心理亦大不相同。这当然也是一种“文化化”，与接受有关，但不是接受本身。可以断言，随着生活的现代化、工具化，书报刊作为文学的承载体，其功能将向礼仪的承载体转化。

本书将互联网同纸介一样界定为文学的“第二物质载体”，以区别与语言文字这一文学的第一物质载体，目的在于强调两类物质载体对于文学（作为艺术的形式、种类）作用的差异性。把艺术构思确定在特定的物质材料上，这是艺术传达的第一层次，即由（头脑中的）构思到作品凝就的阶段；把作品通过特定的物质载体传播开来，唤起接受，这是艺术传达的第二层次，即由艺术形态（作品）向其文化形态转化的阶段。作为文学第二物质载体的纸介和互联网，其实各自的功能又可分为两类：一类是文字（中文、外文在这里都一样）的物质显现，另一类是传播工具。文字是写在纸上（手稿）还是印在纸上抑或是以电子光点显示在屏幕上，不影响人的感受方式。但是，是装订成书传递还是折叠成报纸传递还是靠光纤传递，都影响到人们的生活方式，给予人们不同的文化效应。融媒体实现后，作为实用传播手段，“全要素”方式和先进技术传播方式将是人们的首选；作为文化生活，例如礼仪、纪念，方便情感表达和符合特定氛围则成为人们对媒介选择的考量。因此，在文学文化前进的历史阶梯上，甲骨、帛书、碑刻、纸介、互联网、融媒体，以及因物质原材料的不同而产生的不同字形、字体，都不会在新文明面前失落而转化为唤起情感的对象。而且，实用传播技术越发达，利用率越高，那些留在历史阶梯上的传播手段和物在越有魅力。

六、到哪里去寻找真正的接受效果

2010年，国务院发布《推进三网融合的总体方案》。此后，一个技术改变媒介、媒介催生新的经济形态，也最终改变艺术生产、营销模式的复杂过程开始了。戴清在《媒介融合：在技术与资本的牵引下》一文中说：“……互联网对整个传统行业的冲击和改造犹如一场看不见硝烟的战争，博弈、淘汰不过弹指一挥间。共赢是理想状态，传统媒体的压力无需多言。”“电视台的收视率魔咒从来不曾破解，如今又增加了播放量的魔咒，收视率、播放量背后是观众的选择，是市场的导向。在此，可能不应忽略，知名度和美誉度的差异，特别是视频点击率的攀升，未必是由作品质量的美誉度所引发的，很可能是宣传营销博眼球所致。此时，‘酒好不怕巷子深’，已变成‘酒好最怕巷子深’，因为艺术的他律过于强大，越是好作品越容易曲高和寡，如果缺乏强大的营销宣传，则注定如雨落大海，寂寂无声。”（《当代电视》，2016年第9期卷首）以上所引提出的核心问题是：强大的营销宣传会不会造成知名度对美誉度的覆盖？戴清讲的是融媒体运行下的电视艺术，其实，这个问题也是网络文学发展中的问题。2014语境中出自评论家的言论，很少有以传播与接受效果的关系为议题的，原创网站的执业者因对市场高度敏感，所以较及时地提出了一些期望。李贤在《对影响网络文学品质的几个因素的考察》一文中说：“无线兴起，原创文学网站是几家欢笑几家愁。比起上世纪末至本世纪初原创站长吃力支撑服务器费用、作者稿费福利、人员运营成本而言，无线阅读的快速、大范围的版权变现，给原创界带来勃勃生机。同时，无线阅读的兴起，使先前的内容为王转变为渠道为王。习惯于纯手工打造的原创网站，转变成为CP（内容提供者）。角色转换中，需要更多关注无线市场，如果顺利铺陈布局，自然千树万树梨花开。如果固守执念，往往底盘太重难以瞬间华丽转身。对于做新站，立足未稳的小伙伴们，在这场变革中便成为首当其冲的‘受害者’……”（《网络文学评价体系虚实谈》，作家出版社2014年版，第225页）“……我们期待有关主管部门出台一个明晰的、相对完善的规则，让原创文学可以在一个健康的机制下发展，使阅读产业从渠道为王重新转到内容为王的正确轨道上来，使文学网站全体从业人员有底气、有希望、用心做内容。”（同上书，第228页）

《媒介融合：在技术与资本的牵引下》和《对影响网络文学品质的几个因素的考察》两文，都涉及了传播力度与社会效果的矛盾，前者所议“艺术质量”高与接受度不成正比，后者所议“原创打不过强力推送下的非原创”，都属这一性质的问题。随着技术的进步、资本的持续注入和融媒体的深化，内容产业中的这一矛盾日益突出。

具体到网络文学产业，可以做出以下预测：1. 与电视产业“播放量代替收视率，收视率代替接受度”相一致，网络文学“点击率代替接受度”的状况将长期存在。2. 机制、技术对信息的取舍、改造，使信息的有效传达带上了极大的偶然性，这也就是人们常说的“话语权”对话语的覆盖作用。奥运会游泳运动员的一句平常话，“洪荒之力”迅速成为热词，就是这种偶然性和覆盖作用存在的生动体现。文学商业机制即资本对信息的选择性推送表现为对作家作品的选择性推送，受众因此所接受原创信息的可能性会大大减小，媒体视角下的“创意”会高程度地覆盖真正的创意，从而对文化创意的社会实现发生重大影响。

拙著《文化产业创意学》（花山文艺出版社2018年版）对媒体、对信息的异化作用作了较为详尽的分析。信息与媒体是对立统一关系。一方面，信息离不开媒体（即物质载体）。信息本是事物存在（运动）状态的显露，没有媒体就无所谓信息。媒体是信息传达的工具，没有信息也就无所谓媒体。但另一方面，媒体毕竟是信息传达的工具而不是目的，媒体的力量过于强大，信息便会扭曲变形。有一个笑话说，组织几十个人，从第一个人将一句话传过去，传到最后一个人，其意思会完全改变。这个道理也存在于一切媒体与信息的关系之中。

文学的传达并不止步于构思确定在语言文字之上，它还要从作品出发，去寻求接受。纸介、互联网就是文学再传达的工具。文学作为意识形态，它对经济基础的反作用部分地取决于通由媒体的“灌输”，部分地取决于作品（内容与形式之统一体）与接受者心理对接的程度。灌输力和作品的可接受度又是相辅相成的关系，任何单一元素都不是万能的。现实主义文学由于其内容强烈的功利性以及与政治、文化思潮的合一，常常具有广泛而强烈的接受效果，其灌输力来自文学与其他意识形态的合力，由精英文化层向草根民众传导，其媒体的作用并不突出。非现实主义文学基本上靠文本的劝善与娱心相结合及文化氛围构成传导力，“灌输”作用和媒体作用都不太突出。媒体对信息的异化作用来源于资本、正是文学的产业化推高了媒体对信息的改造作用。如《文化产业创意学》所强调，“媒体”这一概念与“媒介”大有区别。现代媒体已经是文化产业的一个重要的业态，有的媒体兼营物质产品，有的媒体是上市公司参与资本运营。而且，就某一特定媒体机构而言，虽然它经营的是信息，但信息的内容又常常与其他所营产业构成利益关系，充当其他产业产品的广告。同时，由于是信息产业，一般商品生产的负面效应也会发生，如马太效应等。通俗网文的内容不具备现实主义作品那样强烈的功利性，因而它的内容不能形成强烈的灌输力；虽然商业网文机制以接受为圭臬，但文学“供给侧”对消费的影响不可小觑。因此，通俗网文机制中的“媒体”本身就是强大的灌输力。戴清所谓“收视率魔咒从来不曾破解，如今又增加了播放量魔咒”，其背后的推动力是社会信息化的深化。正是社会的深度信息化（以融媒体的实现为标志），导致人人抢占信息高地——不仅是质，而且是量或首先是量。与此相一致，文字的推送力（灌输力）也越来越大，已经形成对“点击率”的覆盖，左右着点击率。

“媒体”（资本、技术、机制）灌输力的强大将造成文化传播上巨大的惯性。一方面，这一机制一般不会给受众十分陌生的原创内容进行灌输，也不会考虑“全要素”中的非主流创作和接受。这样，如前所述，创意的社会实现就增加了难度，网文创新很难实现，新的“大神”也不会再出现。另一方面，点击率代替接受度，推送量代替点击率（即在“硬供给”下受众的习惯性接受的强化），将导致信息内容传导上的泡沫化。举例说，假如一张报纸印了30万份，甚至也卖出了30万份，但读者并未真读——如果以卖出了30万份或者以30万份的印数作为接受效果向广告投放商交代，岂不是骗了广告商吗？

七、融媒体机制和理念下艺术与文化的反馈

很早就有人注意媒介与信息的关系了。意大利学者马歇尔·麦克卢汉的著名论断“媒介即信息”“媒介即人的延伸”早已为中国学界所熟知，更为许多网络文学论文所征引作为立论的依据。

麦克卢汉认为，媒介本身才是真正有意义的信息。对于社会来说，真正有意义的信息不是各个时代的媒介所传播的实用内容，而是特定时代所使用的媒介的性质、它所开创的可能性以及带来的社会变革。人类只有在拥有了某种媒介之后才有可能从事与之相适应的传播和其他社会活动，媒介和社会的发展史同时也是人的感官能力由统合到分化再到统合的历史。

麦克卢汉理论的基点是错误的。

1. 麦克卢汉夸大了媒介技术对感知觉的影响。例如：部落人感觉器官使用上的均衡性的打破，并非由于文字的发明和使用。也就是说，后者不是前者的充分必要条件。它们同是以使用工具和制造工具为特征的劳动、物质生产和社会实践的产物，是“自然的人化”的一体两面、内在自然与外在自然改造的相携并进。同理，这种均衡性在更高层次上的恢复，也并非由于电视和互联网的发明和使用。

2. 麦克卢汉夸大了媒介技术对社会变革和发展的作用。所谓“媒介即信息”，有合理性的是它蕴含着媒介“影响我们理解和思考的习惯”之意。的确，媒介对人们的生活方式、生产方式有着巨大影响。自然科学越来越通过工业（广义）进入人的生活，从而为人的解放做准备。但是，离开生产力发展的总体和生产方式变化的总体谈媒介对社会和生活的改变，则无疑是舍本求末。同时，人类历史进程是一个“自然的历史进程”，作为实践主体的人，是这一进程的目的而不是工具。也就是说，媒介只能为人所用，为传达信息（内容）而用。第四次工业革命的本质，就是“以人为本”，在克服各种异化中前进。“媒介即信息”即媒介技术对信息（内容）的异化也在被克服之列。

考虑到麦克卢汉理论对2014语境特别是对网络文学的发展预测的

深刻影响，有必要在充分吸收这一理论之合理性的基础上，对几个与此相关的关键问题作一阐释。

1. 文学的“艺术性”将继续被重视。这实际就是一个文学的通俗化问题。文学作为语言艺术的本性不变，但一定会充分运用语言的综合艺术功能向读者靠近。

2. 媒介的发展史确实也是人的心理感受形式由统合到分化再到统合的历史，融媒体机制的功能的确有助于人的心理感受形式的统合。但不可忘记，第一，这种“仿佛是向过去的回归”是包含了以往历史的全部丰富性的。也就是说，就艺术而言，人类所创造的一切艺术形式都将保留下来，其“保留下来”的意义也并非全部和永远地进入博物馆，而是通过文化创意不时被“钩沉”出来成为“现实的”艺术。在内容产业机制之下，戏剧、电影纷纷“上网”，这其实是对原味的颠覆。这种观赏方式是需要的。但人在现代媒体面前并非完全被动：“回到剧院、影院”仍是文化生活的重要选项；在“分立”之前提下，通过艺术与文化的反馈（美的凝聚和消散）形成产业链，分别以特定艺术品种和作品为中心通由接受而展开和以原创作品的版权出售而展开。这就是融媒体条件下人的心理感受方式“统合”的外在方面的含义。至于艺术形式的统合，已经在电影身上实现了。《文学艺术创意学》一书指出，艺术种类的创新到电影便已终止，以后便进入亚艺术时代，即行为艺术、现代派艺术等纷纷登场，各种由艺术向文化的过渡态比比皆是。从艺术的物质载体的无限扩大、回归（如陕西以砖石为乐的说唱）到传奇—游戏化网文的“内文化化”，反证着电影的出现意味着人的艺术感受方式均衡、综合已经完成。第二，衣食住基本满足前提下的物质享受，已经有了文化的含义。这意味着，原本并非审美器官之功能的人的嗅觉、味觉、肤觉等，也纳入了审美的统摄之下。麦克卢汉的理论，只有在此意义上才有价值。第三，人的感受方式的统合，是建立在实践的历史成果“分”的基础上的统合。也就是说，“统合”意味着一种建立在政治、经济、文化和自身能力基础上的一种可能性，一种可实现的多样的人类精神需求。与此同时，分门别类的对信息对艺术的需求能力会保留下来。第四，前文强调，媒介是生产力、科技的重要的历史尺度，也是社会生活改变的重要力量，但并非唯一的尺度和唯一的力量。这里强调，媒介所提供的内容是重要的信息，它们直接作用于文学，间接作用于生产力。

总之，对网络文学做出正确的预测，有赖于对“网络文学”的正确的认知。也就是说，要对“网络”对文学发展的影响有一个恰如其分的估计。例如，决定“人人都是艺术家”“人人都是作家”的，并不只是更不直接取决于互联网的发明和应用。网络文学评论中的部分言论主张到“网络性”中去寻找网络文学的本质特征，就侧重某一方面的研究而言是可以的也是必需的，但不能代替从特定生产方式中的寻找。在这个语境下，我们要再次强调“三化”（社会信息化、文化产业化和经济全球化）对文学系统运动的决定性作用。自20世纪与21世纪相交时期起，不少有影响的作家不断提出“当生活超过了文学”“信息的超现实主义力量超过了虚构”的问题，不少文学报刊和文体打起了“非虚构”的牌子，“写什么”的重要性远远超过了“怎样写”，文学的题材热点领域由现实转向了传奇—游戏……所有这些文学事实都说明，社会的深度信息化已经深度地改变了文学整个动力系统的运行轨迹并成为所谓“网络文学”产生的直接原因。在社会信息化所催动的文学运动中，互联网不过是个工具，是“文学＋”的一部分。从1993年起步的文化产业化不仅造就了通俗文学的产业化，而且，它也使整个文学的艺术—文化反馈成为文化产业的业态链条，使整个文学运动置于现代市场经济体系之中。在文化产业中，互联网是出售内容（信息）的工具。经济全球化的实质是消除文化产品的关税壁垒，这使文化产业得以在国际文化市场中运行，从而大大加重了文学抢占信息高地和争取市场回报的内生力。

八、价值观是不能回避的

前文论述了作为本体的善——社会存在对于文学中善的表达的决

定作用，以期揭示传奇—游戏化网文特殊的善的表达方式。2014语境之后，有游戏化倾向的网文并未像批评家所期望的那样，通过剔除网游化倾向而“摆正”价值观，而是通过剔除文中的社会组织、社会元素而淡化善恶。文本的传奇性和游戏化相结合，通过传奇达到了极端游戏化，通过游戏化达到了极端的非人间化。传奇—游戏化网文于是一方面突出了接受上的“爽感”和文本的娱乐性，另一方面又避免了“娱乐”主旋律；传奇性的设定增强了“代入感”，但也加重了间离效果。这样，善的传达便越出了文本，而表现为接受（即娱乐）行为本身。传奇—游戏化网文的内容已难以承载善的感召任务，它存在的价值就是为了使劳动者得到休息。

融媒体条件下有着巨大接受效应和产业成绩的当然不只是传奇—游戏化网文。2018年电影《流浪地球》热映之后，受众对科幻类网文的兴趣大涨。与传奇—游戏网文和历史—穿越网文不同，科幻网文是面向未来的。科幻作为一种文学形式，是有着价值观传达的功能的。电影《流浪地球》就传达了不同于西方“某国优先”的利他主义价值观。如果说，现实主义文学突出的是个体与社会、阶级之间、种族之间的矛盾，科幻文学突出的则是人（类）与自然的矛盾；前者以代表历史趋势的善战胜反动势力的恶，后者则以“人类为本”“和衷共济”而体现驾驭自然的善。

总之，劝善与娱乐是通俗文学的两大主题，且二者常常交织在一起。当文本完全躲避了价值传导之时（这样做十分困难），也就是文本走出艺术边界进入一般文化品之时。

九、摆脱网络异化将成为未来生活的一大主题

麦克卢汉“媒介即信息”理论的错误之一，是忽视人在现代媒介技术中生活的主体性和能动性。与社会发展的动力决不仅仅来自媒介之变、媒介不过是科技进步的尺度之一相一致，人的主体性和能动性也决不仅仅是源于媒介异化的激发。后工业社会到来之前，这种主体性和能动性主要表现为对社会的改造和对自然的征服，后工业社会到来之后，这种主体性和能动性则主要表现为建设和谐社会和对自然的修复。“一国两制”“建立人类命运共同体”“多边主义”等，体现着政治家的自觉和自醒。“人人都是作家”体现着对社会分工的否定（哲学意义）；传奇—游戏化网文则是对艺术功利性的超前否定；旅游的日渐火爆体现出两个文明在个人生活上的历史性对接……

网络生活也是这样，它会表现为一边享受媒介科技所带来的便利的同时，不断克服它的异化作用。网络的离间效应会“刺激”各种玩伴团体疯长；高科技下的生活使人更感到“相聚在一起的需要”；“人人都是作家”本身就是对信息强媒介推送的一种反抗；阅读现实主义经典会像回忆人的孩童时代（人类的“史前”时期——马克思）那样自觉和必须；与人的情感需求相一致，读传奇—游戏化网文的人会逐渐减少……

第二节 内容产业机制下的文学

“内容”（Content）指的是媒体所承载和传播的信息，有人将其戏称为“流过”光纤宽带那条管子的所有节目。欧盟的“Info2000计划”中对内容产业的定义是：制造、开发、包装和销售信息产品及提供相关服务的企业和企业行为。其中包括印刷品（书籍、报刊）、电子出版物（联机数据库、音像制品服务及电子游戏）、音响传播（电视、录像、广播、电影院）以及游戏、课程等软件。1997年，美国制定了“北美产业分类标准NAICS”，“信息业”成为其中一个新的二级产业，其定义与欧盟的“内容产业”的定义大致相同。

事实上，西方的定义并未反映出内容产业的本质特征。与许多自发达国家译介过来的经济词汇的命运一样，“内容产业”译介到中国后的很长时间内基本上属于一种“意识形态泡沫”，这是因为中西方并不处在同一发展阶段，“内容”成为产业需要条件，而中国在这一词汇译介过来的相当长一段时间内并不具备它形成的条件。与“融媒体”一样，“内容产业”是一种业态，同时也是一种操作理念。

就独立的业态而言，内容产业的形成需要以下条件：一、融媒体技术条件的具备；二、融媒体机制、体制的形成；三、与以上相联系，特定内容（信息）对其传统物质载体的依存度大大降低。例如：以往当说到“我在看报”时，其实说的是正在看“纸介报纸所承载的文字或图片内容”，而今天，不仅纸介已不是文字和图片的唯一承载物，而且它们还可以在不同承载物上相互转换。四、文化产业各业态的市场主体地位确立。五、版权交易得以在知识产权保护的法律环境下进行。六、信息产业对GDP的拉动作用越来越大。

就一种操作理念而言，内容产业是一种利用全媒体生产和出售内容的产业。不同媒体类如不同的摊位，也类如产业的上下游。

因此，所谓“内容产业”，是包括以上若干客观条件（商机）和操作理念的信息产业。

融媒体（内容产业的前提）和内容产业条件下的文学将会发生什么变化呢？

一、文学文化被影视文化所覆盖的状况不会改变

这里有两个要点：1. 这里指的是一种文化覆盖，即文学动力系统弱于影视动力系统；2. 这里的“覆盖”不等于“代替”，即文学文化仍有展开的空间。

新时期文艺史上有一个影视文化特别是电视文化覆盖文学文化的时期（参见本书有关章节），融媒体实现后，这种覆盖增加了在互联网机制中进行这一新方式。由网文出发的版权转移程度越高，文学文化被覆盖的程度越高。从业态发展的角度看，写手和商业网络机构在这种文化覆盖中是不会吃亏的。但是，这会极大地削弱文学本身的传达。在这种文化覆盖下，哪一种文体能够既保留文学的直接可传达性（注意：不是点击率）又能有较大的版权转移力度，就是一个非常值得进行市场调研的问题了。

二、融媒体和内容产业的实现使“网络文学”的称谓失却存在基础，文学系统整体的差异性凸显

“网络文学”名称与相关文学事实产生以来，关于“网络文学是什么”一直各说各话，并未进行过真正的理论交锋和形而上的思辨。正因为如此，许多学人所热切呼唤的网络文学的评价体系一直未能建立起来。融媒体和内容产业的实现为回答“网络文学是什么”和建立评价体系提供了契机。在融媒体和内容产业的机制、理念之下，特定文学形式离开它固有的媒介襁褓和产品营销模式，其“网络性”之外的其他特性便凸显出来了。通俗网文由于与互联网相携而至（中国接通互联网服务是在1995年，《第一次的亲密接触》发表于1998年），其受众广大与产业化以及二者结合（即经济效益与接受效果在特定文学形式运行中的统一）的特性便被“网络性”以偏概全了。同时，“网络文学”作为艺术现象和文化现象，还与特定的政策、法规环境以及社会氛围紧密相联。融媒体与内容产业实现之后，以上这些作为“网络机制”的元素其相互间的依存关系充分显露，“文学与媒体”的逻辑联系将让位于“文学与机制”。可以想见，历史上很可能有一个对文学印在纸上感到新奇的时期。随着语言文字与纸介联系的常态化（漫长历史），“纸介文学”也许消失在流行中，也许根本就没有出现过。至于后来“纸介文学”的提起，则是另外一个话题。

“网络性”的神秘感（即给人以对文学的唯一决定性的错觉）破除后，文学系统运行中的差异性必会引起高度注意。

三、现实文学的新动向

新时期现实主义文学落潮之后出现的“雅俗分野”，终于在通俗网文的牵动下发生了变化。1．2014语境之后，“现实主义”与“现实题材”两个概念的界限逐渐模糊了。《2017中国网络文学蓝皮书》写道：2017年，“现实主义成为中国网络文学‘主流化’的年度旗帜和风向标，现实题材作品的大量涌现，成为2017年中国网络文学创作的一大亮点”。（《文艺报》2018年5月30日）“重大现实题材创作成为热点。反映革命、建设和改革开放40年以及‘两个一百年’奋斗目标、中国梦、四个讴歌的严肃现实主义作品，成为中国网络文学现实题材年度重点主题。《复兴之路》《诡局》《秋江梦忆》《宿北硝烟》《欢乐颂》《大国重工》等成为现实重大题材创作的优秀作品，‘工业强国流’‘大国重器流’开始成为网络文学现实重大题材的重要潮流。”（同上）以上引文并没有对“现实主义”与“现实题材”作严格区分。大家知道“现实主义”作品与“现实题材”作品是有着原则区别的。现实主义是一种创作方法，关于现实主义的理论虽然自其产生以来已发生很大变化，但“在写出真实生活细节的基础上塑造典型环境人物”却作为内核一直被公认。而“现实题材”的创作则是一种关于作品内容的规定。同时，2014年文艺座谈会以来，各地办了许多创作培训班，有叫“现实主义”的，有两个名字混用的。之所以出现以上情况，根本原因在于在文学实际中，两个概念已有了交集，现实文学正在转型。2．现实文学的转型有两个方向，第一个朝纪实发展，第二个是通俗化。社会信息化的确在一定程度上覆盖了文学的虚构。一位作家说：面对媒介提供的人物、故事和主题，你是去演绎还是另辟蹊径？其尴尬形态溢于言表。但是，文学的虚构功能还在。以语言及其符号文字直接唤起人的表象和想象，这本身就是虚构；与此相一致，状写人物、叙述故事，揭示心理，都是虚构。这意味着，文学形式不但新闻无法代替，其他艺术形式也无法代替。在社会信息化覆盖下，文学开始“抢占信息高地”。除了在“写什么”上与新闻争夺高地之外，“搭载法”也是抢占信息高地的一大创意。文学的重心转向报告文学，就是在信息传达上搭新闻的车。报告文学的选题一般是重要问题、重大事件、重要人物（人称“宏大叙事”），这些报道对象一般都是媒体报道过的，其中大多数已是媒体热点。文学的重心转向报告文学，等于丢掉了一部分虚构功能，即在主题、人物、情节（写什么）等方面要么自己有新的发现，要么搭新闻的车。但虚构的另一部分功能却在“纪实”的大框架下保存了下来。在现实文学与纪实手法相结合的同时，虚构则与传奇、玄幻类相结合。融媒体实现后，这些文学形式已不再以“传统文学”“网络文学”相区分。

从文学是一个动力系统的观点看，现实文学向着纪实发展，有着深刻的政治、经济、文化的根源。2008年～2018年是报告文学的大发展时期（这里的“报告文学”，包括传记、“纪实文学”等），也是通俗网文的大发展时期。这是文学史上又一次大的文体变更，是20世纪80年代中后期至90年代中期发生在小说内部的“雅俗分野”的延续。可以预期，“报告文学”的概念还将扩大，整个现实题材文学将朝着“纪实—现实”发展。

出现这样的行文，其根本原因在于现实题材文学正在通俗化。以文学作为整体系统考量，即便在现实主义文学高潮中抑或稍后，通俗现实题材文学也是存在的，如20世纪80年代张恨水等人的小说的流行。

现实题材文学的通俗化有着广阔的道路。从标题制作到语言都向通俗网文学习的《从呼吸到呻吟》等现实题材小说的成功，并不说明这条道路的唯一性、至上性，《2017中国网络文学蓝皮书》说：“2017年中国网络文学创作的基本状况是：现实类创作增长显著，幻想类小说依然在整个创作中占比较大，历史及其他各个类型都有代表性作品出现，但同质化、模式化和低俗、庸俗、媚俗的倾向仍然存在。”（同上）从语境分析，这份蓝皮书所说“低俗、庸俗、媚俗的倾向依然存在”，针对的对象包括“现实类”小说。其实，现实类小说“三俗”情况一直很严重。自新时期文学“雅俗分野”起，“三俗”就与通俗文学如影随形，以至于后来又登上了互联网。“通俗文学”这一概念的规定性有着不同时代的侧重，比如有鲁迅论宋平话时所讲的“俗文”之内涵，有与新时期现实主义文学落潮后与“雅文学”相对应下的内涵，甚至也有人认为就是“三俗”。在融媒体和内容产业条件下，现实题材的通俗文学就是在法规允许下能够走向市场的以社会生活为题材的文学形式。这种文学形式虽然离开了现实主义，但仍以善的传达为宗旨和核心的功能；虽然不再有轰动效应，但接受面广大；虽然有的作品娱乐功能很强，但仍置于“劝善”的统摄之下，有的则以喜剧这一美的形态表达。

四、固守和开拓其他艺术种类不能为的手法

在文化覆盖条件下，只有将文学更加“文学化”，才是固守文学领地的有效方法，也是文学创新的出发点。

1．让语言大放光芒

语言文字是文学的第一要素，但这个常识被现代生活中的人很大程度上遗忘了。社会的信息化驱使着作家高度重视“写什么”而忽视“怎样写”。“怎样写”其核心就是语言文字的运用和创新。通俗网文的成功，一个重要的原因就是语言的创新。尽管这种创新建立在对汉语体系一定程度的颠覆之上，但不能不说，这种颠覆正应和了现代人的某种心理需求。正因为日常生活太令人烦躁，文学的传统语言正日益变成生活语言，人们才对那些“网语”感到新奇和刺激。如同生活中常常故意读白字一样，通俗网文的许多语言（特别是对话）也有类似的戏谑、调侃的效果。通俗网文在语言创新上的巨大成功（指接受力度）使我们反思：依托于规范的语言创新是不是停滞了？从生活中汲取语言源泉的文学创新是不是停滞了？作家和作品语言的个性化是不是大有缺失？所谓“文学的艺术性”，其第一位的任务便是拓展语言的艺术张力。正是语言这一物质手段和直接唤起人的表象和想象的心理感受形式，使文学与其他艺术形式区分开来；也正是人有通感的心理功能，给语言的文学创新奠定了基础。通俗网文作者长于从“信息”中创新语言，但这个创新基础毕竟是被媒体改造过的；将创新的基础回归生活，必将大有作为。

语言创新的方向之一，是以体裁为导向。小说有小说的语言，散文有散文的语言，争取文学语言的体裁化就会收到创新之效。

语言创新的方向之二，是以创造角色语言为导向，当代文学这方面的问题最大，常常是百人一腔。语言角色化也是文学创作的一大难题，就连名著《红楼梦》也存在这方面的问题：作者常常徘徊在表现与再现之间。本来，现代生活中新的行业、职业和新的社会角色层出不穷，为角色语言创新提供了条件。只要作家们肯下工夫，摒弃“快餐式”操作方式，真正地深入生活，就一定能够做出成绩来。

语言创新的方向之三，是向外语语系学习语言。通俗网文有一种将外文（特别是英文）与汉语生硬嫁接的通病，这是不可取的。改革开放以来，社会其他领域使用语言夹杂英语的情况也越来越普遍。其实，这是翻译工作不到位所致。向外语语系学习语言，翻译是第一手段。就是说，翻译本身就是学习，就是创新。作家当然一般不负责翻译，但仍可以向外语学习。徐迟的报告文学《哥德巴赫猜想》中对西语的借鉴就是成功的范例。

语言创新的方向之四，是向古人和经典学习。这一点不是新论，已为众多学者所指出，故不再赘述。通俗网文中恶搞、戏谑经典句式的倾向应该根除，如果在带来娱乐效果的同时不亵渎庄严和崇高，则不失为一条依托经典的语言创新道路。

2．开拓心理描写的新天地

戏剧和电影是“行动者的艺术”即动作艺术，主要靠形体、表情等外部表现来演绎故事，虽然有“独白”“旁白”“抒情唱段”“字幕”“画外音”“心声”等手段用以展示心理活动，但都属于“无奈之举”“没办法的办法”，而且，这类手段用多了，还会影响戏剧性。有些心理描写必须表现为叙事者（作者）所加，因为具体行为前中后的动机要靠分析和揭示，行为者（剧中人）怎么想，谁也不知道；也只有由叙事者加上去，才能保持作品的再现风格。因此，由叙事者所进行的心理描写，是文学的独有天地。同时，由于行为者（剧中人）的具体心理活动对揭示行为动机有意义的是心理活动的内容而不是形式，所以，文学的心理描写也是任何现代心理测试所无法替代的。司汤达的《红与黑》写道：“于连的心里，一向是为怀疑和骄傲两种观念痛苦着，他正需要一种自我牺牲的爱情，可是在这样伟大的、无疑的、每时每刻都有新的牺牲的面前，却使他的这两种观念不能撑持下去了。他敬爱德·瑞那夫人。‘她枉自尊贵！我是工人的儿子！但是，她爱我……我在她的身旁，不是一个兼任情人的仆人’。一旦这恐惧离开他的心理以后，他便坠入疯狂的恋爱里和爱情的剧烈的震撼里。”（［法］斯汤达：《红与黑》，罗玉君译，上海译文出版社1979年版，第150页）爱有动物性的欲望性，也有社会性的观念性。司汤达这段心理描写将这两个特性的矛盾冲突所造成的痛苦写得活灵活现，也把这两个特性的统一所造成的欢乐写得真实可信。在文学经典中，这样成功的心理描写俯拾即是，如安娜·卡列尼娜自杀前的心理描写，奥斯特洛夫斯基笔下保尔·柯察金对生命的体悟。人的心理活动是极其复杂的，既有固定理念，又有“一念之差”；既有理性，又有感性；既有理性与感性的矛盾、冲突，又有二者的交融统一。至于心理活动所涉及的内容，则更是无法归纳也难以分析了。因此，既有经典没有也不可能穷尽文学中的心理描写，其他艺术形式也难以替代文字描写。在融媒体和内容产业时代，文学心理描写不但仍然是文学的领地，而且是文学创意的重要出发地之一。传奇—游戏化网文由于多用“随身老爷爷”“金手指”等游戏设定，故而在淡化“情境”的同时其心理揭示的魅力也有所减弱，这是一个问题，当然也是一个创新的课题。

3. 在融媒体和内容产业机制、理念下重振报告文学

报告文学于1958年被“正名”，现代文学史上的第一篇报告文学公认为夏衍的《包身工》。一般认为，报告文学特性有三点，即新闻性（纪实性和信息鲜活度）、政论性和文学性。新时期现实主义文学落潮之后，报告文学的命运可说是一波三折。作为“雅俗分野”的重要组成部分，报告文学的“俗化”表现为两个方面：第一，与所谓“文化搭台、经济唱戏”之文化风潮相一致，报告文学一度成为名人（又大多是经济生活中的主角）传记、产品软广告、家族企业和个人创业史，以此类“报告文学”为中心的文学动力系统形成了一个独特的“亚艺术体”。这个亚艺术体以以下几点为特征：由所传者出资文

人劳动，实际上的买书号买版面和自我终审，书报刊一齐上，赠书和发书代替发行，与以上相关的文化活动极其繁盛。另外，与所谓“大文化建设”风潮相一致，报告文学一度成为“纪实热”中的重要内容。20世纪90年代初，文坛一股“纪实热”涌起，其深刻的政治、文化、经济原因有待另文深入探讨。这股“纪实热”涉及文学、音乐、影视等多个领域，其中的“纪实文学”所写对象主要是一些“神秘人物”和“神秘事件”，其内容又多是个人生活方面。此类“报告文学”的动力系统也形成了一个独特的“亚艺术体”，它以以下几点为特征：接受面广大、实际上的买书号买版面和自我终审、书报刊一齐上、产业化、创立发行的“第二渠道”。

之所以将以上两类文本归为报告文学发展的一个环节，是因为二者具有一个共同特征，即打的是同一个旗号：纪实。虽然传统意义上的报告文学就个案而言也存在一个“失真”的问题，但一是比例较小，二是主要在文学性与新闻性关系的处理上。也就是说，就传统报告文学的整体系统而言，真实性是第一追求，是宗旨、圭臬。雅俗分野中的“报告文学”却不同，它们或受广告、包装的理念影响太重或受求卖点理念的影响太重。

与小说等虚构形式走向所谓“雅化”相一致，此时期的报告文学也有“雅文本”出现。但是，亦如“雅小说”的命运一样，它们被遗忘在了意识形态的流动之中。因为，它们既掀不起“纪实文学”的“接受后”文化，亦已被变相广告类报告文学的“前文化”所覆盖。

约在20世纪90年代末即党的十五大召开前后，随着社会信息化、文化产业化和经济全球化的深化，报告文学开始了新的转型。报告文学一部分逐渐提升了可信度和艺术性，另一部分则融入了“人人都是作家”这一文化形态之中。一个鲜明的例子是，同是一个知名的（例如获过“国家级”奖项）报告文学家，一只手写争奖的作品，另一只手也受雇于出资人写广告式包装式传记用以挣高额稿费。而所谓“纪实文学”则淹没在了信息的超现实力量的传播之中。至于偶尔得见的

“非虚构作品”，则一直未能重拾20世纪90年代初中期“纪实文学”的风光。

综上所述，可见报告文学自新时期现实主义落潮（它本是这一浪潮的组成部分）之后的演变受着“三化”的深重影响。融媒体与内容产业，本也是与“三化”相携而进的，二者都是生产方式嬗变的产物。那么，在融媒体和内容产业机制和理念之下，报告文学这个文学的固有领地还有开垦和播种的意义吗？回答当然是肯定的。如前文已述，不应该用同样的接受标准衡量通俗网文和其他文学样式。同理，报告文学的未来也不应该在通俗网文的产业模式中去寻找。可以预告，报告文学在融媒体、内容产业的机制和理念下，必然会以自身的独特性去寻求市场的接受和政府的购买。在寻求市场接受方面，必然会寻找可接受的“部落”；在寻求政府购买方面，必然会以歌颂核心价值与保留经典文学形式为对接点。也就是说，保留人的审美功能（即保留艺术）、保留艺术的劝善的作用是政府必须和必然的行为，而这些却正是通俗网文特别是传奇—游戏化网文所难以对接的。在文本上，报告文学与新闻争信息的鲜活是不可能了，但与其争真实性、与虚构作品争艺术性仍然可能，这就是如何在语言表达中解决纪实与虚构的矛盾；政治性仍然需要，因为报告文学的“政论性”是“夹叙夹议”以讲真实故事为主、“画龙”基础上“点睛”。而且，1993年文化产业起步以来，报告文学的政论性已经极度衰弱了。

传统的现实主义创作手法只适用于虚构，因为只有虚构才能传达只有现实性而并未“现实化”的理想；与此相联系，只有虚构才能塑造“典型环境中的典型人物”。以纪实为宗旨的报告文学由于其“政治倾向”（恩格斯语）不但不“隐蔽”（恩格斯语）反而“直抒胸臆”，从特性上就不能作为现实主义创作方法的载体。当社会依然需要文学有劝善之社会功能而传统现实主义已不复存在之时，报告文学的“体裁”便充当了“手法”（即现实主义传统手法）的代用品。（此立论参考《2017中国网络文学发展蓝皮书》，《文艺报》2018年5

月30日）换言之，只要写体现正能量（或讴歌好人好事，或写依法扬善惩恶）的纪实作品或曰现实题材作品，便能起到传统现实主义手法（通由虚构文本）原来可以达到的社会作用。

4．封闭文本，创造完整美的形态

封闭文本是艺术文化化的逆操作。顺着艺术文化化（此处特指“前文化”之趋向）规律操作是文学可预测的方向，逆操作即封闭文本阻止其文化化也是文学可预测的方向。1998年（网络文学兴起）后，体现完整美的形态的小说、诗歌、散文以及戏剧（广义）文学已很少见。可以预言，在报告文学中建构完整多样的美的形态，将是一个历史性趋势。同时，对以往文学经典（各种艺术美形态）的建构性接受也将成为新的文学运动。

第一，艺术与文化的关系是反馈关系，融媒体、内容产业的机制和理念对这对关系作用的结果是艺术走向文化化。但是，这不过是特定阶段的总趋势。生产方式在历史上某个时间某个地点（即范围）以某种工具手段（如互联网、融媒体、内容产业以及“三化”）将艺术的文化化趋势创造出来，还会在历史上的另外一个时间、地点以同样的工具手段将文化的艺术化再造出来。就在艺术文化化的同时，这种文化向艺术的凝聚也在发生着，只不过受到了文化化这一总趋势的统摄而已。前文在批判借鉴麦克卢汉“媒介即信息”理论时曾指出，人类是有主体性的，特别是进入后工业社会之后。这意味着，当融媒体的利用导致人的审美需求缺乏或质量降低（如对经典的阅读弱化而人人在低水平前提下纷纷搞创作）时，就会出现反拨；当内容产业在融媒体支持下导致艺术“扁平化”（即观赏电影和戏剧全部互联网化非影剧院化）时，就会出现反拨；当便捷的通信手段导致人的情感生活退化时，就会出现反拨。而以上三个举例，彼此之间是有联系的。当然，这里所说的“反拨”即文化化向着艺术化转化，并不是说要回到文学的创作，而是指回到与经典文学文本的心理对接、审美对接。一句话，人类需要情感，情感有两个来源，一是人生即实际经历，二是艺术欣赏。而且，社会越是稳定，人们越需要在文学艺术中培植情感。

第二，对文学经典的解构性接受已成为后工业社会的常态。这种解构性接受一般发生在对现实主义作品的阅读上。现实主义作品的“典型环境”是“典型人物”性格和行动的依据，受众由于已经远离作品内容所涉及的时代，在阅读中就常常会出现将典型环境与人物性格、行为分离的心理效果，从而造成原著在价值传导上的错位。例如，读（欣赏）《白毛女》时提出“杨白劳为什么欠债不还，为什么不诚信”“喜儿是可以嫁给黄世仁的”等奇谈怪论。对现实主义文学经典的解构性接受是艺术文化化这一后工业社会意识形态总趋向的重要内容之一。与这种解构性接受相对应的是建构性接受，即沿着文本所给予的价值导向进行心理认同。重构经典的价值内涵之所以可能，在于人类需要了解昨天。当依据当代生活所营造的悲剧、喜剧等艺术美形态难以超越既有经典时，阅读就会超过创作而成为文学运动的主流。这是一种回望人类历史的心路历程，它是现代人心理（心灵）营养所需要的。例如，抑制资本的负面作用为什么成为后工业社会的紧要课题，这一课题为什么可以也必须用法治而不能再用别的手段解决？这些问题都有必要回顾历史才能弄懂弄清。而回顾历史，除了读历史学、经济学、政治史之外，还要读文学。只有文学，才能提供活灵活现的历史。恩格斯在谈到读巴尔扎克时说：“……我从这里，甚至在经济细节方面所学到的东西，也要比从当时所有职业的历史学家、经济学家和统计学家那里学到的全部东西还要多。”（《致玛·哈克奈斯》，《马克思恩格斯选集》第四卷，人民出版社1972年版，第461～462页）

五、网络的可能性≠文学的可能性

预测融媒体和内容产业背景下文学的未来离不开网络的可能性或网络性。2014语境中便有论者认为网络文学包括或主要指的是依网络的可能性而产生的超文本、赛博文本等。

然而，网络的可能性不等于文学的可能性。1. 网络不是专为文学而生的，也不是专为艺术而生的，互联网是信息包括文艺信息传播的工具。因此，网络是文学的工具，是文学动力系统展开其艺术—文化反馈的工具。不是“网络生文学”，而是文学借用网络而展开。2. 如果承认文学有边界、有定义的话（只有这样才能研究文学），那么，技术的可能性就远远大于文学的可能性。作为动力系统，文学只能是沿着艺术形态与文化形态互转的轨迹运动，文化化是文学功能的展开，艺术化是文学功能的凝聚。3. 神话之所以属于文学在于它就是“自然形式”和“社会形式”本身，传奇—游戏化网文之所以属于文学在于它的人间性。纯粹的游戏文是游戏的“脚本”而不是文学。

据以上分析，可以断言：文学的未来不是什么超文本、赛博文本的大兴。

“超文本”即超级文本，是美国学者德特·纳尔逊（Ted Nelson）20世纪60年代创造的英语新词。纳尔逊对超文本的解释是：“非相续性著述（nonsequential writing），即分叉的、允许读者做出选择、最好在交叉屏幕上阅读的文本。”“大量的书写材料或图像资料，以复杂的方式相互联系，以至于不能方便地呈现在纸上。它可能包含其内容或相互关系的概要或地图，也可能包含自己经审阅过它的学者所加的评注、补充或脚注。”《牛津英语词典》1993年版对“超文本”的解释是：“一种并不形成单一系列、可按不同顺序来阅读的文本，特别是那些以让这些材料（显示在计算机终端）的读者可以在特定点中断对一个文件的阅读以便参考相关内容的方式相互连接的文本与图像。”超文本以计算机所储存的大量数据为基础，可使线性文本变成广泛通达的非线性文本。读者可以在任何一个关节点上停下来进入一重文本，然后再点击进入另一重文本。从而，原来单一的文本就变成了无限延伸的超级文本和立体文本（用超链接技术把文字、图片、声音、动画和影视片段组织起来的反映某信息系统的文本）。

“赛博”一词源于美国数学家诺伯特·维纳《控制论》一书。随着“赛博”一词的广泛应用，它似乎成了以电子或计算机为主的通讯和控制系统的专称。国际学界使用“赛博文本”（Cybertext）一词一般基于挪威学者艾斯本·亚瑟斯在《赛博文本：遍历文学透视》一书中所阐述的赛博文本观。艾斯本·亚瑟斯认为赛博文本不是一种新的、革命性的文本形式，它不只是在数字计算机发明之后才得以可能，它也不是和旧范式的文本截然二分的。赛博文本是透视所有形式的文本的一种视角，一种把文字研究的领域扩展到包括现今那些在文字领域之外或边缘之处——甚至因纯粹外部原因而与文学对立——的现象的方式。艾斯本·亚瑟斯将“赛博”一词用于文学，基本上取诺博特·维纳在《控制论》一书中的意义，即整个信息反馈系统。他的语境下的赛博文本，聚焦于文本的机械组织，但也把文本的消费者或者说用户放在了核心的位置上，甚至比读者—反应批评的理论家更强调消费者或用户是文学交流不可或缺的一部分。但是，赛博文本理论关注的不是读者如何结构文本，而是读者对文本的机械组织的操作。例如，读者“阅读”法国作家萨波塔的扑克牌小说《作品第一号》，不仅有像读传统小说那样的解构活动，还必须像洗扑克牌一样对故事进行排列组合。这样，读者对作品（文本）的物理结构就发生了作用。艾斯本·亚瑟斯认为，了解一个赛博文本，就是进入文本自身的机构建构中，其结果有可能对文本更加了解，也有可能失败。赛博文本与传统文本的不同，在于它还是一种操作和控制。艾斯本·亚瑟斯将与传统的“阅读”概念完全不同的这种读者可以改变赛博文本机械组织的行为称为（ergodic），由“劳作”和“途径”二意组合而成，中文译为“遍历”。有学者认为，艾斯本亚瑟斯意义上的“赛博文本”不是纸质文本与电子文本的区别，而是文本的媒介（物理结构）和语义（接受和解释）之间的区别。赛博文本也存在接受和解释的问题，但与其物理结构分属于文本的不同层面。

“文本”是汉语的既有词汇，其含义指的是书面语言的表现形式。从文学角度说，文本的意义是一个句子或多个句子的组合，通常情况下代指“作品”。相对于作者、读者和客观存在而言，文本是一个可以读解的语言系统；相对于文学的内在形式与内容而言，文本是外在的、由一定符号来表现的语言结构。英文的text译成汉语有“文本”“本文”“正文”等与作为汉语既有词汇的“文本”相近的意义，但一般用于文学理论与批评中的语言分析，与罗兰·巴特等人的语言学理论有密切联系。计算机用于记载和储存文字信息的文档也称作“文本”，这种文档不是图像、声音和格式化数据。另外，在汉语里，“文本”也用来表示特定文件或文件的纸介（本子）。如外交场合“交换××文本”。超文本、赛博文本都是计算机语言，突出的是语言形式与内容相互转圜之外的一种功能。

本书一般在“文本”的既有汉语意义上使用该词汇。与此相联系，本书探讨网络文学的整个思维路线与超文本、赛博文本的缔造者们大相径庭。在本书，是从文学动力系统出发探讨使用物质载体的可能性；在超文本、赛博文本的缔造者那里，是从物质载体的可能性推断文学的可能性。可以断言，由超文本、赛博文本的技术功能而产生的“文学”不过是一种使用计算机的游戏而已。

翻译工作对于国内社会科学的发展有着极端重要性。之所以重要，是因为难能；之所以难能，译与介即翻译与评价工作的脱节是一个重要原因。翻译与评价脱节了，我们就会在不同语境下相互纠缠不清，这丝毫无助于社会科学的发展。

六、文学文体将依托融媒体和内容产业的机制与理念极度扩张

文体的扩张在这里指的不是“内文化化”和心理对接向互动的转化，指的不是赛博文本和超文本。也就是说，指的不是文体的解体而是新文体的创生。

文学的体裁一般分为“五大件”，即小说、诗歌、散文、戏剧（文学）和报告文学。从1958年“报告文学”这一称谓产生到1998年“网络文学”问世，各种体裁内部有很大发展，如产生了特写、速写、传记、纪实文学、非虚构文等，但“五大件”的格局没有变化。纸介—互联网的文学运动中，产生了传奇—游戏化网文，尽管人们习惯上仍然将这种文体叫做“小说”，但已与传统小说有了很大区别。与此同时，许多用微信、微博传播的文本大行其道，它们至今仍在用传播方式冠名。应该为这些文本“正名”，即用文学概念命名。例如，有些“段子”，其感染力不比小说差，其思想启发度不亚于政论，应该有一个正式的名字，这本身就是一项极具文化意义的工程。下面是一则传播很广的段子：“……现在我们是：到孙子家去，到外孙家去，到可以干活、倒贴钱还不敢吭声的地方去！我们是中国好爷奶，为了完成好带孙子的光荣使命，我宣誓：要努力具备教师的水平，医生的能力，保姆的耐心，厨师的手艺，雷锋的精神，运动员的体魄，专业司机的技术，兢兢业业，努力工作！我们的口号是：当好‘孙子’，带好孙子！”你也可以说这算不得“文学”，但它拥有海量的受众，这令人不能视而不见。出了词了，便在流传中有人给配上曲子或有人录了朗诵，有人表演或唱或跳……这才是有着强烈接受效果的全媒体推动和内容转换或扩张。

此类文体之所以能够利用融媒体和内容产业（传播中信息产业经营者是获益的）机制与理念传播，归根结底还是因为它的内容和形式的可接受性。可以将它们归为与其相近的某种文学形式的亚艺术，也可以另起名字。

类似于“段子”的亚艺术体还有许多，它们是“网络文学”的组成部分，将来会有大的发展。现在迫切需要做的工作是，给它们“正名”，让它们进入文学人的学术视野。君不见，我们今日称为“小说”的文体，其宋平话时期也是难登文学殿堂的，今日称为“网络文学”的文体，也是长时期“不入流”的……

七、将产生文学接受的新形式和文学产业的新类型

作为接受效果与经济效益的结合体，通俗网文运行系统“一马当先”，成为文学产业的典型业态。在它所创造的运行理念和经营方式的带动下，诗歌、散文、戏剧等其他文学形式虽然难以由写手与读者构成直接的购销链条，但也会以互联网和融媒体为依托，以现代市场经济体系为背景，构成各自的“经济—文化共同体”或“经济—文化事实”。出版的众筹方式、产品互售方式、出版发行的社会赞助方式，都是其他形式的文学当前的产业化途径。在文化产业化深入发展的未来，可能总有一部分文学形式不能像通俗网文那样直接对接市场。因此，诗歌、散文、戏剧等所创造的、受着产业化深刻影响但又不是“标准的”产业形式的文学运营系统，将会长久地运行下去。

通俗网文的作者与读者的关系，主要还是你写我读的关系，读者参与创作、情感共同体乃至“文本打开”等，应该说只是偶发现象。通俗网文以外的其他文学形式，目前已经形成类如通俗网文那样的特定“部落”，它们或者以一个专业网站为纽带，或者以一个社团为纽带，连结线上与线下，构成“互赏共同体”。这种互动较之通俗网文的互动，又有着自己的特点。

这是一个个典型的艺术—文化反馈形态。我们把“人人都是作家”这一文化现象归结为“艺术的文化化”，主要是因为它的特征是“自产自销”，其作品没有受众。构成“互赏共同体”后，这一特征有了很大程度的改变。

“互赏共同体”形成的方向，与历史进程相一致。因此，它很可能是未来通俗网文“情感共同体”（互动）的一大补充。

第六章　加强正面引导，促进网络文学健康发展

2014年，“网络文学”在发生发展十几年之后，成为了万众瞩目的“经济文化事实”。“网络作家”作为新的社会阶层的崛起、通俗网文所创造的巨大产业成绩、网络文学受众的日益扩张、传统文学机制与网络文学机制的巨大差异、文学“两个效益”的矛盾、部分网文作品的不良社会效果，成为这一“经济文化事实”的重要体现。在网络文学发展的关键节点，2014年7月，中国作协相关部门组织了研讨会，形成了“2014语境”；2014年10月15日，中共中央召开了文艺工作座谈会。文艺工作座谈会召开之后，相关部门加强了对网络文学的正面引导力度。这一引导工作对于网络文学的健康发展而言，是完全必要的，是非常及时的。

本章尝试从学理上总结引导工作的经验，在上一章“预测”的基础上，提出科学引导和有效引导的有关思路。

第一节　引导经验的总结

2014年10月15日文艺工作座谈会召开之后，全国各相关部门普遍加大了对网络文学这一经济文化事实的引导。

一、对网络文学野蛮生长的法规治理与对其负能量的批判构成正面引导的基础

政府网络管理主要体现在法规制定和实施上，这种强行制止某种行为的方式是对网络文学的特殊引导，或者说，是引导工作的基础。2002年6月27日，新闻出版总署和信息产业部联合发布了《互联网出版管理暂行规定》，对互联网出版内容实施监管，对违反这一法规的行为实施处罚。这个“暂行规定”将纸介出版和互联网出版“一视同仁”，对违反国家民族政策、宗教政策、宣扬淫秽暴力和邪教迷信的内容坚决取缔，对出版相关内容的网站实施处罚。同时，这个规定还明确要求建立互联网出版机构的编辑责任制度，编辑人员接受上岗培训。2004年7月16日，全国“扫黄打非”办公室发起“打击淫秽色情网站专项行动”，该行动首次将“网络文学”列为审查对象，在三个多月的实施期内，取缔了成人文学俱乐部、中国成人文学城等网站，读写网、翠微网等被要求关闭整顿，起点、幻剑等网站被要求删除作品中的违规违法内容、自查整顿，一些色情读物写手从此在网络文学中消失。此后，相关部门对网络读物的管理越来越具体、精准和严厉。2007年4月，新闻出版总署发布紧急通知，要求网站立即取缔《新中华战记》等15部“有严重政治问题的网络长篇小说”。2007年8月，新闻出版总署、全国“扫黄打非”办公室发出《关于严厉查处网络淫秽色情小说的紧急通知》，348家网站被查处。2009年，国新办、工信部、公安部等多部门联合开展“整治互联网低俗之风专项行动”。10月19日，全国“扫黄打非”办公室发出通知，对包括网络小说、手机小说在内的1414种淫秽色情和低俗网络文学作品进行了查处，关闭了20家传播此类内容的网站，删除了大量的文学网页链接。2010年，文学商业网站陆续在有关部门的帮助下建立起多级审读、监督制度，过滤关键词库开启应用。2012年7月，以全国“扫黄打非”办公室将打击黑道文学作品列入打击对象为标志，对网络文学的法规监管进入了精准打击不良类型的新阶段，黑道、帮派、耽美、黑虐等类型逐渐在文学网

站上消失，“耽美小说网”的创办人被判刑。

主流媒体在网络文学的监管中也发挥了巨大作用。2012年12月8日，中央电视台播发了盛大文学旗下多家网站刊发低俗、媚俗、庸俗内容的报道，点名批判《翻滚吧，媳妇》等网络小说。

各级作协组织在对网络文学正面引导的同时，也逐渐加大了对不良倾向的批判力度。2018年10月30日，全国网络文学重点园地工作联席会议专题会议在北京举行。中国作协负责人士在讲话中指出，近年来，我国网络文学发展势头迅猛，影响力不断增强。与此同时，网络文学创作依然存在泥沙俱下、野蛮生长的问题，严重影响、制约了网络文学正常、健康的发展。官场“亚文化”小说沉渣泛起就是其中一个症候。这些小说有的主题黑暗，将所谓“黑幕”作为卖点，有的内容低俗，为吸引眼球和增加点击率加入了大量权钱、灰色交易情节。这些小说以隐蔽方式借助门户网站、微信、微博、APP等渠道大肆传播，宣扬错误、低级、腐朽、阴暗的价值观，误导读者，严重扭曲了部分党员干部的人生观、价值观，损害党和政府的形象，产生了十分恶劣的社会影响。他要求积极、主动、认真进行清理整改，切实承担责任，坚决杜绝以官场“亚文化”小说为代表的一系列违背社会公序良俗、有违社会主义核心价值观的现象。

二、实施引导的主体

实施引导的主体有中国作家协会及各级作家协会、宣传部门、统战部门、政府网络管理和文化工作部门等。

三、引导工作的对象和工作宗旨的确立

各部门对网络文学这一经济文化事实的引导对象不同，工作宗旨也有不同侧重。

各级作协进行引导工作基于“网络作家是中国当代文学创作队伍中不容忽视的重要力量”这一出发点，将网络作家作为引导工作的主要对象，致力于引导网络作家在创作中坚持以人民为中心的创作导向，弘扬社会主义核心价值观，提升作品的思想性和艺术性，让网络

文学充满正能量，在中国特色社会主义文化建设中起到重要的作用。

宣传部门涉及网络文学方面的工作对象较之于各级作协组织要宽广得多。各文学商业网站、网络作家队伍、传统文学作家队伍、纸介出版单位、网络信息产业单位等，都属于引导工作的着力点。宣传部门的工作宗旨与各级作协组织基本相同。

统战部门涉及网络文学方面的工作对象集中在网络作家这一特殊群体。靠写作为生的网络作家被称为“自由职业知识分子”，2016年后改称为“新的社会阶层人士”，同时获得这一称谓的还有职业律师、新媒体从业人员、网络意见人士等。显然，统战部门与宣传部门、各级作协的工作重心是有区别的，旨在做好包括网络作家在内的“新的社会阶层”的统战工作。2016年3月，中共河北省委统战部发起“全省新的社会阶层人士工作调研”，明确调研的目的是落实中央和省关于新的社会阶层人士工作的要求，准确把握新的社会阶层各群体基本状况，完善新的社会阶层人士统战工作的理论政策，创新思路举措，推动新的社会阶层人士统战工作迈上新台阶，为建设经济强省、魅力河北凝聚力量。这次调研设置了六个课题，分别是“新的社会阶层基本情况”（包括规模结构、分布特点、思想状况、利益诉求、行为特征和发展趋势等）、“新的社会阶层人士统战工作基础理论政策”（包括开展这一阶层统战工作的意义、指导思想、基本方针、对象范围；加强这一阶层人士培养使用，特别是做好政治吸纳的政策建议、工作的机制、方式方法和载体）、私营企业和外资企业管理技术人员调研、中介组织和社会组织从业人员调研、网络人士调研（包括新媒体从业人员基本情况，网络意见人士统战工作的目标任务、政策措施、工作机制、责任主体及数量规模、思想状况、影响力分析，等等）、自由职业人员调研（身份界定、数量规模、内部构成、行为特征、开展这一阶层统战工作的目标任务）。从河北省统战部门这次调研可以看出，统战部门与宣传部门、作协各级组织在网络文学工作上恰好形成互补，前者注重网络作家的生存状况和思想倾向，后者则注重网络作家的作品和创作情况。

四、习近平总书记2014年10月15日在文艺工作座谈会上的讲话是实施对网络文学正面引导的指导方针

2014年10月15日，习近平总书记主持召开文艺工作座谈会，发表了重要讲话。讲话科学分析了文艺领域面临的新形势、新问题、新情况，创造性地回答了一系列事关文艺繁荣发展的一系列带根本性、方向性的重大问题，体现了党对文艺工作的新思想、新判断和新要求，对在新的历史条件下开创文艺工作新局面做出了全面部署。这个讲话与马克思主义文艺理论一脉相承又有重大发展，是指导文艺工作和文化建设的纲领性文件。他说："互联网技术和新媒体改变了文艺形态，催生了一大批新的文艺类型，也带来了文艺观念和文艺实践的深刻变化。由于文字数码化、书籍图像化、阅读网络化等发展，文艺乃至社会文化面临着重大变革。要适应形势发展，抓好网络文艺创作生产，加强正面引导力度。近些年来，民营文化工作室、民营文化经纪机构、网络文艺社群等新的文艺组织大量涌现，网络作家、签约作家、自由撰稿人、独立制片人、独立演员歌手、自由美术工作者等新的文艺群体十分活跃。这些人中很有可能产生文艺名家……我们要扩大工作覆盖面，延伸联系手臂，用全新的眼光看待他们，用全新的政策和方法团结、吸引他们，引导他们成为繁荣社会主义文艺的有生力量。"（《习近平总书记在文艺工作座谈会上的重要讲话学习读本》，学习出版社2015年版，第13～14页）文艺工作座谈会召开之后，各有关部门着力贯彻习近平总书记重要讲话精神，创新工作思路，加大工作力度，对网络文学的正面引导工作出现了新局面。

2014年10月15日文艺工作座谈会后，各级作协积极担当对网络文学的组织和正面引导的主体作用，陆续出台相关措施，正面引导工作日渐深入。

1．全国各地网络文学工作组织相继建立

2015年底，中国作协网络文学委员会成立。这个委员会办公机构设在中国作协的创作研究部，在作协书记处的领导下开展工作。中国作协网络文学委员会的职能是：加强对网络文学创作的引导，催生精品力作，密切联系各专业文学网站和网文评论工作者，进行网络文学创作状况和创作队伍的调研，反映汇总作家、评论家的意见建议，举办网络文学研讨评选活动，构建网络文学理论与批评体系，配合有关部门进行作品深度项目论证工作，协助有关部门维护作家权益。这个委员会成立之后，与湖南省作协、中南大学建立了中国网络文学委员会研究基地。2017年底，中国作协网络文学中心成立，统一对网络文学和网络作家进行联络服务、管理引导。截至2018年底，上海作协、江苏作协、广东作协、浙江作协、河北作协、公安文联等成立了网络作协或与之职能相近的网络文学专门工作机构。

2．中国作协建立全国网络文学重点园地工作联席会制度

中国作协全国网络文学重点园地联席会制度于2009年建立，2014年文艺工作座谈会之后进一步完善了制度，提升了工作水平，创新了工作抓手。这个联席会议吸收了四十余家重点文学网站参加，已经召开了七十余次例会。经验证明，联席会是一个加强对网络文学正面引导的好抓手、好平台。

3．各地陆续建立网络作家的培训基地和工作机制

2016年，上海作协与中国作协网络文学工作委员会、上海大学、阅文集团合办中国网络文学委员会上海研究培训基地，至2017年底共举办四期现实、历史、玄幻、武侠类题材的网络作家高级研修班，两百多名网络作家和网站编辑受训。2018年10月，第五期网络文学（现实题材创作）高级研修班举办，来自全国的72名网络作家参加培训。2018年，广东网络作协与阅文集团旗下的九家文学网站举办了作家培训。中国作协与团中央联合举办了“网著梦想——首期全国青年网络作家井冈山高级培训班”，鲁迅文学院2017年举办了3期网络作家高级研修班。2016年暑期，河北省作协举办了由90名在校研究生中的网络写手参加的网络文学研修班。开展网络文学培训工作的还有不少文学

专业网站。2017年，咪咕文学院正式开办。自2014年文艺工作座谈会召开起，全国作家培训工作逐渐常态化、机制化。

4．网络文学评论工作逐渐加强

评论工作是有效的引导方式。鲁迅曾将文学评论比喻为“剜烂苹果”的工作，即批判坏的，褒扬好的，为作品和作家的健康成长服务。同时，“评论”也是一个具有多种工作方式的机制。开研讨会、作品推介会是评论，发表评论文章是评论，评奖也是评论。因此，搞好评论工作可以有多种手段，多种方式。中国网络小说年度排行榜、由国家新闻出版署和中国作协举办的优秀网络文学原创作品年度推介活动、浙江省的网络文学双年奖、上海市的中国网络文学年度好作品评选以及多地举办的网络文学大赛，都带有特定的视角和倾向性，本身就是一种极好的评论。一些专业文学网站主办的网络文学奖声名鹊起，影响力越来越大，如橙瓜网络文学奖。2019年，第四届橙瓜文学奖与“见证——网络文学20年”评选活动合并举行，设奖范围囊括了20年来网络文学的所有类型。中国作协建立了网络文学理论评论扶持机制，每年向全国征稿。广东省作协于2017年4月创办了全国第一家目前也是唯一一家拥有独立刊号的国内外公开发行的网络文学评论杂志《网络文学评论》。该刊面向海内外网络文学动态、文化热点进行扫描关注，对网文作家作品进行多方位、多角度的审视研究。广东人民出版社出版了由广东网协负责人主编的《粤派网络文学评论》。浙江创办了《华语网络文学研究》，由浙江文艺出版社出版。《文艺报》于2019年1月28日开辟《网络文学专刊》，每月一期，每期4版，由中国作协网文中心与《文艺报》共同主持，刊发团结网络作家、引导网络文学创作新方法、新机制、新经验的探讨交流文章，对网络文学的现象、问题、趋势进行综合研究的文章以及对网络作家作品的评论文章。“深入创作现场，关注新人新作的评论增多，在线评论持续活跃。网络文学评论开始与作家的实际创作步调保持一致，熟悉网络文学生态、关注实时创作动态，对作品进行中肯到位的批评与评论增多。网络文学在线评论非常活跃，‘龙的天空’等网络论坛，‘媒后台’‘好奇心日报’等微信公众号及其他新媒体发表了大量原创评论关注新动向和新作品。”（《2017中国网络文学蓝皮书》，《文艺报》2018年5月30日）

5．引导现实题材创作走向深入

2014年10月15日文艺工作座谈会后，各级作协加大了对网络文学现实题材创作的引导力度。2018年5月，中国网络文学创作论坛、行业发展论坛在杭州举办，该论坛对加强网络文学现实题材创作进行了充分讨论。2018年，中国作协网络文学中心共扶持网文作品38部，其中现实题材和革命历史题材作品占大多数。在上海市新闻出版局指导下，2016阅文集团旗下多家知名原创文学网站联合主办网络原创文学现实主义题材征文大赛，2018年以“写一种精神，用文字传递力量”为主题主办了第二届网络原创文学现实主义征文大赛。2015年～2017年，河北省作协连续三年举办“善行河北、美传网络”大型纪实创作活动。

6．引导网络作家深入生活

创作现实题材作品，必须以深入生活为前提。同时，深入生活也是作家全面成长的必要条件。鉴于深入生活对于相对年轻、生活积累相对薄弱的网文写手具有特殊的意义，各级相关部门自2014年10月15日文艺工作座谈会后，普遍加大了对网络作家深入生活的组织和引导。上海市作协于2018年实施了“红色足迹——党的诞生地·上海革命遗址系列故事创作项目”，由叶辛、叶永烈等知名作家领衔，部分体制内专业作家、网络作家参加，计划创作出版红色故事400篇，2018年已完成84篇。2018年3月，上海市作协启动“上海报告”系列短片报告文学创作项目。这一创作项目拟定的“开发开放浦东”“国有大中型企业改革”“司法改革”“建设自由贸易区”等40个选题，全方位、多角度反映上海改革开放的40年历程。参加这个项目的30余位作家中网络作家占了多数。2018年底，《上海报告》出版。深入生活、形式多样，曾是各级作协组织培养“传统作家”“青年作家”的有效形式。“蹲点式”“走马观花式”“兼职式”都有过良好的范例。以现实生活为题材进行纪实创作，是带有主题的深入生活，这种形式为许多单位所践行。

7．为网络作家创造与在编作家同等的条件

2019年4月3日，《文艺报》在头版头条发表题为《上海网络作家评职称开全国先河》的文章，分别以“‘写手’为啥需要职业化”“不考试职称怎么评”和“下一步如何助推网络文学发展”为子题对上海市为网络作家评职称作了报道。文章开头很吸引人：“为了不被家人知道自己从事网络作家的职业，和白领一样拎着电脑挤‘早高峰’，却是穿城而过找一个咖啡厅写作；面对孩子学校的表格，在自己的职业一栏里面只能‘委屈’写上‘自由职业者’。这样的局面在上海有了改变：和传统作家一样，网络作家也开启了职称评审的通道，有了更高的职业社会的认可度。”据该文称，3月29日，在上海，第一批10名网络作家获得了中级职称，而根据上海职称改革下一步的方向，网文写手未来还有望被评为副高乃至正高。给网络作家评职称即在职称评审中创设网络文学创作专业，是2014年以来“正面引导”工作力度最大、难度也最大的一项，它既要与国家专业技术职务的设定和改革方向相向而行，又要考虑网络作家的自由职业（自谋职业）身份所带来的评聘矛盾以及特定地区的实际情况。为了更好地服务于这一新兴社会群体，上海市作协、市委宣传部、市人社局等相关部门做了许多开创性的工作。此外，统战部门所开展的面向网络作家的“政治吸纳”（选择符合条件者进入政协组织）、作协组织所做的吸收会员及选拔符合条件者在作协组织中任职的工作，都受到了网络作家的热烈欢迎。

8．做好品牌性网络文学活动，推动网络文学事业健康发展

2014年文艺座谈会以来，全国各地的网络文学活动十分活跃。为促进活动有序开展，中国作协重点抓了中国网络文学周和中国网络

文学论坛两个示范性活动，参与中国“网络文学＋”大会，由中国作协网络文学中心参与或指导上海、江苏、重庆等地开办富有特色的活动，以此引导全国网络文学活动的开展。（参见《文艺报》2019年1月28日《新机制新方法新格局》一文）

五、推动传统作家进军网络阵地传播正能量

2014年10月15日文艺工作座谈会召开之前，各有关部门对网络文学的引导已经开始。“推动传统作家进军网络阵地”就是一个有代表性的举措。当时，面对一些网络读物“三俗”倾向严重和宣扬邪教迷信、诋毁民族宗教政策等现象，相关部门在对这些网络读物进行依法依规打击取缔的同时，“反弹琵琶”，将引导的重点放在了“传统作家”身上。采取推动传统作家“进军网络阵地”这一措施，想必是基于三点考量：1. 网络文学的野蛮生长仍未根本遏止。（《2017中国网络文学蓝皮书》：“……但同质化、模式化和低俗、庸俗、媚俗的倾向仍然存在。”）“推动传统作家进军网络阵地”这一举措实施时，虽然网络读物的不良倾向受到了打击，但一部分写手为了开拓市场，正拼命地利用“灌输”的方式传播有害读物。这一机制的特点，是写手不挣钱，网站也不挣钱，读者阅读不花钱。2. 传统文学基本上是正能量的。由于还存在着“三审制”的框架，管理法规基本健全，传统文学即纸介发表、出版和传播的读物违规违法情况比较少。3. 与互联网＋、文化产业化进程相一致，互联网和产业化＋文学已成趋势，有害读物遂成市场所需。纸介有害读物也曾有过一段泛滥时期，遭受打击沉寂了很长时间之后死灰复燃转换了卖场——互联网一度成了这些东西开拓新市场的工具。因此，从价值观的传导而言，互联网又是一个舆论“阵地”，正能量不去占领，负能量必然去占领。同时，互联网作为新兴媒体，它的传播力度优于纸介已成共识。这一点，也给人们带来了下意识或潜意识：“网上的文学”接受面大完全是因为互联网的传播力度大。

需要强调的是，以上三点并非只是“推动传统作家进军网络阵地传播正能量”的推动者的认识，它也是当时许多传统作家特别是有影响作家的认识。在这一共识指导下，引导工作迅速兴起，各地各部门创造了许多新经验。

河北省作协是在2014年5月23日后启动这一工作的。其主要做法是：1. 强化《河北作家网》的编采工作。经过改版（即重新设置软件），《河北作家网》增强了信息发布、网评、工作交流、作家作品推介和重点作品发表、作家与读者互动（功能）等设置，加强了与河北省作协所管办的纸介刊报的工作互动。2. 建立河北当代作家作品数据库。经过多方面努力，数据库于2015年5月建成并开始运行。这个数据库为推动河北传统作家“上网”（即通过互联网进行作品推介）发挥了一定的作用。3. 成立网络文学中心。在展开“推动传统作家进军网络阵地发挥正能量”工作之前，河北省作协一直没有专门的网络文学工作机构。2014年7月，网络文学中心成立。河北省作协将《河北作家网》的编采管理、《河北当代作家作品数据库》的编录运营及河北网络文学队伍的组织、协调、联络、指导、服务、维权等工作交由这个中心统一负责。网络文学中心的成立，整合了河北作协的网络文学工作，合理配置了资源，对于全面展开和逐步深化网络文学工作起到了重要作用。4. 展开对河北网络作家的调查摸底和对“网络文学”的调研工作。经过一年时间的调研，基本摸清了河北网络作家的基本情况，对“网络文学”有了初步的认识。5. 组织了各种形式的传统作家与网络作家的交流互鉴活动。河北省作协自2014年5月开展的“推动传统作家进军网络阵地传播正能量”的主题工作，在实际操作中发展成了为全面助推网络文学发展而进行的机构建设、基础建设、机制设计和项目设计。河北省作协当时的网络文学工作在全国处于中等地位。“推动传统作家进军网络阵地传播正能量”的主题工作实际是河北省作协抓网络文学工作的开端，这一主题工作的推动力不是来自中国作协，而是来自河北省委宣传部。也就是说，河北网络文学工作开端于“围绕中心、服务大局”，是当时河北全面工作，特别是宣传工作的一部分。也可能正因为这一点，在河北的“小气候”中，“网络文学”从来就不只是一个特定文学样式的称谓，它还是一个“艺术—文化形态”；“网络性”不应该成为我们寻找通俗网文本质特征的主要方向；“通俗网文”成为“网络文学”的代名词在于它所创造的超高人气和产业成绩。这一观点原本是2014年7月以后河北省作协网络文学中心的调研报告的主要观点。当时，通俗网文的巨大接受效果和优秀产业成绩已经充分显现，“2014语境”正在形成中。遗憾的是，由于没有与中国作协的大规模研讨活动对接，河北方面的以上观点未能进入“2014语境”。

面对网络文学迅速发展的形势，需要对多年来各地各部门所创造的引导工作经验作出总结。

一、正面引导的宗旨是清晰明确的。

二、已经形成了宣传、统战、作协、媒体舆论“齐抓共管”综合发力的局面。虽然各部门侧重点不同，但正面引导的目标是完全一致的，这就是努力推动网络作家职业群体的健康成长和网络文学的健康发展。随着引导工作的深入，更多社会职能部门正逐步参与进来。例如，上海市给网络作家评职称的工作，涉及政府的人事和社会保障部门。

三、虽然2014语境缺乏对“网络文学”本质特征的形而上的思考，各种观点也未进行直接的交锋，以至于网络文学舆论仍然是“各说各话”，但是，引导工作中的“各行其是”却正应和了“网络文学”含义的丰富性。它是特定的文本，即以接受效果与经济效益相统一为特点的通俗网文——由于它与互联网携手而来而成为“网络文学”的代名词，在这一特定名词后面，是一个产业、一套机制和一个新的社会阶层；它又不只是特定文本，还是文学动力系统以互联网为工具而展开的艺术—文化形态，在这一规定性的后面，是文学系统自以纸介为工具向以互联网为龙头的融媒体为工具的运动。“网络文学”作为文学以互联网机制展开其艺术—文化反馈的动力系统，给引导工作所展示的中心课题是如何解决文学的经济效益和社会效益的矛盾。因此，把握住了引导的正确方向，就把握住了社会主义精神产品生产的目的，即在精神产品的生产和接受（消费）的循环中，必须达到精神文明的提升。

四、传统的方法，统一的模式。统观2014语境发生以来全国各地各部门对网络文学的引导工作，给人的突出印象是方法传统，模式统一。政治吸纳（吸收加入各级作协及担任职务也属此例）、深入生活、组织培训、加强评论，都是引导传统文学的老办法。当然，办法的有效与无效、科学与不科学，并不取决于它是新的还是老的。在这些传统的引导办法中，深入生活与专题纪实创作相结合是不错的，“即时评论”对于作家的引导作用不见得明显，因为网文作家是与受众保持着在线互动的。而且，作家与受众不但是利益相关体也是“情感共同体”，外在的评论很难介入。采用的方法既然是传统的，那么，引导网络作家与引导传统作家所用的办法就没什么区别。传统的方法，统一的模式，说明实施文学队伍引导的主体意识，仍然将网络文学视为“网络上的文学”，仍然将互联网作为文学传达的工具，仍然认为文学运动的最深刻的根源在生产方式而不在物质载体。

五、自2014语境产生以来，各地各部门对网络文学的正面引导工作取得了明显的成效。1. 传奇—游戏化网文形成了独特的文体，这一文体已经为社会所接受。尽管这一文体形成的原因是多方面的，但是，对“网络文学游戏化”的批评起到了决定性作用。与此相联系，“娱乐主旋律”“娱乐主流价值”的不良倾向得到了遏止，“娱乐”找到了它合适的载体。传奇—游戏化网文的形成开启了文学的新纪元。这一点，也许并非合乎引导者的初衷，但从既定事实乃是合目的与合规律的统一这一铁律的角度看，引导之功不可不察。2. 如本书所预测，纪实手法与现实题材相结合作为传奇—游戏化网文的对应物，二者互补将构成网络化后文学的新格局。前者为现实功利所用，后者为创造功利者（受众）所用（消遣）。而引导对于前者形成的作用则无需多证。3. 一批年轻而又极具想象力的作家在通俗网文创作中得到了锻炼和成长。他们中的一批人，正在现实题材创作中一试身手，如唐家三少、何常在等。这当然也是各方引导的结果。

第二节　引导的科学性与有效性

引导的有效性取决于引导的科学性。长期以来特别是2014文艺工作座谈会以来，各地各部门创造了许多引导工作的好经验。面对网络文学发展的新形势，有必要总结经验，提高引导工作的科学性有效性，使网络文学充满正能量，在中国特色社会主义文化建设中发挥重要的作用。

统观各地的引导工作，发现有一个共有的矛盾，即引导方法与“传统文学”的工作方法基本相同，而被引导者则是一个新的社会阶层。这个阶层比较年轻，既有以写作为生的职业写手，又有业余作者；既有写幻想类小说的，也有写现实题材作品的。这就需要瞄准目标人群，分类引导，精准施策。

一、彻底摆脱以文学的媒介划分作家群体的意识，将“不同生存状况”列入划分作家群体的标准

几年来，各地陆续出台了一系列对“网络作家”的服务措施，其中有的措施针对性不强，也未与引导目的之量化性挂钩。人们常说的“领导就是服务”，其真实意涵是提供服务以实现有效领导为目的。如果服务措施“张冠李戴”，这种服务就达不到引导的目的。为了避免张冠李戴，做到“有的放矢”服务到位，首先需要对作家群体的不同服务对象作出区分。通俗网文随互联网和产业化兴起之后，有了“传统作家”和“网络作家”之分，这是必然的、可以理解的。但是，这样的划分掩盖了通俗网文的本质特征——受众大和产业化。融媒体和内容产业化实现之后，摆脱以媒介划分作家群体的条件已经成熟。如前已述，“全媒体”经营理念支配下的“发表”和内容产业理念下的版权交易使所谓“网络文学”的本质特征凸显出来了。另外，许多文学样式“上网”之后并未取得通俗网文的社会效益和经济效益，这一事实也有助于人们反思并不是“一网就灵”，“网络文学”的成功奥秘并不在网络。在这种情况下，以所用媒体划分文学、以在何种媒介上原发作品划分作家的必要性就不存在了。为了科学地引导作家，需要科学地划分文学样式和作家群体。既然服务是“正面引导”的重要内容，以生存方式划分作家群体就是十分必要的。参照1993年（文化产业化开始之年）以来“作家”的演变和融媒体、内容产业的客观条件，可以将这一群体分为体制内作家、业余作家和职业作家三个分群体。体制内作家即原有概念“专业作家”，这部分人有工资、职称，有的还有职务，大部分在各级作协或类似机构中在编，从事专业或准专业性质的文学创作。业余作家就是那些不在作协、文联等体制内也不以挣稿费为主要生存手段的写手。“评奖授家机制”“人人都是作家”机制中的人，不管是靠体制内资助发表作品还是买版面、买书号、靠老板赞助发表作品，不管是以纸介发表作品还是在网络上发表作品，都可划入这一群体。职业作家当然就是体制外不为财政所供养以写作为职业以写作为主要生存手段的人。这一群体的主要生存手段就是“卖文”，不管是在纸介市场中卖还是在互联网上卖。

事实上，各地各部门网络文学工作的最初阶段，一般都是将有影响的网络“大神”“大咖”们作为引导对象。随着网络文学机构的逐层建设，随着引导手臂的不断延长，工作对象就会逐渐扩大。在这种情况下，将作家划分为“传统作家”和“网络作家”的弊端就会显露出来。要充分认识到“引导网络文学健康发展”的主题，绝非仅针对人为划定的所谓“网络作家”。

二、彻底摆脱“两个效益”必然对立的意识，牢固树立“两个效益”相统一的理念

文学作品的“社会效益”指的是作品在接受中或接受后所产生的良好的社会效果；经济效益指的是作品（产品）出售后其收益大于

劳动和物质耗费。文学作品的社会效益与经济效益有时发生矛盾。习近平总书记指出："一部好的作品，应该是经得起人民评价、专家评价、市场检验的作品，应该是把社会效益放在首位，同时也应该是社会效益和经济效益相统一的作品。"（《在文艺工作座谈会上的讲话》，学习出版社2015年版，第22页）习近平总书记的重要讲话，讲得十分全面和透彻，必须在网络文学的引导工作中深入贯彻。

文艺座谈会后，各地各部门都在做对网络作家的"政治吸纳"工作。这是一项政治要求很高的工作。在选拔政协委员、各级作协会员中，一定不能只看作品的点击率和网络声量，一定要防止"马太效应"。而要做到这一点，则意味着要做大量的专业性很强的工作。

文学作品的社会效益与经济效益并非时时有矛盾、处处有矛盾，《平凡的世界》等优秀作品几十年畅销不衰就说明了这一点。文学管理机制完善、法规完善和广大受众欣赏水平普遍提高的情势，给文化产业化背景下文学的"两个效益"统一创造了有利条件。我们应该乘势而上，助推更多更好的作品问世并取得两个效益双丰收。追求两个效益统一，就要把社会效益放在首位，使经济效益服从于社会效益。那种只要没有经济效益便一定有社会效益的潜意识和在这种潜意识指导下的操作，是非常错误的。要充分利用文艺评论手段，对社会效果不良的网络文学作品进行专业性的批评。要在法规先行前提下，对文学专业网站和广大写手进行社会主义核心价值观的教育，围绕如何在创作中落实进行政治引导和专业培训。要延伸管理手臂，将社会效果不良的作品挡在发表、传播的门槛之外。要通过助推优秀作品的问世、传播和有效接受，使"社会效益"由潜在变成现实。要合理设置反映市场接受程度的发行量、收视率（用于文学的衍生作品）、点击率等量化指标，用于对各类作品社会效益和经济效益的考核。追求两个效益的统一，要善于化被动为主动。也就是说，要把作品如何既体现社会主义核心价值观又有较大的受众群作为创意的方向，要把怎样把"叫好"的作品操作成"叫座"的作品作为创意的方向。在电视艺术圈子里一直流传一句话，叫做“主旋律不是包袱而是财富”。这句话在文化产业化背景下并没有什么不妥，但有的人将其生发成“吃主旋律饭”。“吃主旋律饭”的主观追求显然是错误的。但是，对于矫正电视艺术界少数人长期以来将拍摄主旋律作品当做“包袱”无疑有着正面的意义。所谓“包袱”，是指创作主旋律电视作品不赚钱。要在助推网络文学发展中借鉴这句话的正能量。要善于把主旋律的网文操作成市场反应好的作品，争取“两个效益”双丰收。追求“两个效益”的统一，文学工作者对作家和受众都要俯下身来，不能“背靠背”。文学工作者要研究引导方式，搞好服务以利于作家朝着正确的方向前进。要建立由评论引导创作、由作品通过被接受而引导受众的专业性的操作路径。作家要改善作品面貌，使作品在有思想水平、艺术品位前提下又使人喜闻乐见。

三、网络文学引导工作的主要目标人群应该是受众

以往的引导工作忽略了引导广大受众。一提到引导“网络文学”健康发展，大家便会把注意力集中在网络写手身上。须知，融媒体和内容产业形成之后，两个效益的统一问题作为“网络文学”的实质问题已经凸显，所谓“引导网络文学健康发展的问题”已集中和确定在如何引导文学整体实现“两个效益”的统一的问题了。因此，引导的对象应涵盖写手（产品供给者）和受众（产品消费者）两大人群，而将引导的重点放在引导受众上。

之所以把引导受众放到比引导作家更重要的地位，是因为：1. 在文化产业体系中，需求决定生产，精神需求决定作品的接受度。因此，只有引导受众的精神需求，才是根绝不良文化品市场的治本之道。2. 引导文学受众是一个需要全社会齐抓共管的系统工程和长久之计，就其工作的难度和科学性要求而言，并不亚于引导作家的工作。引导的工作目标也是两个：引导社会成员特别是青少年远离低俗、庸俗读物；引导社会成员特别是青少年养成多读具有重要审美意义的文学作品的习惯和能力。十年来，每年都有不同的统计机构公布中国

“网络文学”的受众人数。这些统计虽未必准确，统计方法也未必合理，但综合各方面统计结果，还是能够得出一个基本正确的估计：“网络文学”的读者数量惊人。虽然不少研究者为此欢呼雀跃，但内藏隐忧。在这些庞大的数字中，确实有些人是在读那些一直“未能遏止”的低俗庸俗读物，确实大部分人是在读那些幻想类、娱乐类网文。前者毋庸多论，必须多管齐下强力杜绝。就后者而言，需要认真分析。一般地说，审美意义强的作品，就是那些功利性（物质的或精神的）较强即“依存美”较强的作品，娱乐性强的作品其审美意义较弱（纯形式美的艺术品不在此议）。强调重视读有着重要审美意义的文学作品，其意义可从两个角度来谈：1. 情感是人的本性，而读此类作品是培植情感的方式之一。为了保持生命个体情感的丰富性，读此类作品是不可或缺的。2. 中国正处在并将长期处在社会主义的初级阶段，国家中心目标的完成要求文艺承担团结人民、教育人民的任务。因此，就文艺的总体而言，必须具备“载道”功能。“载道”功能强的作品，当然具有重要的审美意义。与要求作家队伍努力创作具有强烈“载道”功能和重要审美意义的作品相一致，国家必然要求读者努力形成阅读此类作品的习惯和爱好。

“网络文学”越来越成为一个象征着文学运动和包容着所有文学文体的概念。因此，应高度注意“网络文学”引导工作的全局性。

四、发挥两个积极性，将“正面引导”贯彻到底

从20世纪末到21世纪10年代，是中国文学由以纸介为媒到以互联网为媒再到以融媒体为媒的转换时期。这一时期文学运动的实质，是文学社会功用与审美功能的大拓展，是文学文化化的历时性展开，是文学产业的兴起。但是，如麦克卢汉所强调，有价值的信息是特定时代所使用的传播工具的性质，即它所开创的可能性以及带来的社会变革，“换媒体”成为掩盖一切文学运动的“经济文化事实”。麦克卢汉的理论有“媒体决定论”倾向，这是错误的。但他看到了媒体的发展本身就是强烈的信息，也是改变生活的直接动力，这具有重大意义。被“换媒体掩盖的经济文化事实”包括：中国文学史上第四个文学形式——传奇—游戏化网文、接受效果与经济效益的统一体、“新的社会阶层”——职业网文作家群、内容产业，等等。

这个“经济文化事实”还包括方方面面对“网络文学”（取文化现象之含义）的引导工作。

事实上，自2014年文艺工作座谈会之后，各专业文学网站对“网络文学”的引导工作也在逐步强化。

咪咕数字传媒有限公司在这方面走在了全国前列。咪咕数字传媒有限公司是中国移动旗下开展全媒出版、人工智能、富媒体手机报业务的专业互联网公司，建立了以咪咕阅读、咪咕灵犀、手机报为核心的三大产品体系。该公司一直把强化社会责任作为自己的经营理念，秉承“三全三者”的企业使命，树立了良好的产业观、社会观和客户观。“三全三者”的内容是：着力作行业的贡献者，连接不同形态的出版与阅读模式，面向产业，做全媒出版的创新者；面向社会，做全民阅读的践行者；面向用户，做全新知识的传播者。基于以上理念，咪咕数媒构建了“5566”全方位产业服务体系。其中，六维智能化传播体系的内容是：专业的内容策划、极致的产品体验、高效的宣发组织、立体的渠道推广、激情的粉丝互动及精准的用户画像。通过多管齐下，促进优秀作品的立体推广与“精准触达”。例如，“六维”智能化立体运营《好好读书》，开启麦家、苏童、阿来等名家领读经典的新读书风尚，新书上线24小时内突破1200万浏览量。自2015年至2018年，咪咕数媒连续四年承办中国数字阅读大会，取得了良好的社会风向标会议，每年参会嘉宾超1000人，吸引客流量10万余次/人，极大地推动了全民阅读活动的深入。

在秉承“三全三者”企业使命和社会责任的理念下，咪咕数媒于2018年10月创办了咪咕文学院。咪咕文学院由咪咕数媒发起，邀请中国作协网文研究院和浙江省作协联合主办。它的宗旨是：因应新形势下育新人、兴文化、展形象的使命任务，积极致力于培育网络文学良好生态，培养优秀青年骨干作家。咪咕文学院定期举办，一年至少开展两期，邀请行业专家、资深人士，遴选出导向正确、分类精准、内涵深厚的优秀文学作品进行分析解读，对青年作家进行思想引导和创作指导，为网络文学的创作提供强有力的支撑。截至2019年5月，咪咕文学院已举办了两期，线下参与学习者九十余名，线上传播覆盖者四千余人。著名文学理论家、作家何弘、管平潮、梁永安、欧阳友权、周志雄等被邀授课，就广泛的文学课题与学员们进行了交流。

咪咕传媒在引导受众和作家上所做的努力，体现了高度的社会责任感，值得所有文学专业网络机构效法。同时，咪咕传媒的实践，也给我们的引导工作研究提供了启示，这就是：只有发挥文学工作机构与文学专业网站两个积极性，才能将正面引导工作做得更好。

发挥两个积极性，第一要旨就是统一引导的方向。有些文学社会组织的引导工作，还停留在过去的老经验、老办法基点上，甚至满足于“用文件落实文件、用会议落实会议”的形式主义、官僚主义做法上，引导方法的科学性不足，引导的有效性极度缺乏。个别文学组织在引导工作上存在的这些问题，表面看似乎不涉及引导方向问题，但由于失准、失真、失效，实际与导向错误异曲同工。有些文学专业网站，用商业倒推文学，用技术倒推艺术，用市场收益倒推社会效果。例如，有的文学网站的评奖标准只有一个点击率，只靠网络声量评判社会效果不考虑其能量的正负，还有的专业网站把违反社会主义核心价值观和违法乱纪视为“风险指数”，制定风险指数的具体体现标准，以此“最低标准”作为网络文学优秀作品评奖的重要考量。更有甚者，以“打擦边球”作为一种专业技巧培训网络写手。所有以上这些行为，都对网络写手形成了强有力的误导，给网络文学的健康发展造成了严重危害。因此，要把对“网络文学”引导的方向统一到贯彻社会主义核心价值观的正确方向上来，统一到“坚持以人民为中心的创作导向”上来，统一到争取“两个效益双丰收”上来。

发挥两个积极性，就要把文学社会组织的引导工作与专业文学网站的引导工作有机地结合起来。把正确的导向落实到作家创作、受众的欣赏选择和产业业内人士的自觉追求上来，需要大量的、具体的、专业性很强的工作。要选择有效结合的抓手，扎扎实实地操作。咪咕数媒与文学社会组织联办网络文学院，就是一个可复制的好经验。发挥两个积极性，既是引导工作全局的需要，也是克服少数单位引导工作偏差的有效方式。

五、引导人们放弃“网络文学”的提法

本书全书都在讲“网络文学”，引导的对象也是“网络文学”。那么，为什么在谈引导的科学性和有效性时主张取消“网络文学”的提法？之所以使用学界习惯的用法，一是便于阅读上的引入，二是便于逻辑上的引入。前者不用多说。后者的意思是：人们的认识就是从互联网上“发现”了文学开始的，因此，关于这一文化现象的探讨也要从这一认识开始，然后逐步深入。但是，当我们明确了网络文学的本质特征，明确了真正的引导对象之后，就应该放弃这个提法了。

引导人们放弃“网络文学”这一提法就是为了给那个被称为“网络文学”的文学形式或文学运动“正名”。“正名”有利于将学界的正确认识推广到整个社会，提高人们助推“网络文学”（代称）健康发展的主动性和科学性、有效性。

引导人们放弃“网络文学”这一提法是极为困难的，因为这要改变多年的习惯和成文的“规矩”。正因为如此，在融媒体和内容产业实现的条件下，要把对放弃这一提法的引导工作提高到一个重要的位置，制定方案，持续实施。

六、对“人人都是作家”文学现象的引导

“人人都是作家”在本书中指的是一个文学现象、一个文学机制。它的主要特点是：1. 参与创作的人数众多，既有体制内写作，也有体制外写作。“人人都是作家”所状写的就是这样一种创作大普及的现象。2. 发表和传播的媒体有融媒体、网络、纸介。“人人都是作家”所状写的就是这样一种多媒体各取所需的发表机制。3. 有挣钱的，有倒贴钱的，有靠卖文为生的，有靠工资生活的，有众筹发表和出版的，有靠财政支持出版的，有靠社会赞助出版的。“人人都是作家”所状写的就是这样一种多样并存的生存方式和多样并存的发表和出版机制。4. 有审美意义强的作品，有娱乐性强的作品，有既谈不上审美意义也谈不上娱乐性的不成熟习作。“人人都是作家”所状写的就是这样一种作品良莠不齐的创作形态。

“人人都是作家”是“时代黄金”的产物。虽然这一文学现象状写的是大众化写作这一总体特征，但同时也反映着体制内写作被文学市场机制的冲击。卖文挣钱是市场机制的元素，自费发表和出版也是市场机制的元素。因此，所谓“文学的黄金时代的到来”超出阳雨想象的是：这个黄金时代，不但意味着发表的高度自由、个性表达与“端着表达”的自由以及应受众要求表达的自由，也包括精神产品的等价交换——倒贴发表和出版作品的，等于拿钱买精神享受（发表和出版欲望的实现）。

现实已经存在对这一文学现象和文学机制的多种引导向量。

各级文学组织重在引导提高创作质量；各家文学专业网站的引导方向是与市场对接；雇人写作的出资者与自费发表出版者满足于发表和出版，所以，实际是接受了纸介机制以市场为法则的引导。

有没有一个提纲挈领针对全局的引导方针呢？有。

1. 超越文学，站在历史进步的高度看待“人人都是作家”的文化现象。这一文化现象，是历史前进之必然，是时代进步的结果。它是继文学分工独立之后的又一次伟大的历史进步，标志着人的全面发展的阶段性实现，体现着社会的公平。从这一高度看待这场大众化的文学创作和传播，就不应对其作品质量低、接受效果不好等过分苛求，也不应简单地视为人、财、物的浪费。这一认知，是建立引导方针的基本点。

2. 在以上前提下，确立对“人人都是作家”这一文学现象进行以学习文学为主的引导工作（参阅有关论述）。需要说明的是，引导广大作者学习文学、阅读文学作品，并不以停止创作为前提。这是一个“政策”，也是一个引导的方针、方法。

对一个文学现象的引导，当然要涉及人和事。但不能从具体的人和事着眼。也就是说，要有大局观，要从整个经济社会的发展，从中华民族伟大复兴的大局看待“人人都是作家”这一文化现象。但另一方面，引导要从具体的人和事入手。这就需要抓住关键，抓住重点。这一文学现象的重点是体现着伟大的历史进步与作品的质低量大、接受效果差的矛盾。采取允许存在与加强引导并举的引导方式，应该是对待这一文学现象的正确方式。

3. 要引导一部分网络写手寻找其他职业，坚持业余写作。业余写作有一个好处，就是能够保持与生活的密切联系。谈到“深入生活”，可以列出许多“方法”，但职业生存对于文学创作而言，不是深入生活的“方法”而是“在生存中写作”。它必然会对创作发生积极影响。写手要充分认识到职业化写作的弊端，自觉地选择不以写作为生的道路。

七、对通俗网文创新的引导

这里不是一般地论述对通俗网文的引导，而是对其创新现象的或批评、或点赞、或建议。毫无争议，通俗网文的创新力度是非常大的，传奇—游戏化网文就是创新的一大成果。但是，也有一些创新成果是不科学的，应该对其展开学术层面的批评。应将鼓励创新和批评不科学的创新成果统一起来。2014语境的一大功绩，就是对一些游戏化网文“游戏善的价值”的严厉批评，这是传奇—游戏化网文产生的重要基础。

近些年来，在对待通俗网文上有一种马太效应，即它的受众广大和产业成绩巨大形成了一种对其认知上的惯性：在评功摆好者眼里，通俗网文一切都好，批判者视网文缺点像穿上新衣的“皇帝”，原来的批评者也转了向，改了口。例如，分不清从必然性上肯定文学的亚艺术化（文化化）与肯定文学的艺术性之间的区别，一味地对其文本进行合理性的“论证”；有些“网语”本来是写作态度不严肃、写手文化低而导致的错误，也被捧为有艺术价值的创新；有些语言原本是操作键盘的失误所造成的，却被捧为什么“网络性”所致……凡此种种，都说明批评作为引导的重要方式亟须调整。

鼓励创新是对通俗网文创新的引导的关键。也就是说，不管有多少不当的创新，对创新也要鼓励。除了通过文艺评论进行鼓励之外，还要采取多种方式。对于在创新薄弱环节上的创新成果，要重奖。例如，对社会主义核心价值观注入的创新，对语言的成功的创新、对文体的创新、对互动形式的创新，等等。

八、对网文评论和理论研究的引导

对网络文学评论和理论研究的引导分为两个层次，一是有关部门对文学评论、理论工作者的政治引导，本书不谈；二是作品争鸣与观点争鸣，即通过专业性的、说理的办法在争鸣中取得相互引导的效果。

对作品的看法有区别，应该有不同的评价发表；对同一部作品有不同批评体系的评论，应该有不同的评论发表。

与评论相比，网络文学理论建设更显薄弱，需要通过以下几方面的努力使之得以强化。

1．理论研究人员必须加强马克思主义历史唯物主义的学习。当然，这绝不是要求把文学论文写成哲学讲义，也不是从理论家的政治立场提出问题，而是要求网络文学理论工作者自觉地以历史唯物主义的立场、观点和方法指导研究工作。这里的关键是“自觉”，这不是个态度问题，而是在讲理论上的融会贯通。理论工作者只有达到运用历史唯物主义指导研究上的自觉，才能把这一科学基础作为理论创新的启发点和新学说的基石，才能避免生搬硬套或政治表态式地对待历史唯物主义。

2．要引导理论工作者大胆创造新体系。创造新体系之难、风险之大，常常使理论工作者望而却步。正因为如此，要加强对体系创新的引导。引导的主体，应该是相关政策及文学工作机关。网络文学产生以来，相关理论体系还嫌太少。因此，像产生2014语境的那样的大讨论，相关部门应常态化地组织下去。

网络文学的评论和理论是“网络文学”的重要组成部分。因此，没有对这一方面的强有力和科学的引导工作，网络文学的健康发展是不可能的。

九、对所谓“传统作家”与“网络作家”互学互鉴的引导

二十年来特别是近十年来，相关部门对两路作家的互学互鉴做了一定的引导工作。这里谈的，是对这一引导工作的引导。也就说，虽然这一工作也有一些声势，但基本上是一阵风、“水过地皮湿”，实际的效果很小。这并不说明两路作家的互学互鉴不重要，也不说明它不存在可能性，而是态度和操作出了问题。

首先是态度要端正，即要对推动两路作家互学互鉴的必要性搞清楚。推动这一工作，目的在于创作出“两个效益相统一”的文学作品，即真正的文学繁荣的实现。“上网”或“下网”都只是达到这一目的的手段。

其次是要明确各自向对方学什么。《从呼吸到呻吟》等作品从作品起名字到具体写法都显示出向通俗文学学习的主动性。这一点，值得充分肯定。但是，从创新创意的角度讲，朝着加大接受力度这一目的的创意还有很多，如抢占信息高地、创造完整的美的形态等。《大国重工》等报告文学的成功，就是在创意上运用“抢占信息高地”原理的范例。“传统文学”向“网络文学”的学习，核心是学习如何开拓市场，扩大作品接受度。引导者应紧紧抓住这一根本灵活采用方法，而不要“比着葫芦画瓢”。要正确引导通俗网文写手向“传统作家”的学习。传统作家对生活的个性体验以及对个性体验的文学表达，传统作家向生活、外语、古人学习语言的态度和方法，传统作家通由典型环境营造典型人物的方法，金庸等通俗文学大师的创作方法，都值得通俗网文写手们好好学习。

现在有一种十分不好的现象，就是两路作家向对方需要克服的因素“互学互鉴”的不良倾向。这种倾向，与一个时期以来的不正确的引导有关。例如，毫无目的地推动文学＋互联网、对通俗网文作家一窝蜂式地“吸纳”、“传统文学”不分良莠地模仿“网络文学”、“新的社会阶层人士”不安于创作而开始追逐官场地位……有鉴于此，必须下大力气调整我们在两路作家互学互鉴上的引导工作。

十、对“深入生活”的引导

“深入生活”可说是文艺界的老生常谈，也是现实文学发展的必要条件和培养现实文学作家的必经之路。网络文学兴盛以来，深入生活又被重拾用以培养和引导网络作家。综合各地各文学部门的经验，大致有以下几种方式：深扎挂职式、走马观花采风式、专题采写式、红色施教式。深入生活的提倡和实施，如果从毛泽东在延安文艺工作座谈会上发表讲话的1942年算起，已经七十余年了。《太阳照在桑干河上》《暴风骤雨》《创业史》等，被公认为深入生活的伟大成果。可以说，深入生活对于现实文学大作、力作的产生，其重要作用显而易见、毋庸置疑。网络文学兴盛以后，产生了一些需要认真研究的新问题。

社会信息化条件下深入生活对现实文学写作的必要性。如本书已多次指出，社会信息化对现实文学的影响已为理论家和作家所高度注意。这种影响主要有三方面：1. 信息的“超现实主义力量”致使虚构失去了力量。具体说，以往作为现实文学一大“卖点”的“写什么”和编织故事，已经让位于媒体。这种信息的覆盖力逼得作家们不得不去“抢占信息高地”，将主要精力用于开拓题材（然后才有可能去编织故事，否则在接受上无意义）。但是，作家对生活的个性体验远远跟不上大众的集合式的个性体验。在“写什么”被封堵之后，作家的“用武之地”只剩下了“怎样写”。但由于社会闲暇时间利用上的多元化、生存竞争导致的社会闲暇时间的缩短等原因，加之影视视听综合艺术和通俗网文对“怎样写”的覆盖，现实文学的表达手法很难突破信息网而进入大众接受。在这种情况下，现实文学作家便转向了纪实手法的写作，期望以这种信息鲜活度与个性体验度的结合体抢占信息和文学两个高地，《复兴之路》《大国重工》等报告文学的写作和全媒体推送，就体现了这一点。2. 信息的“超现实主义力量”使价值观的传导发生了扭曲。也就是说，善的东西、美的东西，有可能没有什么接受效应，而恶的东西、丑的东西反而在传导中获得了较大接受效应，并且，当事人还有可能得到利益。人们常说的“网络声量”就是一个价值观上不分善恶和美丑的概念。现实生活中这样的例子不胜枚举，如某诗人“睡你”的“诗句”就曾被广泛流传，当事人在这种流传中是不会吃亏的。3. 在接受方面，由于每一接受主体都生活在信息化社会中，汲取现实信息的力度大大超过接受历史信息的力度，以至于在阅读现实题材作品时常常发生对原作的解构效果。

针对以上三种情况，可以采用分类引导的方针。要引导现实题材的写作多采取以专题纪实写作为中心深入生活的方法。我们必须突破一个思想障碍，这就是要勇于承认任何文学形式都有其兴衰的过程。现在，短篇小说的式微已经被文学界所基本承认。小说正在走向通俗化、亚艺术化，这是一个不争的事实。深入生活当然是为了创作，但不一定非写虚构的文学样式不可。有了写纪实文学这个目标，深入生活的方式方法也就等于定下来了。这与本书谈文学创新是一个问题的两个角度。其他深入生活的方式方法，对于现实文学作家正确的世界观、人生观和价值观的形成也是十分重要的。至于社会信息化对接受的影响，以及由此引发的对受众“深入生活”的引导，此处不再多议。

信息化社会条件下现实文学的写作当然需要深入生活，但深入生活的方法要以写作为中心重新设计。需要强调的是，那种依新闻报道“演绎”小说的写作方式自然不需要深入生活，但生活也并不需要这样的“作品”。

文化产业条件下引导通俗网文写手深入生活的必要性。文化产业条件下的写作是商业化写作，要求此类写作传播正能量并且当“两个效益”冲突时服从于社会效益，就必须强化对写手深入生活的引导。

这种引导不能满足于一般号召和提倡，而要追求有效化。目前，与市场对接的一般是通俗网文的习作。通俗文学并没有严格的定义，在此语境中姑且将其外延划定为那些可以使写手靠写作满足基本生活条件的文本。科学地引导通俗网文写手深入生活有以下意义：1. 通俗网文中有一大部分是现实类作品，引导此类作品的写手深入生活，旨在助其“审美地”把握生活或“艺术地”把握世界，以利于在此类有着社会组织和现实人物元素的作品中渗入扬善罚恶的价值观。此点是从写作对象的角度提出深入生活的必要性的。2. 幻想类网文的写作，大多取材于既有意识形态和游戏设定，有人从这一点出发认为此类作品的写作不需要深入生活，这是不对的。首先，幻想类网文的写手，大多是年轻人，生活在改革开放的社会背景下，了解社会、深入生活对于他们的全面成长是非常必要的。其次，正因为这一群体还年轻，可塑性强，职业道路还很长，如果接受正面引导，强化对生活的个性体验，其创作之路必然越走越宽广。

加强正面引导是我们对这场以媒介更替为表现、实质为文学审美功能和社会功用发生变化的文学运动的总方针。以上十条，以问题为核心而提出，故在理论上相互间有交叉，与其他章的论述也有交叉。引导工作的直接着力点是文学运动和运动中的人，目的却是人的全面发展。

后　记

这本书是站在前人肩上再图进取的成果。网络文学的二十年，也是对“网络文学”认识的二十年。一本“概论”，是必须将“认识史”包括在内的。因此，“站在前人肩上”，就不仅仅是著者的主观追求，而且是做这件事的客观律令。当然，既然“再图进取”，就必须在对既往舆论点赞之基础上，指出它的历史的局限性——如同拙作也有局限性一样，且亦将被人指出。

十几年来，我一直致力于文化创意学的构造。之所以插入这样一本概论，一是因为有张采鑫先生及其他花山文艺出版社同仁的鼓励和支持，二是因为深感时机之重要。如同实验设备对于物理学研究具有决定性意义一样，时代和时机对于社会科学研究和现实主义文学创作具有决定性意义。时机不合，过早，难以把握社会生活的本质规律；过晚，其成果将失却实践意义。21世纪10年代末，融媒体和内容产业兴起导致“网络文学”内质初显，一个需要总结这场文学运动也的确创造了总结的客观条件的时机到来了。

我历来反对社科研究从资料到资料、从理论到理论。为本书的写作，我曾五赴杭州、两赴北京、三赴肃宁、一赴大理，扎到网络写手、受众和文学网站编辑群里调研，也曾实操真练，具体负责网络文学工作长达七年：策划和组织实施了三次历时三年的“善行河北、美传网络”大型纪实创作，组织实施了网络文学发展态势大调查，制订过“面向网络作家坚持以人民为中心的创作导向的引导机制”方案，开办了旨在“培养网络文学创作第三梯队”的研究生培训班，在“文化创意学”框架内，安排了“网络文化创意”研究课目……我已深切地感受到，所有这些“行万里路”的工作大大提升了本书的质量。

本书写作历时一年又两个月。此期间，曾以《加强正面引导，助推网络文学的健康发展》调研报告的形式征求意见，也曾在《网络文学评论》2018年第二期发表题为《建立网络文学的艺术—文化学评价体系》的论文。尽管功课未敢疏怠，但付梓之际，仍然惴惴不安，恳望各位方家不吝赐教。

2019年8月12日于素问斋